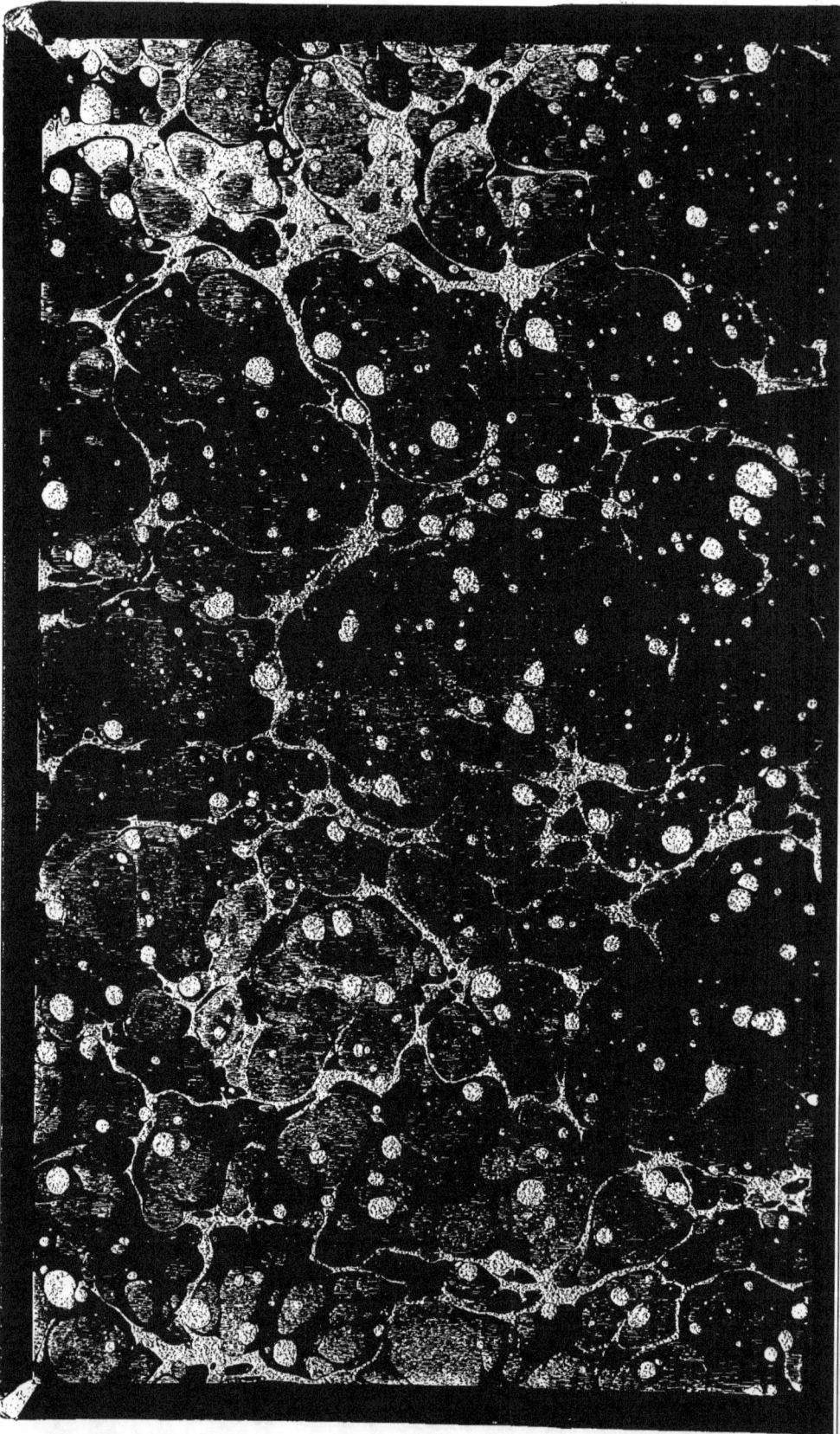

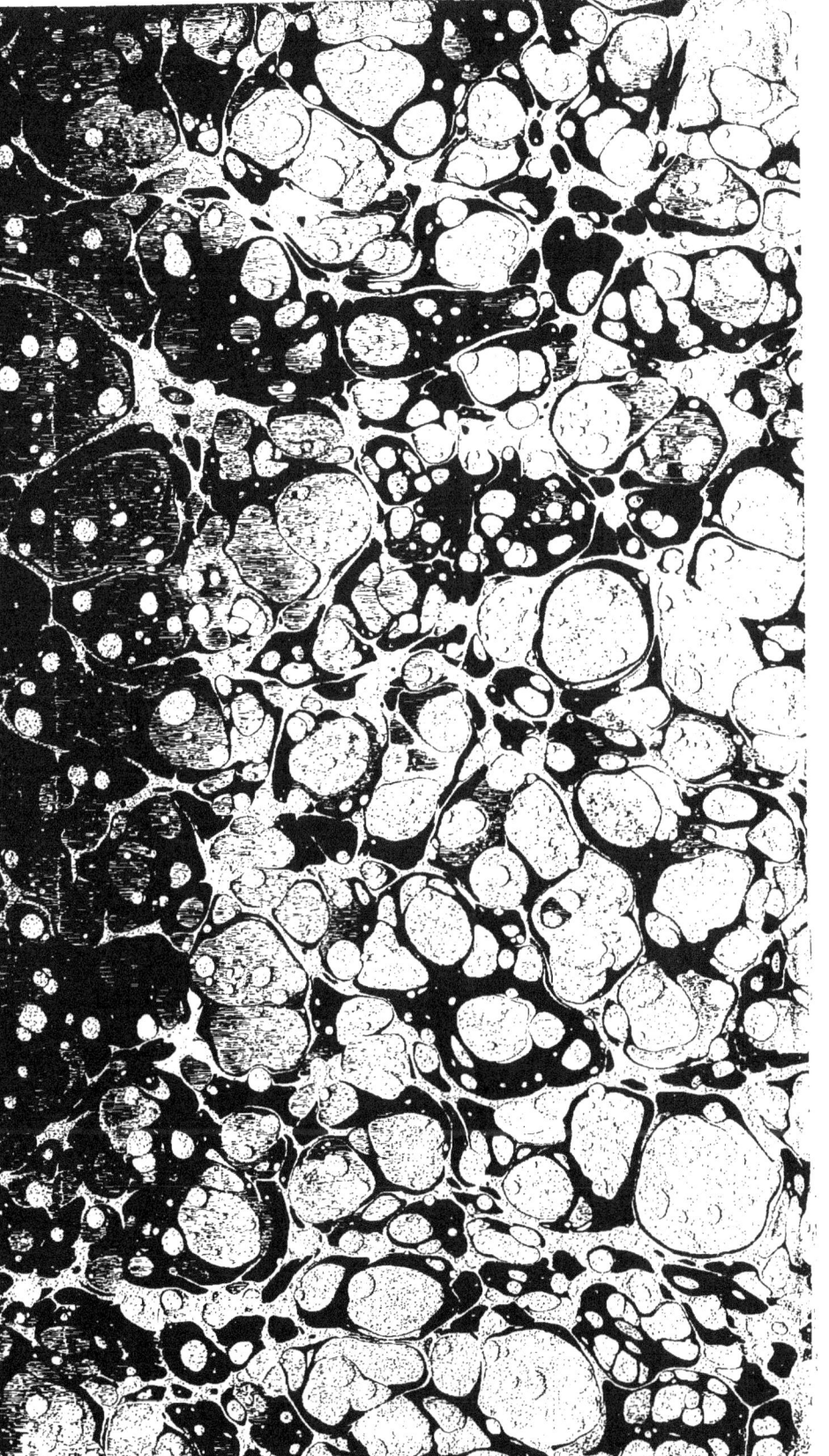

NOTRE-DAME

DE PARIS.

—

TOME PREMIER.

8 4²

63

ŒUVRES DE VICTOR HUGO.

POÉSIES.

ODES ET BALLADES, cinquième édition, 2 vol. in-8°, ornés de gravures et vignettes. — LES ORIENTALES, cinquième édition, 1 vol. in-8°, orné de gravures. Prix des *trois* volumes.   22 fr. 50 c.

LES ORIENTALES, sixième édition, 1 vol. in-18, orné de gravures.   6 fr.

DRAMES.

CROMWELL, deuxième édition, 1 vol. in-8°. 7 fr. 50 c.

HERNANI, troisième édition, 1 vol. in-8°, orné d'une gravure.   6 fr.

ROMANS.

HAN D'ISLANDE, troisième édition, 4 vol. in-12.   12 fr.

BUG JARGAL, troisième édition, 3 vol. in-12.   9 fr.

LE DERNIER JOUR D'UN CONDAMNÉ, quatrième édition, 1 vol. in-12.   4 fr.

NOTRE-DAME DE PARIS, 1482. Troisième édition, 2 vol. in-8°, ornés de vignettes.   15 fr.

Sous presse :

LE DERNIER JOUR D'UN CONDAMNÉ,
BUG JARGAL,
HAN D'ISLANDE,
      In-8°, avec vignettes.

PARIS. — IMPRIMERIE DE COSSON,
Rue Saint-Germain-des-Prés, n° 9.

NOTRE-DAME
DE PARIS.

PAR VICTOR HUGO,

TROISIÈME ÉDITION.

PARIS,
CHARLES GOSSELIN, LIBRAIRE,
RUE SAINT-GERMAIN-DES-PRÉS, N° 9.
M DCCC XXXI.

Ⅰʟ y a quelques années qu'en visitant ou, pour mieux dire, en furetant Notre-Dame, l'auteur de ce livre trouva, dans un recoin obscur de l'une des tours, ce mot gravé à la main sur le mur :

ἈΝΆΓΚΗ.

Ces majuscules grecques, noires de vétusté et assez profondément entaillées dans la pierre, je ne sais quels signes propres à la calligraphie gothique empreints dans leurs formes et dans leurs attitudes, comme pour révéler que c'était une main du moyen âge qui les avait écrites là, surtout le sens lugubre et fatal qu'elles renferment, frappèrent vivement l'auteur.

Il se demanda, il chercha à deviner quelle pouvait être l'âme en peine qui n'avait pas voulu quitter ce monde sans laisser ce stigmate de crime ou de malheur au front de la vieille église.

Depuis, on a badigeonné ou gratté (je ne sais plus lequel) le mur, et l'inscription a disparu. Car c'est ainsi qu'on agit depuis tantôt deux cents ans avec les merveilleuses églises du moyen âge. Les mutilations leur viennent de toutes parts, du dedans comme du dehors. Le prêtre

les badigeonne, l'architecte les gratte ;
puis le peuple survient, qui les démolit.

Ainsi, hormis le fragile souvenir que
lui consacre ici l'auteur de ce livre, il ne
reste plus rien aujourd'hui du mot mystérieux gravé dans la sombre tour de
Notre-Dame, rien de la destinée inconnue qu'il résumait si mélancoliquement.
L'homme qui a écrit ce mot sur ce mur
s'est effacé, il y a plusieurs siècles, du
milieu des générations, le mot s'est à
son tour effacé du mur de l'église, l'é-
glise elle-même s'effacera bientôt peut-
être de la terre.

C'est sur ce mot qu'on a fait ce livre.

Mars 1831.

NOTRE-DAME

DE PARIS.

—————

LIVRE PREMIER.

I.

La Grand'Salle.

————

Il y a aujourd'hui trois cent quarante-huit ans six mois et dix-neuf jours, que les Parisiens s'éveillèrent au bruit de toutes les cloches sonnant à grande volée dans la triple enceinte de la Cité, de l'Université et de la Ville.

Ce n'est cependant pas un jour dont l'histoire ait gardé souvenir, que le 6 janvier 1482.

Rien de notable dans l'événement qui mettait ainsi en branle, dès le matin, les cloches et les bourgeois de Paris. Ce n'était ni un assaut de Picards ou de Bourguignons, ni une châsse menée en procession, ni une révolte d'écoliers dans la vigne de Laas, ni une entrée de *notre dit très-redouté seigneur monsieur le roi*, ni même une belle pendaison de larrons et de larronnesses à la Justice de Paris. Ce n'était pas non plus la survenue, si fréquente au quinzième siècle, de quelque ambassade chamarrée et empanachée. Il y avait à peine deux jours que la dernière cavalcade de ce genre, celle des ambassadeurs flamands chargés de conclure le mariage entre le dauphin et Marguerite de Flandre, avait fait son entrée à Paris, au grand ennui de monsieur le cardinal de Bourbon qui, pour plaire au roi, avait dû faire bonne mine à toute cette rustique cohue de bourgmestres flamands, et les régaler, en son hôtel de Bourbon, d'une *moult belle moralité, sottie et farce*, tandis qu'une pluie battante inondait à sa porte ses magnifiques tapisseries.

Le 6 janvier, ce qui *mettait en émotion tout le populaire de Paris*, comme dit Jean de Troyes, c'était la double solennité, réunie de-

puis un temps immémorial, du jour des rois
et de la fête des fous.

Ce jour-là, il devait y avoir feu de joie à la
Grève, plantation de mai à la chapelle de
Braque, et mystère au Palais de Justice. Le
cri en avait été fait la veille à son de trompe
dans les carrefours, par les gens de monsieur
le prevôt, en beaux hoquetons de camelot
violet, avec de grandes croix blanches sur la
poitrine.

La foule des bourgeois et des bourgeoises
s'acheminait donc de toutes parts dès le matin,
maisons et boutiques fermées, vers l'un des
trois endroits désignés. Chacun avait pris
parti, qui pour le feu de joie, qui pour le
mai, qui pour le mystère. Il faut dire, à l'é-
loge de l'antique bon sens des badauds de Paris, que la plus grande partie de cette foule se
dirigeait vers le feu de joie, lequel était tout-à-
fait de saison, ou vers le mystère qui devait
être représenté dans la grand' salle du Palais,
bien couverte et bien close; et que les curieux
s'accordaient à laisser le pauvre mai mal fleuri
grelotter tout seul sous le ciel de janvier, dans
le cimetière de la chapelle de Braque.

Le peuple affluait surtout dans les avenues
du Palais de Justice, parce qu'on savait que

les ambassadeurs flamands, arrivés de la sur-
veille, se proposaient d'assister à la représentation du mystère et à l'élection du pape des
fous, laquelle devait se faire également dans
la grand'salle.

Ce n'était pas chose aisée de pénétrer ce
jour-là dans cette grand'salle, réputée cependant alors la plus grande enceinte couverte qui
fût au monde (il est vrai que Sauval n'avait pas
encore mesuré la grande salle du château de
Montargis). La place du Palais, encombrée de
peuple, offrait aux curieux des fenêtres l'aspect d'une mer, dans laquelle cinq ou six rues,
comme autant d'embouchures de fleuves, dégorgeaient à chaque instant de nouveaux flots
de têtes. Les ondes de cette foule, sans cesse
grossies, se heurtaient aux angles des maisons
qui s'avançaient çà et là, comme autant de pro-
montoires dans le bassin irrégulier de la place.
Au centre de la haute façade gothique [1] du Pa-

---

[1] Le mot *gothique*, dans le sens où on l'emploie généralement, est parfaitement impropre, mais parfaitement consacré. Nous l'acceptons donc, et nous l'adop-
tons, comme tout le monde, pour caractériser l'architecture de la seconde moitié du moyen âge, celle dont
l'ogive est le principe, qui succède à l'architecture de la
première période, dont le plein-cintre est le générateur.

lais, le grand escalier, sans relâche remonté et descendu par un double courant qui, après s'être brisé sous le perron intermédiaire, s'épandait à larges vagues sur ses deux pentes latérales; le grand escalier, dis-je, ruisselait incessamment dans la place comme une cascade dans un lac. Les cris, les rires, le trépignement de ces mille pieds faisaient un grand bruit et une grande clameur. De temps en temps cette clameur et ce bruit redoublaient; le courant qui poussait toute cette foule vers le grand escalier rebroussait, se troublait, tourbillonnait. C'était une bourrade d'un archer ou le cheval d'un sergent de la prevôté qui ruait pour rétablir l'ordre; admirable tradition que la prevôté a léguée à la connétablie, la connétablie à la maréchaussée, et la maréchaussée à notre gendarmerie de Paris.

Aux portes, aux fenêtres, aux lucarnes, sur les toits, fourmillaient des milliers de bonnes figures bourgeoises, calmes et honnêtes, regardant le palais, regardant la cohue, et n'en demandant pas davantage; car bien des gens à Paris se contentent du spectacle des spectateurs, et c'est déjà pour nous une chose très-curieuse qu'une muraille derrière laquelle il se passe quelque chose.

S'il pouvait nous être donné à nous, hommes de 1830, de nous mêler en pensée à ces Parisiens du XVe siècle et d'entrer avec eux, tiraillés, coudoyés, culbutés, dans cette immense salle du Palais, si étroite le 6 janvier 1482, le spectacle ne serait ni sans intérêt ni sans charme, et nous n'aurions autour de nous que des choses si vieilles qu'elles nous sembleraient toutes neuves.

Si le lecteur y consent, nous essaierons de retrouver par la pensée l'impression qu'il eût éprouvée avec nous en franchissant le seuil de cette grand'salle au milieu de cette cohue en surcot, en hoqueton et en cotte-hardie.

Et d'abord, bourdonnement dans les oreilles, éblouissement dans les yeux. Au dessus de nos têtes une double voûte en ogive, lambrissée en sculptures de bois, peinte d'azur, fleurdelisée en or; sous nos pieds, un pavé alternatif de marbre blanc et noir. A quelques pas de nous, un énorme pilier, puis un autre, puis un autre; en tout sept piliers dans la longueur de la salle, soutenant au milieu de sa largeur les retombées de la double voûte. Autour des quatre premiers piliers, des boutiques de marchands, tout étincelantes de verre et de clinquans; autour des trois derniers, des bancs de bois de chêne, usés et polis par le haut-de-chausses des plaideurs et la robe des procureurs. A l'entour de la salle, le long de la haute muraille, entre les portes, entre les croisées, entre les piliers, l'interminable rangée des statues de tous les rois de France depuis Pharamond ; les rois fainéans, les bras pendans et les yeux baissés ; les rois vaillans et bataillards, la tête et les mains hardiment levées au ciel. Puis aux longues fenêtres ogives, des vitraux de mille couleurs ; aux larges issues de la salle, de riches portes finement sculptées ; et le tout, voûtes, piliers, murailles, chambranles, lambris, portes, statues, recouverts du haut en bas d'une splendide enluminure bleu et or, qui, déjà un peu ternie à l'époque où nous la voyons, avait presque entièrement disparu sous la poussière et les toiles d'araignée en l'an de grâce 1549, où Du Breul l'admirait encore par tradition.

Qu'on se représente maintenant cette immense salle oblongue, éclairée de la clarté blafarde d'un jour de janvier, envahie par une foule bariolée et bruyante qui dérive le long des murs et tournoie autour des sept piliers, et l'on aura déjà une idée confuse de l'ensemble du tableau

dont nous allons essayer d'indiquer plus précisément les curieux détails.

Il est certain que, si Ravaillac n'avait point
assassiné Henri IV, il n'y aurait point eu de
pièces du procès de Ravaillac déposées au greffe
du Palais de Justice; point de complices inté-
ressés à faire disparaître lesdites pièces; partant,
point d'incendiaires obligés, faute de meilleur
moyen, à brûler le greffe pour brûler les pièces,
et à brûler le Palais de Justice pour brûler le
greffe; par conséquent enfin, point d'incendie
de 1618. Le vieux Palais serait encore debout
avec sa vieille grand'salle; je pourrais dire au
lecteur : Allez la voir; et nous serions ainsi
dispensés tous deux, moi d'en faire, lui d'en
lire une description telle quelle. — Ce qui
prouve cette vérité neüve : que les grands
événemens ont des suites incalculables.

Il est vrai qu'il serait fort possible que les
complices de Ravaillac ne furent pour rien
dans l'incendie de 1618. Il en existe deux autres explications très plausibles. D'abord, la
grande étoile enflammée, large d'un pied,
haute d'une coudée, qui tomba, comme chacun sait, du ciel sur le Palais le 7 mars après
minuit. Ensuite, le quatrain de Théophile :

Certes, ce fut un triste jeu
Quand à Paris dame Justice,
Pour avoir mangé trop d'épice,
Se mit tout le palais en feu.

Quoi qu'on pense de cette triple explication politique, physique, poétique, de l'incendie du Palais de Justice en 1618, le fait malheureusement· certain, c'est l'incendie. Il reste bien peu de chose aujourd'hui, grâce à cette catastrophe, grâce surtout aux diverses restaurations successives qui ont achevé ce qu'elle avait épargné; il reste bien peu de chose de cette première demeure des rois de France, de ce palais aîné du Louvre, déjà si vieux du temps de Philippe-le-Bel qu'on y cherchait les traces des magnifiques bâtimens élevés par le roi Robert et décrits par Helgaldus. Presque tout a disparu. Qu'est devenue la chambre de la chancellerie où saint Louis *consomma son mariage?* le jardin où il rendait la justice « vêtu » d'une cotte de camelot, d'un surcot de tire-
» taine sans manches, et d'un manteau par » dessus de sandal noir, couché sur des tapis, » avec Joinville? » Où est la chambre de l'empereur Sigismond? celle de Charles IV? celle de Jean-sans-Terre? Où est l'escalier d'où Charles VI promulgua son édit de grâce? la

dalle où Marcel égorgea, en présence du dauphin, Robert de Clermont et le maréchal de
Champagne? le guichet où furent lacérées les
bulles de l'anti-pape Bénédict, et d'où reparti-
rent ceux qui les avaient apportées, chappés
et mitrés en dérision, et faisant amende honorable par tout Paris? et la grand'salle avec sa
dorure, son azur, ses ogives, ses statues, ses
piliers, son immense voûte toute déchiquetée
de sculptures? et la chambre dorée? et le lion
de pierre qui se tenait à la porte, la tête bais-
sée, la queue entre les jambes, comme les lions
du trône de Salomon, dans l'attitude humiliée
qui convient à la force devant la justice? et les
belles portes? et les beaux vitraux? et les fer-
rures ciselées qui décourageaient Biscornette?
et les délicates menuiseries de Du Hancy?...
Qu'a fait le temps, qu'ont fait les hommes de
ces merveilles? Que nous a-t-on donné pour
tout cela, pour toute cette histoire gauloise,
pour tout cet art gothique? les lourds cintres
surbaissés de M. De Brosse, ce gauche architecte du portail Saint-Gervais, voilà pour l'art;
et quant à l'histoire, nous avons les souvenirs
bavards du gros pilier, encore tout retentis-
sant des commérages des Patru.

Ce n'est pas grand'chose. — Revenons à la

véritable grand'salle du véritable vieux Palais.

Les deux extrémités de ce gigantesque parallélogramme étaient occupées, l'une par la fameuse table de marbre d'un seul morceau, si longue, si large et si épaisse que jamais on ne vit, disent les vieux papiers terriers, dans un style qui eût donné appétit à Gargantua, *pareille tranche de marbre au monde*; l'autre par la chapelle où Louis XI s'était fait sculpter à genoux devant la Vierge, et où il avait fait transporter, sans se soucier de laisser deux niches vides dans la file des statues royales, les statues de Charlemagne et de saint Louis, deux saints qu'il supposait fort en crédit au ciel comme rois de France. Cette chapelle, neuve encore, bâtie à peine depuis six ans, était toute dans ce goût charmant d'architecture délicate, de sculpture merveilleuse, de fine et profonde ciselure qui marque chez nous la fin de l'ère gothique et se perpétue jusque vers le milieu du XVIe siècle dans les fantaisies féeriques de la renaissance. La petite rosace à jour, percée au dessus du portail, était en particulier un chef-d'œuvre de ténuité et de grâce; on eût dit une étoile de dentelle.

Au milieu de la salle, vis-à-vis la grande porte, une estrade de brocart d'or, adossée au mur, et dans laquelle était pratiquée une entrée particulière au moyen d'une fenêtre du couloir de la chambre dorée, avait été élevée pour les envoyés flamands et les autres gros personnages conviés à la représentation du mystère.

C'est sur la table de marbre que devait, selon l'usage, être représenté le mystère. Elle avait été disposée pour cela dès le matin; sa riche planche de marbre, toute rayée par les talons de la bazoche, supportait une cage de charpente assez élevée dont la surface supérieure, accessible aux regards de toute la salle, devait servir de théâtre, et dont l'intérieur, masqué par des tapisseries, devait tenir lieu de vestiaire aux personnages de la pièce. Une échelle, naïvement placée en dehors, devait établir la communication entre la scène et le vestiaire, et prêter ses roides échelons aux entrées comme aux sorties. Il n'y avait pas de personnage si imprévu, pas de péripétie, pas de coup de théâtre qui ne fût tenu de monter par cette échelle. Innocente et vénérable enfance de l'art et des machines !

Quatre sergens du bailli du Palais, gardiens

obligés de tous les plaisirs du peuple les jours de fête comme les jours d'exécution, se tenaient debout aux quatre coins de la table de marbre.

Ce n'était qu'au douzième coup de midi sonnant à la grande horloge du Palais que la pièce devait commencer. C'était bien tard sans doute pour une représentation théâtrale; mais il avait fallu prendre l'heure des ambassadeurs.

Or toute cette multitude attendait depuis le matin. Bon nombre de ces honnêtes curieux grelottaient dès le point du jour devant le grand degré du Palais: quelques-uns même affirmaient avoir passé la nuit en travers de la grande porte pour être sûrs d'entrer les premiers. La foule s'épaississait à tout moment, et, comme une eau qui dépasse son niveau, commençait à monter le long des murs, à s'enfler autour des piliers, à déborder sur les entablemens, sur les corniches, sur les appuis des fenêtres, sur toutes les saillies de l'architecture, sur tous les reliefs de la sculpture. Aussi la gêne, l'impatience, l'ennui, la liberté d'un jour de cynisme et de folie, les querelles qui éclataient à tout propos pour un coude pointu ou un soulier ferré, la fatigue d'une longue attente, donnaient-elles déjà, bien avant l'heure où les ambassadeurs devaient arriver, un accent aigre et amer à la clameur de ce peuple enfermé, emboîté, pressé, foulé, étouffé. On n'entendait que plaintes et imprécations contre les Flamands, le prevôt des marchands, le cardinal de Bourbon, le bailli du Palais, madame Marguerite d'Autriche, les sergens à verge, le froid, le chaud, le mauvais temps, l'évêque de Paris, le pape des fous, les piliers, les statues, cette porte fermée, cette fenêtre ouverte; le tout au grand amusement des bandes d'écoliers et de laquais disseminées dans la masse, qui mêlaient à tout ce mécontentement leurs taquineries et leurs malices, et piquaient, pour ainsi dire, à coups d'épingles la mauvaise humeur générale.

Il y avait entr'autres un groupe de ces joyeux démons qui, après avoir défoncé le vitrage d'une fenêtre, s'était hardiment assis sur l'entablement, et de là plongeait tour à tour ses regards et ses railleries au dedans et au dehors, dans la foule de la salle et dans la foule de la place. A leurs gestes de parodie, à leurs rires éclatans, aux appels goguenards qu'ils échangeaient d'un bout à l'autre de la salle avec leurs camarades, il était aisé de juger que ces jeunes clercs ne partageaient pas l'ennui et la fatigue du reste des assistans, et qu'ils savaient fort bien, pour leur plaisir particulier, extraire de ce qu'ils avaient sous les yeux un spectacle qui leur faisait attendre patiemment l'autre.

— Sur mon âme, c'est vous, *Joannes Frollo de Molendino!* criait l'un d'eux à une espèce de petit diable blond, à jolie et maligne figure, accroché aux acanthes d'un chapiteau; vous êtes bien nommé Jehan du Moulin, car vos deux bras et vos deux jambes ont l'air de quatre ailes qui vont au vent. — Depuis combien de temps êtes-vous ici?

— Par la miséricorde du diable, répondit *Joannes Frollo*, voilà plus de quatre heures, et j'espère bien qu'elles me seront comptées sur mon temps de purgatoire. J'ai entendu les huit chantres du roi de Sicile entonner le premier verset de la haute messe de sept heures dans la Sainte-Chapelle.

— De beaux chantres! reprit l'autre, et qui ont la voix encore plus pointue que leur bonnet! Avant de fonder une messe à monsieur saint Jean, le roi aurait bien dû s'informer si

monsieur saint Jean aime le latin psalmodié
avec accent provençal.

— C'est pour employer ces maudits chantres du roi de Sicile qu'il a fait cela! cria aigrement une vieille femme dans la foule au
bas de la fenêtre. Je vous demande un peu!
mille livres parisis pour une messe! et sur la
ferme du poisson de mer des halles de Paris,
encore!

— Paix! vieille, reprit un gros et grave personnage qui se bouchait le nez à côté de la
marchande de poisson; il fallait bien fonder
une messe. Vouliez-vous pas que le roi retom-
bât malade?

— Bravement parlé, sire Gilles Lecornu,
maître pelletier-fourreur des robes du roi!
cria le petit écolier cramponné au chapiteau.

Un éclat de rire de tous les écoliers accueil-
lit le nom malencontreux du pauvre pelletier-
fourreur des robes du roi.

— Lecornu! Gilles Lecornu, disaient les
uns.

— *Cornutus et hirsutus*, reprenait un autre.

— Hé! sans doute, continuait le petit démon du chapiteau. Qu'ont-ils à rire? Honorable
homme Gilles Lecornu, frère de maître Jehan
Lecornu, prevôt de l'hôtel du roi, fils de maî-

tre Mahiet Lecornu, premier portier du bois
de Vincennes, tous bourgeois de Paris, tous
mariés de père en fils !

La gaîté redoubla. Le gros pelletier-fourreur, sans répondre un mot, s'efforçait de se
dérober aux regards fixés sur lui de tous côtés; mais il suait et soufflait en vain : comme
un coin qui s'enfonce dans le bois, les efforts qu'il faisait ne servaient qu'à emboîter
plus solidement dans les épaules de ses voisins sa large face apoplectique, pourpre de
dépit et de colère.

Enfin un de ceux-ci, gros, court et vénérable comme lui, vint à son secours.

— Abomination! des écoliers qui parlent de
la sorte à un bourgeois! de mon temps on les
eût fustigés avec un fagot dont on les eût
brûlés ensuite.

La bande entière éclata.

— Holahée! qui chante cette gamme? quel
est le chat-huant de malheur?

— Tiens, je le reconnais, dit l'un; c'est
maître Andry Musnier.

— Parce qu'il est un des quatre libraires
jurés de l'Université! dit l'autre.

— Tout est par quatre dans cette boutique,
cria un troisième : les quatre nations, les

quatre facultés, les quatre fêtes, les quatre procureurs, les quatre électeurs, les quatre libraires.

— Eh bien, reprit Jehan Frollo, il faut leur faire le diable à quatre.

— Musnier, nous brûlerons tes livres.

— Musnier, nous battrons ton laquais.

— Musnier, nous chiffonnerons ta femme.

— La bonne grosse mademoiselle Oudarde.

— Qui est aussi fraîche et aussi gaie que si elle était veuve.

— Que le diable vous emporte! grommela maître Andry Musnier.

— Maître Andry, reprit Jehan toujours pendu à son chapiteau, tais-toi, ou je te tombe sur la tête!

Maître Andry leva les yeux, parut mesurer un instant la hauteur du pilier, la pesanteur du drôle, multiplia mentalement cette pesanteur par le carré de la vitesse, et se tut.

Jehan, maître du champ de bataille, poursuivit avec triomphe :

— C'est que je le ferais, quoique je sois frère d'un archidiacre!

— Beaux sires, que nos gens de l'Université! n'avoir seulement pas fait respecter nos priviléges dans un jour comme celui-ci! Enfin, il y a mai et feu de joie à la Ville ; mystère, pape des fous et ambassadeurs flamands à la Cité ; et à l'Université, rien !

— Cependant la place Maubert est assez grande ! reprit un des clercs cantonnés sur la table de la fenêtre.

— A bas le recteur, les électeurs et les procureurs ! cria Joannes.

— Il faudra faire un feu de joie ce soir dans le Champ-Gaillard, poursuivit l'autre, avec les livres de maître Andry.

— Et les pupitres des scribes ! dit son voisin.

— Et les verges des bedeaux !

— Et les crachoirs des doyens !

— Et les buffets des procureurs !

— Et les huches des électeurs !

— Et les escabeaux du recteur !

— A bas ! reprit le petit Jehan en faux-bourdon ; à bas maître Andry, les bedeaux et les scribes ; les théologiens, les médecins et les décrétistes ; les procureurs, les électeurs et le recteur !

— C'est donc la fin du monde ! murmura maître Andry en se bouchant les oreilles.

— A propos, le recteur ! le voici qui passe dans la place, cria un de ceux de la fenêtre.

Ce fut à qui se retournerait vers la place.

— Est-ce que c'est vraiment notre vénérable recteur maître Thibaut, demanda Jehan Frollo du Moulin, qui, s'étant accroché à un pilier de l'intérieur, ne pouvait voir ce qui se passait au dehors.

— Oui, oui, répondirent tous les autres; c'est lui; c'est bien lui, maître Thibaut le recteur.

C'était en effet le recteur; et tous les dignitaires de l'Université qui se rendaient processionnellement au devant de l'ambassade et traversaient en ce moment la place du Palais. Les écoliers, pressés à la fenêtre, les accueillirent au passage avec des sarcasmes et des applaudissemens ironiques. Le recteur, qui marchait en tête de sa compagnie, essuya la première bordée; elle fut rude.

— Bonjour, monsieur le recteur! Holahée! bonjour donc!

— Comment fait-il pour être ici, le vieux joueur? il a donc quitté ses dés!

— Comme il trotte sur sa mule! elle a les oreilles moins longues que lui.

— Holahée! bonjour, monsieur le recteur Thibaut! *Tybalde aleator!* vieil imbécile! vieux joueur!

— Dieu vous garde! avez-vous fait souvent double-six cette nuit?

— Oh! la caduque figure, plombée, tirée et battue pour l'amour du jeu et des dés!

— Où allez-vous comme cela, Thibaut, *Tybalde ad dados*, tournant le dos à l'Université et trottant vers la ville?

— Il va sans doute chercher un logis rue Thibautodé, cria Jehan de Moulin.

Toute la bande répéta le quolibet avec une voix de tonnerre et des battemens de mains furieux.

— Vous allez chercher logis rue Thibautodé? n'est-ce pas, monsieur le recteur, joueur de la partie du diable?

Puis ce fut le tour des autres dignitaires.

— A bas les bedeaux! à bas les massiers!

— Dis donc, Robin Poussepain, qu'est-ce que c'est donc que celui-là?

— C'est Gilbert de Suilly, *Gilbertus de Soliaco*, le chancelier du collége d'Autun.

— Tiens, voici mon soulier : tu es mieux placé que moi; jette-le lui par la figure.

— *Saturnalitias mittimus ecce nuces.*

— A bas les six théologiens avec leurs surplis blancs!

— Ce sont là les théologiens? je croyais

que c'étaient six oies blanches données par Sainte-Geneviève à la ville, pour le fief de Roogny.

— A bas les médecins!

— A bas les disputations cardinales et quodlibétaires!

— A toi ma coiffe, chancelier de Sainte-Geneviève! tu m'as fait un passe-droit.

— C'est vrai cela; il a donné ma place dans la nation de Normandie au petit Ascanio Falzaspada, qui est de la province de Bourges, puisqu'il est Italien.

— C'est une injustice, dirent tous les écoliers. A bas le chancelier de Sainte-Geneviève.

— Ho-hé! maître Joachim de Ladehors! Ho-hé! Louis Dahuille! Ho-hé! Lambert Hoctement!

— Que le diable étouffe le procureur de la nation d'Allemagne!

— Et les chapelains de la Sainte-Chapelle, avec leurs aumusses grises; *cum tunicis grisis!*

— *Seu de pellibus grisis fourratis!*

— Holahée! les maîtres ès-arts! Toutes les belles chapes noires! toutes les belles chapes rouges!

— Cela fait une belle queue au recteur.

— On dirait un duc de Venise qui va aux épousailles de la mer.

— Dis donc, Jehan ! les chanoines de Sainte-Geneviève !

— Au diable la chanoinerie !

— Abbé Claude Choart ! docteur Claude Choart ! Est-ce que vous cherchez Marie-la-Giffarde ?

— Elle est rue de Glatigny.

— Elle fait le lit du roi des ribauds.

— Elle paie ses quatre deniers ; *quatuor denarios.*

— *Aut unum bombum.*

— Voulez-vous qu'elle vous paie au nez ?

— Camarades ! Maître Simon Sanguin, l'électeur de Picardie, qui a sa femme en croupe !

— *Post equitem sedet atra cura.*

— Hardi, maître Simon !

— Bonjour, monsieur l'électeur !

— Bonne nuit, madame l'électrice !

— Sont-ils heureux de voir tout cela, disait en soupirant *Joannes de Molendino*, toujours perché dans les feuillages de son chapiteau.

Cependant le libraire juré de l'Université, maître Andry Musnier, se penchait à l'oreille du pelletier-fourreur des robes du roi, maître Gilles Lecornu.

—'Je vous le dis, Monsieur, c'est la fin du
monde. On n'a jamais vu pareils débordemens
de l'écolerie; ce sont les maudites inventions
du siècle qui perdent tout. Les artilleries, les
serpentines, les bombardes, et surtout l'impression, cette autre peste d'Allemagne. Plus
de manuscrits, plus de livres! l'impression tue
la librairie. C'est la fin du monde qui vient.

— Je m'en aperçois bien aux progrès des
étoffes de velours, dit le marchand-fourreur.

En ce moment midi sonna.

— Ha!... dit toute la foule d'une seule voix.

Les écoliers se turent. Puis il se fit un grand
remue-ménage; un grand mouvement de pieds
et de têtes; une grande détonation générale de
toux et de mouchoirs; chacun s'arrangea, se
posta, se haussa, se groupa. Puis un grand
silence; tous les cous restèrent tendus, toutes les
bouches ouvertes, tous les regards tournés vers
la table de marbre:... rien n'y parut. Les quatre
sergens du bailli étaient toujours là, roides et
immobiles comme quatre statues peintes.
Tous les yeux se tournèrent vers l'estrade réservée aux envoyés flamands. La porte restait fermée, et l'estrade vide. Cette foule attendait depuis le matin trois choses : midi, l'am-

bassade de Flandre, le mystère. Midi seul était arrivé à l'heure.

Pour le coup c'était trop fort.

On attendit une, deux, trois, cinq minutes, un quart d'heure ; rien ne venait. L'estrade demeurait déserte ; le théâtre, muet. Cependant à l'impatience avait succédé la colère. Les paroles irritées circulaient, à voix basse encore, il est vrai. — Le mystère ! le mystère ! murmurait-on sourdement. Les têtes fermentaient. Une tempête, qui ne faisait encore que gronder, flottait à la surface de cette foule. Ce fut Jehan du Moulin qui en tira la première étincelle.

— Le mystère, et au diable les Flamands ! s'écria-t-il de toute la force de ses poumons, en se tordant comme un serpent autour de son chapiteau.

La foule battit des mains.

— Le mystère, répéta-t-elle, et la Flandre à tous les diables !

— Il nous faut le mystère, sur-le-champ, reprit l'écolier ; ou m'est avis que nous pendions le bailli du Palais, en guise de comédie et de moralité.

— Bien dit, cria le peuple, et entamons la pendaison par ses sergens.

Une grande acclamation suivit. Les quatre

pauvres diables commençaient à pâlir et à s'entre-regarder. La multitude s'ébranlait vers eux, et ils voyaient déjà la frêle balustrade de bois qui les en séparait ployer et faire ventre sous la pression de la foule.

Le moment était critique.

— A sac! à sac ! criait-on de toutes parts.

En cet instant, la tapisserie du vestiaire que nous avons décrit plus haut, se souleva, et donna passage à un personnage dont la seule vue arrêta subitement la foule, et changea comme par enchantement sa colère en curiosité.

— Silence! silence!

Le personnage, fort peu rassuré et tremblant de tous ses membres, s'avança jusqu'au bord de la table de marbre, avec force révérences qui, à mesure qu'il approchait, ressemblaient de plus en plus à des génuflexions.

Cependant le calme s'était à peu près rétabli. Il ne restait plus que cette légère rumeur qui se dégage toujours du silence de la foule.

— Messieurs les bourgeois, dit-il, et Mesdemoiselles les bourgeoises, nous devons avoir l'honneur de déclamer et représenter devant son éminence monsieur le cardinal une très belle moralité, qui a nom : *Le bon juge-*

ment de madame la vierge Marie. C'est moi
qui fais Jupiter. Son éminence accompagne
en ce moment l'ambassade très-honorable de
monsieur le duc d'Autriche; laquelle est rete-
nue, à l'heure qu'il est, à écouter la harangue de
monsieur le recteur de l'Université, à la porte
Baudets. Dès que l'éminentissime cardinal
sera arrivé, nous commencerons.

Il est certain qu'il ne fallait rien moins que
l'intervention de Jupiter pour sauver les quatre malheureux sergens du bailli du Palais. Si
nous avions le bonheur d'avoir inventé cette
très véridique histoire, et par conséquent d'en
être responsable par devant Notre-Dame la
Critique, ce n'est pas contre nous qu'on pourrait invoquer en ce moment le précepte classique : *Nec Deus intersit.* Du reste, le costume
du seigneur Jupiter était fort beau, et n'avait
pas peu contribué à calmer la foule en attirant
toute son attention. Jupiter était vêtu d'une
brigandine couverte de velours noir, à clous
dorés; il était coiffé d'un bicoquet garni de
boutons d'argent dorés; et, n'était le rouge et
la grosse barbe qui couvraient chacun une
moitié de son visage, n'était le rouleau de
carton doré, semé de passequilles et tout hérissé de lanières de clinquant qu'il portait à la

main et dans lequel des yeux exercés reconnaissaient aisément la foudre, n'était ses pieds couleur de chair et enrubannés à la grecque, il eût pu supporter la comparaison, pour la sévérité de sa tenue, avec un archer breton du corps de monsieur de Berry.

II.

Pierre Gringoire.

Cependant, tandis qu'il haranguait, la satisfaction, l'admiration unanimement excitées
par son costume, se dissipaient à ses paroles;
et quand il arriva à cette conclusion malencontreuse, « Dès que l'éminentissime cardi-
» nal sera arrivé, nous commencerons, » sa
voix se perdit dans un tonnerre de huées.

— Commencez tout de suite! Le mystère! le mystère tout de suite! criait le peuple. Et l'on entendait par dessus toutes-les voix celle de *Joannes de Molendino*, qui perçait la rumeur comme le fifre dans un charivari de Nîmes : Commencez tout de suite! glapissait l'écolier.

— A bas Jupiter et le cardinal de Bourbon! vociféraient Robin Poussepain et les autres clercs juchés dans la croisée.

— Tout de suite la moralité! répétait la foule; sur-le-champ! tout de suite! le sac et la corde aux comédiens et au cardinal!

Le pauvre Jupiter, hagard, effaré, pâle sous son rouge, laissa tomber sa foudre, prit à la main son bicoquet; puis il saluait et tremblait en balbutiant : Son éminence.... les ambassadeurs... madame Marguerite de Flandre...Il ne savait que dire. Au fond, il avait peur d'être pendu.

Pendu par la populace pour attendre, pendu par le cardinal pour n'avoir pas attendu, il ne voyait des deux côtés qu'un abîme, c'est-à-dire, une potence.

Heureusement quelqu'un vint le tirer d'embarras et assumer la responsabilité.

Un individu qui se tenait en deçà de la ba-

lustrade, dans l'espace laissé libre autour de
la table de marbre, et que personne n'avait encore aperçu, tant sa longue ét mince personne
était complètement abritée de tout rayon vi-
suel par le diamètre du pilier auquel il était
adossé; cet individu, disons-nous, grand, maigre, blême, blond, jeune encore, quoique
déjà ridé au front et aux joues, avec des yeux
brillans et une bouche souriante, vêtu d'une
serge noire, râpée et lustrée de vieillesse, s'approcha de la table de marbre et fit un signe
au pauvre patient. Mais l'autre, interdit, ne
voyait pas.

Le nouveau venu fit un pas de plus :

— Jupiter ! dit-il, mon cher Jupiter !

L'autre n'entendait point.

Enfin le grand blond, impatienté, lui cria
presque sous le nez :

— Michel Giborne !

—Qui m'appelle? dit Jupiter, comme éveillé
en sursaut.

— Moi, répondit le personnage vêtu de
noir.

— Ah ! dit Jupiter.

— Commencez tout de suite, reprit l'autre.
Satisfaites le populaire; je me charge d'apaiser

monsieur le bailli qui apaisera monsieur le
cardinal.

Jupiter respira.

— Messeigneurs les bourgeois, cria-t-il de
toute la force de ses poumons à la foule qui
continuait de le huer, nous allons commencer tout de suite.

— *Evoe, Juppiter! Plaudite, cives!* crièrent
les écoliers.

— Noël! Noël! cria le peuple.

Ce fut un battement de mains assourdissant, et Jupiter était déjà rentré sous sa tapisserie que la salle tremblait encore d'acclamations.

Cependant le personnage inconnu qui avait
si magiquement changé *la tempête en bonace*,
comme dit notre vieux et cher Corneille,
était modestement rentré dans la pénombre
de son pilier, et y serait sans doute resté invisible, immobile et muet comme auparavant,
s'il n'en eût été tiré par deux jeunes femmes
qui, placées au premier rang des spectateurs,
avaient remarqué son colloque avec Michel
Giborne-Jupiter.

— Maître, dit l'une d'elles en lui faisant
signe de s'approcher...

— Taisez-vous donc, ma chère Liénarde,

dit sa voisine, jolie, fraîche, et toute brave à force d'être endimanchée. Ce n'est pas un clerc, c'est un laïque ; il ne faut pas dire *maître*, mais bien *messire*.

— Messire, dit Liénarde.

L'inconnu s'approcha de la balustrade.

— Que voulez-vous de moi, mesdamoiselles ? demanda-t-il avec empressement.

— Oh ! rien, dit Liénarde toute confuse ! C'est ma voisine Gisquette-la-Gencienne, qui veut vous parler.

— Non pas, reprit Gisquette en rougissant ; c'est Liénarde qui vous a dit, Maître ; je lui ai dit qu'on disait Messire.

Les deux jeunes filles baissaient les yeux. L'autre, qui ne demandait pas mieux que de lier conversation, les regardait en souriant :

— Vous n'avez donc rien à me dire, mesdamoiselles ?

— Oh ! rien du tout, répondit Gisquette.

— Rien, dit Liénarde.

Le grand jeune homme blond fit un pas pour se retirer ; mais les deux curieuses n'avaient pas envie de lâcher prise.

— Messire, dit vivement Gisquette avec l'impétuosité d'une écluse qui s'ouvre ou d'une femme qui prend son parti, vous connaissez donc ce soldat qui va jouer le rôle de madame la Vierge dans le mystère?

— Vous voulez dire le rôle de Jupiter? reprit l'anonyme.

— Hé! oui, dit Liénarde! est-elle bête! Vous connaissez donc Jupiter?

— Michel Giborne? répondit l'anonyme; oui, madame.

— Il a une fière barbe! dit Liénarde.

— Cela sera-t-il beau, ce qu'ils vont dire là dessus? demanda timidement Gisquette.

— Très-beau, madamoiselle, répondit l'anonyme sans la moindre hésitation.

— Qu'est-ce que ce sera? dit Liénarde.

— *Le bon jugement de madame la Vierge,* moralité, s'il vous plaît, madamoiselle.

— Ah! c'est différent, reprit Liénarde.

Un court silence suivit. L'inconnu le rompit :

— C'est une moralité toute neuve, et qui n'a pas encore servi.

— Ce n'est donc pas la même, dit Gisquette, que celle qu'on a donnée il y a deux ans, le jour de l'entrée de monsieur le légat, et où il y avait trois belles filles faisant personnages...

— De syrènes, dit Liénarde.

— Et toutes nues, ajouta le jeune homme.

Liénarde baissa pudiquement les yeux. Gisquette la regarda, et en fit autant. Il poursuivit en souriant :

— C'était chose bien plaisante à voir. Aujourd'hui c'est une moralité faite exprès pour madame la demoiselle de Flandre.

— Chantera-t-on des bergerettes ? demanda Gisquette.

— Fi ! dit l'inconnu, dans une moralité ! il ne faut pas confondre les genres. Si c'était une sottie, à la bonne heure.

— C'est dommage, reprit Gisquette. Ce jourlà il y avait à la fontaine du Ponceau des hommes et des femmes sauvages qui se combattaient et faisaient plusieurs contenances en chantant de petits motets et des bergerettes.

— Ce qui convient pour un légat, dit assez sèchement l'inconnu, ne convient pas pour une princesse.

— Et près d'eux, reprit Liénarde, joutaient plusieurs bas instrumens qui rendaient de grandes mélodies.

— Et pour rafraîchir les passans, continua Gisquette, la fontaine jetait par trois bouches, vin, lait et hypocras, dont buvait qui voulait.

— Et un peu au dessous du Ponceau, poursuivit Liénarde, à la Trinité, il y avait une passion par personnages, et sans parler.

— Si je m'en souviens! s'écria Gisquette: Dieu en la croix, et les deux larrons à droite et à gauche!

Ici les jeunes commères, s'échauffant au souvenir de l'entrée de monsieur le légat, se mirent à parler à la fois.

—Et plus avant, à la Porte aux Peintres, il y avait d'autres personnes très-richement habillées.

— Et à la fontaine Saint-Innocent, ce chasseur qui poursuivait une biche avec grand bruit de chiens et de trompes de chasse!

— Et à la boucherie de Paris, ces échafauds qui figuraient la Bastille de Dieppe!

— Et quand le légat passa, tu sais, Gisquette? on donna l'assaut, et les Anglais eurent tous les gorges coupées.

— Et contre la porte du Châtelet, il y avait de très-beaux personnages!

—Et sur le Pont au Change, qui était tout tendu par dessus!

— Et quand le légat passa, on laissa voler sur le pont plus de deux cents douzaines de toutes sortes d'oiseaux; c'était très-beau, Liénarde.

— Ce sera plus beau aujourd'hui, reprit enfin leur interlocuteur qui semblait les écouter avec impatience.

— Vous nous promettez que ce mystère sera beau? dit Gisquette.

— Sans doute, répondit-il; puis il ajouta avec une certaine emphase :

— Mesdamoiselles, c'est moi qui en suis l'auteur.

— Vraiment? dirent les jeunes filles, tout ébahies.

— Vraiment! répondit le poëte en se rengorgeant légèrement; c'est-à-dire, nous sommes deux : Jehan Marchand, qui a scié les planches, et dressé la charpente du théâtre et la boiserie, et moi qui ai fait la pièce. — Je m'appelle Pierre Gringoire.

L'auteur du *Cid* n'eût pas dit avec plus de fierté : *Pierre Corneille.*

Nos lecteurs ont pu observer qu'il avait déjà dû s'écouler un certain temps depuis le moment où Jupiter était rentré sous la tapisserie jusqu'à l'instant où l'auteur de la moralité nouvelle s'était révélé ainsi brusquement à l'admiration naïve de Gisquette et de Liénarde. Chose remarquable : toute cette foule, quelques minutes auparavant si tumultueuse, attendait maintenant avec mansuétude, sur la foi du comédien; ce qui prouve cette vérité éternelle et tous les jours encore éprouvée dans nos théâtres, que le meilleur moyen de faire attendre patiemment le public, c'est de lui affirmer qu'on va commencer tout de suite.

Toutefois l'écolier Joannes ne s'endormait pas.

— Holahée! cria-t-il tout-à-coup au milieu de la paisible attente qui avait succédé au trouble. Jupiter, madame la Vierge, bateleurs du diable! vous gaussez-vous? la pièce! la pièce! commencez, ou nous recommençons!

Il n'en fallut pas davantage.

Une musique de hauts et bas instrumens se fit entendre de l'intérieur de l'échafaudage; la tapisserie se souleva; quatre personnages bariolés et fardés en sortirent, grimpèrent la roide échelle du théâtre, et, parvenus sur la plate-forme supérieure, se rangèrent en ligne devant le public, qu'ils saluèrent profondément; alors la symphonie se tut. C'était le mystère qui commençait.

Les quatre personnages, après avoir largement recueilli le paiement de leurs révérences en applaudissemens, entamèrent, au milieu d'un religieux silence, un prologue dont nous

faisons volontiers grâce au lecteur. Du reste,
ce qui arrive encore de nos jours, le public s'occupait encore plus des costumes
qu'ils portaient que du rôle qu'ils débitaient;
et en vérité, c'était justice. Ils étaient vêtus
tous quatre de robes mi-parties jaune et blanc,
qui ne se distinguaient entr'elles que par la
nature de l'étoffe; la première était en brocart or et argent, la deuxième en soie, la
troisième en laine, la quatrième en toile. Le
premier des personnages portait en main
droite une épée, le second deux clefs d'or, le
troisième une balance, le quatrième une
bêche; et pour aider les intelligences pares-
seuses qui n'auraient pas vu clair à travers la
transparence de ces attributs, on pouvait lire
en grosses lettres noires brodées : au bas de la
robe de brocart, JE M'APPELLE NOBLESSE; au
bas de la robe de soie, JE M'APPELLE CLERGÉ;
au bas de la robe de laine, JE M'APPELLE MAR-
CHANDISE; au bas de la robe de toile, JE M'AP-
PELLE LABOUR. Le sexe des deux allégories
mâles était clairement indiqué à tout spectateur judicieux par leurs robes moins longues
et par la cramignole qu'elles portaient en tête,
tandis que les deux allégories femelles, moins
court vêtues, étaient coiffées d'un chaperon.

Il eût fallu aussi beaucoup de mauvaise volonté pour ne pas comprendre, à travers la poésie du prologue, que Labour était marié à Marchandise et Clergé à Noblesse, et que les deux heureux couples possédaient en commun un magnifique dauphin d'or, qu'ils prétendaient n'adjuger qu'à la plus belle. Ils allaient donc par le monde cherchant et quêtant cette beauté, et après avoir successivement rejeté la reine de Golconde, la princesse de Trébisonde, la fille du Grand-Khan de Tartarie, etc., etc. Labour et Clergé, Noblesse et Marchandise étaient venus se reposer sur la table de marbre du palais de Justice, en débitant devant l'honnête auditoire autant de sentences et de maximes qu'on en pouvait alors dépenser à la Faculté des arts aux examens, sophismes, déterminances, figures et actes, où les maîtres prenaient leurs bonnets de licence.

Tout cela était en effet très-beau.

Cependant, dans cette foule sur laquelle les quatre allégories versaient à qui mieux mieux des flots de métaphores, il n'y avait pas une oreille plus attentive, pas un cœur plus palpitant, pas un œil plus hagard, pas un cou plus tendu, que l'œil, l'oreille, le

cou et le cœur de l'auteur, du poëte, de ce
brave Pierre Gringoire, qui n'avait pu résister,
le moment d'auparavant, à la joie de dire son
nom à deux jolies filles. Il était retourné à quelques pas d'elles, derrière son pilier; et là, il
écoutait, il regardait, il savourait. Les bien-
veillans applaudissemens qui avaient accueilli
le début de son prologue retentissaient encore
dans ses entrailles, et il était complètement
absorbé dans cette espèce de contemplation
extatique, avec laquelle un auteur voit ses
idées tomber une à une de la bouche de l'ac-
teur dans le silence d'un vaste auditoire.
Digne Pierre Gringoire!

Il nous en coûte de le dire, mais cette première extase fut bien vite troublée. A peine
Gringoire avait-il approché ses lèvres de cette
coupe enivrante de joie et de triomphe, qu'une
goutte d'amertume vint s'y mêler.

Un mendiant déguenillé, qui ne pouvait
faire recette, perdu qu'il était au milieu de la
foule, et qui n'avait sans doute pas trouvé suf-
fisante indemnité dans les poches de ses voisins, avait imaginé de se jucher sur quelque
point en évidence, pour attirer les regards et
les aumônes. Il s'était donc hissé pendant les
premiers vers du prologue, à l'aide des piliers

de l'estrade réservée, jusqu'à la corniche qui
en bordait la balustrade à sa partie inférieure;
et là, il s'était assis, sollicitant l'attention et la
pitié de la multitude, avec ses haillons et une
plaie hideuse qui couvrait son bras droit. Du
reste il ne proférait pas une parole.

Le silence qu'il gardait laissait aller le prologue sans encombre, et aucun désordre sensible ne serait survenu, si le malheur n'eût
voulu que l'écolier Joannes avisât, du haut de
son pilier, le mendiant et ses simagrées. Un
fou rire s'empara du jeune drôle, qui, sans se
soucier d'interrompre le spectacle et de troubler le recueillement universel, s'écria gaillar-
dement :

— Tiens ! ce malingreux qui demande
l'aumône !

Quiconque a jeté une pierre dans une mare
à grenouilles, ou tiré un coup de fusil dans
une volée d'oiseaux, peut se faire une idée de
l'effet que produisirent ces paroles incongrues,
au milieu de l'attention générale. Gringoire
en tressaillit, comme d'une secousse électrique. Le prologue resta court, et toutes les
têtes se retournèrent en tumulte vers le mendiant, qui, loin de se déconcerter, vit dans cet
incident une bonne occasion de récolte, et se

mit à dire d'un air dolent, en fermant ses yeux à demi : — La charité, s'il vous plaît!

— Eh mais,... sur mon âme, reprit Joannes, c'est Clopin Trouillefou. Holahée! l'ami, ta plaie te gênait donc à la jambe, que tu l'as mise sur ton bras?

En parlant ainsi, il jetait, avec une adresse de singe, un petit-blanc dans le feutre gras que le mendiant tendait de son bras malade. Le mendiant reçut, sans broncher, l'aumône et le sarcasme, et continua d'un accent lamentable : — La charité, s'il vous plaît!

Cet épisode avait considérablement distrait l'auditoire; et bon nombre de spectateurs, Robin Poussepain et tous les clercs en tête, applaudissaient gaîment à ce duo bizarre, que venaient d'improviser, au milieu du prologue, l'écolier avec sa voix criarde et le mendiant avec son imperturbable psalmodie.

Gringoire était fort mécontent. Revenu de sa première stupéfaction, il s'évertuait à crier aux quatre personnages en scène : — Continuez! Que diable? continuez! — sans même daigner jeter un regard de dédain sur les deux interrupteurs.

En ce moment, il se sentit tirer par le bord de son surtout; il se retourna, non sans quel-

que humeur, et eut assez de peine à sourire;
il le fallait pourtant. C'était le joli bras de Gisquette-la-Gencienne, qui, passé à travers la
balustrade, sollicitait de cette façon son attention.

— Monsieur, dit la jeune fille, est-ce qu'ils
vont continuer?

— Sans doute, répondit Gringoire, assez
choqué de la question.

— En ce cas, messire, reprit-elle, auriez-
vous la courtoisie de m'expliquer....

— Ce qu'ils vont dire? interrompit Gringoire. Eh bien, écoutez!

— Non, dit Gisquette; mais ce qu'ils ont
dit jusqu'à présent.

Gringoire fit un soubresaut, comme un
homme dont on toucherait la plaie à vif.

— Peste de la petite fille sotte et bouchée!
dit-il entre ses dents.

A dater de ce moment-là, Gisquette fut perdue dans son esprit.

Cependant les acteurs avaient obéi à son
injonction, et le public, voyant qu'ils se remet-
taient à parler, s'était remis à écouter; non
sans avoir perdu force beautés, dans l'espèce
de soudure qui se fit entre les deux parties de
la pièce, ainsi brusquement coupée. Grin-

goire en faisait tout bas l'amère réflexion.
Pourtant la tranquillité s'était rétablie peu à
peu ; l'écolier se taisait, le mendiant comptait
quelque monnaie dans son chapeau, et la pièce
avait repris le dessus.

C'était en réalité un fort bel ouvrage, et
dont il nous semble qu'on pourrait encore
fort bien tirer parti aujourd'hui, moyennant
quelques arrangemens. L'exposition, un peu
longue et un peu vide, c'est-à-dire dans les
règles, était simple ; et Gringoire, dans le candide sanctuaire de son for intérieur, en admirait la clarté. Comme on s'en doute bien, les
quatre personnages allégoriques étaient un
peu fatigués d'avoir parcouru les trois parties
du monde, sans trouver à se défaire convenablement de leur dauphin d'or. Là dessus,
éloge du poisson merveilleux, avec mille allu-
sions délicates au jeune fiancé de Marguerite
de Flandre, alors fort tristement reclus à Am-
boise, et ne se doutant guère que Labour et
Clergé, Noblesse et Marchandise venaient de
faire le tour du monde pour lui. Le susdit
dauphin donc était jeune, était beau, était
fort, et surtout (magnifique origine de toutes
les vertus royales!) il était fils du lion de France.
Je déclare que cette métaphore hardie est ad-

mirable; et que l'histoire naturelle du théâtre, un jour d'allégorie et d'épithalame royal, ne s'effarouche aucunement d'un dauphin fils d'un lion. Ce sont justement ces rares et pindariques mélanges qui prouvent l'enthousiasme. Néanmoins, pour faire aussi la part de la critique, le poëte aurait pu développer cette belle idée en moins de deux cents vers. Il est vrai que le mystère devait durer depuis midi jusqu'à quatre heures, d'après l'ordonnance de monsieur le prevôt, et qu'il faut bien dire quelque chose. D'ailleurs, on écoutait patiemment.

Tout à coup, au beau milieu d'une querelle entre mademoiselle Marchandise et madame Noblesse, au moment où maître Labour prononçait ce vers mirifique,

Once ne vis dans les bois bête plus triomphante ;

la porte de l'estrade réservée, qui était jusque là restée si mal à propos fermée, s'ouvrit plus mal à propos encore; et la voix retentissante de l'huissier annonça brusquement: *Son éminence monseigneur le cardinal de Bourbon.*

III.

Monsieur le Cardinal.

––––––––

Pauvre Gringoire! le fracas de tous les gros
doubles pétards de la Saint-Jean, la décharge
de vingt arquebuses à croc, la détonation de
cette fameuse serpentine de la tour de Billy
qui, lors du siége de Paris, le dimanche 29 septembre 1465, tua sept Bourguignons d'un
coup, l'explosion de toute la poudre à canon

I.   4

emmagasinée à la porte du Temple, lui eût
moins rudement déchiré les oreilles, en ce
moment solennel et dramatique, que ce peu
de paroles tombées de la bouche d'un huissier : *Son éminence monseigneur le cardinal
de Bourbon.*

Ce n'est pas que Pierre Gringoire craignît
monsieur le cardinal ou le dédaignât. Il n'a-
vait ni cette faiblesse, ni cette outre-cuidance.
Véritable éclectique, comme on dirait aujour-
d'hui, Gringoire était de ces esprits élevés et
fermes, modérés et calmes, qui savent toujours
se tenir au milieu de tout (*stare in dimidio
rerum*), et qui sont pleins de raison et de libé-
rale philosophie, tout en faisant état des car-
dinaux. Race précieuse et jamais interrompue
de philosophes auxquels la sagesse, comme
une autre Ariane, semble avoir donné une
pelote de fil qu'ils s'en vont dévidant depuis le
commencement du monde à travers le labyrinthe des choses humaines. On les retrouve
dans tous les temps, toujours les mêmes,
c'est-à-dire toujours selon tous les temps. Et
sans compter notre Pierre Gringoire, qui les
représenterait au quinzième siècle si nous par-
venions à lui rendre l'illustration qu'il mérite,
certainement c'est leur esprit qui animait le

père Du Breul lorsqu'il écrivait dans le seizième ces paroles naïvement sublimes, dignes de tous les siècles : « Ie suis parisien de nation et » parrhisian de parler, puisque *parrhisia* en » grec signifie liberté de parler : de laquelle » i'ay vsé mesme enuers messeigneurs les car- » dinaux, oncle et frère de monseigneur le » prince de Conty : toutesfois auec respect de » leur grandeur, et sans offenser personne de » leur suitte, qui est beaucoup. »

Il n'y avait donc ni haine du cardinal, ni dé- dain de sa présence, dans l'impression désa- gréable qu'elle fit à Pierre Gringoire. Bien au contraire; notre poëte avait trop de bon sens et une souquenille trop râpée pour ne pas attacher un prix particulier à ce que mainte allusion de son prologue, et en particulier la glorification du dauphin, fils du lion de France, fût recueillie par une oreille éminentissime. Mais ce n'est pas l'intérêt qui domine dans la noble nature des poëtes. Je suppose que l'en- tité du poëte soit représentée par le nombre dix; il est certain qu'un chimiste, en l'analysant et pharmacopolisant, comme dit Rabelais, la trouverait composée d'une partie d'intérêt contre neuf parties d'amour-propre. Or, au moment où la porte s'était ouverte pour le cardinal, les neuf parties d'amour-propre de Gringoire, gonflées et tuméfiées au souffle de l'admiration populaire, étaient dans un état d'accroissement prodigieux, sous lequel disparaissait comme étouffée cette imperceptible molécule d'intérêt que nous distinguions tout à l'heure dans la constitution des poëtes; ingrédient précieux, du reste, lest de réalité et d'humanité sans lequel ils ne toucheraient pas la terre. Gringoire jouissait de sentir, de voir, de palper pour ainsi dire une assemblée entière, dé marauds il est vrai, mais qu'importe? stupéfiée, pétrifiée, et comme asphyxiée devant les incommensurables tirades qui surgissaient à chaque instant de toutes les parties de son épithalame. J'affirme qu'il partageait lui-même la béatitude générale, et qu'au rebours de La Fontaine qui à la représentation de sa comédie du *Florentin* demandait : *Quel est le malotru qui a fait cette rapsodie?* Gringoire eût volontiers demandé à son voisin : *De qui est ce chef-d'œuvre?* On peut juger maintenant quel effet produisit sur lui la brusque et intempestive survenue du cardinal.

Ce qu'il pouvait craindre ne se réalisa que trop. L'entrée de son éminence bouleversa l'auditoire. Toutes les têtes se tournèrent vers

l'estrade. Ce fut à ne plus s'entendre. — Le
cardinal! le cardinal! répétèrent toutes les
bouches. Le malheureux prologue resta court
une seconde fois.

Le cardinal s'arrêta un moment sur le
seuil de l'estrade. Tandis qu'il promenait un
regard assez indifférent sur l'auditoire, le tumulte redoublait. Chacun voulait le mieux
voir. C'était à qui mettrait sa tête sur les épaules de son voisin.

C'était en effet un haut personnage et dont
le spectacle valait bien toute autre comédie.
Charles, cardinal de Bourbon, archevêque et
comte de Lyon, primat des Gaules, était à la
fois allié à Louis XI par son frère, Pierre,
seigneur de Beaujeu; qui avait épousé la fille
aînée du roi, et allié à Charles-le-Téméraire
par sa mère Agnès de Bourgogne. Or le trait
dominant, le trait caractéristique et distinctif
du caractère du primat des Gaules, c'était l'esprit de courtisan et la dévotion aux puissances.
On peut juger des embarras sans nombre que
lui avait valus cette double parenté, et de tous
les écueils temporels entre lesquels sa barque
spirituelle avait dû louvoyer, pour ne se briser
ni à Louis, ni à Charles, cette Charybde et

cette Scylla qui avaient dévoré le duc de Nemours et le connétable de Saint-Pol. Grâce au
ciel, il s'était assez bien tiré de la traversée, et
était arrivé à Rome sans encombre. Mais,
quoiqu'il fût au port, et précisément parce
qu'il était au port, il ne se rappelait jamais
sans inquiétudes les chances diverses de sa vie
politique, si long-temps alarmée et laborieuse.
Aussi avait-il coutume de dire que l'année 1476
avait été pour lui *noire et blanche;* entendant
par là qu'il avait perdu dans cette même année
sa mère la duchesse de Bourbonnais et son
cousin le duc de Bourgogne, et qu'un deuil
l'avait consolé de l'autre.

Du reste, c'était un bon homme; il menait
joyeuse vie de cardinal, s'égayait volontiers
avec du cru royal de Challuau, ne haïssait
pas Richarde-la-Garmoise et Thomasse-la-
Saillarde, faisait l'aumône aux jolies filles
plutôt qu'aux vieilles femmes, et pour toutes
ces raisons était fort agréable au *populaire*
de Paris. Il ne marchait qu'entouré d'une
petite cour d'évêques et d'abbés de hautes
lignées, galans, grivois et faisant ripaille au
besoin; et plus d'une fois les braves dévotes
de Saint-Germain d'Auxerre, en passant le soir

sous les fenêtres illuminées du logis de Bourbon, avaient été scandalisées d'entendre les
mêmes voix qui leur avaient chanté vêpres
dans la journée, psalmodier au bruit des verres le proverbe bachique de Benoît XII, ce
pape qui avait ajouté une troisième couronne
à la tiare : — *Bibamus papaliter.*

Ce fut sans doute cette popularité, acquise
à si juste titre, qui le préserva, à son entrée,
de tout mauvais accueil de la part de la cohue,
si mécontente le moment d'auparavant, et
fort peu disposée au respect d'un cardinal
le jour même où elle allait élire un pape.
Mais les Parisiens ont peu de rancune; et
puis, en faisant commencer la représentation d'autorité, les bons bourgeois l'avaient
emporté sur le cardinal, et ce triomphe leur
suffisait. D'ailleurs monsieur le cardinal de
Bourbon était bel homme; il avait une fort
belle robe rouge qu'il portait fort bien; c'est
dire qu'il avait pour lui toutes les femmes
et par conséquent la meilleure moitié de l'auditoire. Certainement, il y aurait injustice et
mauvais goût à huer un cardinal pour s'être
fait attendre au spectacle, lorsqu'il est bel
homme et qu'il porte bien sa robe rouge.

Il entra donc, salua l'assistance avec ce sou-

rire héréditaire des grands pour le peuple, et
se dirigea à pas lents vers son fauteuil de velours écarlate, en ayant l'air de songer à toute
autre chose. Son cortége, ce que nous appellerions aujourd'hui son état-major d'évêques et
d'abbés, fit irruption à sa suite dans l'estrade,
non sans redoublement de tumulte et de curiosité au parterre. C'était à qui se les mon-
trerait, se les nommerait; à qui en connaîtrait
au moins un; qui, monsieur l'évêque de Mar-
seille, Alaudet, si j'ai bonne mémoire; qui,
le primicier de Saint-Denis; qui, Robert de
Lespinasse, abbé de Saint-Germain-des-Prés,
ce frère libertin d'une maîtresse de Louis XI :
le tout avec force méprises et cacophonies.
Quant aux écoliers, ils juraient. C'était leur
jour, leur fête des fous, leur saturnale,
l'orgie annuelle de la bazoche et de l'école.
Pas de turpitude qui ne fût de droit ce jour-
là et chose sacrée. Et puis il y avait de folles
commères dans la foule : Simone Quatre-
livres, Agnès la Gadine, Robine Piédebou.
N'était-ce pas le moins qu'on pût jurer à son
aise et maugréer un peu le nom de Dieu, un
si beau jour, en si bonne compagnie de gens
d'église et de filles de joie? Aussi ne s'en fai-
saient-ils faute; et, au milieu du brouhaha,

c'était un effrayant charivari de blasphèmes
et d'énormités que celui de toutes ces langues
échappées, langues de clercs et d'écoliers
contenues le reste de l'année par la crainte du
fer chaud de Saint-Louis. Pauvre Saint-Louis,
quelle nargue ils lui faisaient dans son propre
palais de justice! Chacun d'eux, dans les nouveaux venus de l'estrade, avait pris à partie
une soutane noire, ou grise, ou blanche, ou
violette. Quant à Joannes Frollo de Molendino, en sa qualité de frère d'un archidiacre,
c'était à la rouge qu'il s'était hardiment attaqué; et il chantait à tue-tête, en fixant ses
yeux effrontés sur le cardinal : *Cappa repleta
mero !*

Tous ces détails, que nous mettons ici à nu
pour l'édification du lecteur, étaient tellement couverts par la rumeur générale qu'ils
s'y effaçaient avant d'arriver jusqu'à l'estrade
réservée; d'ailleurs, le cardinal s'en fût peu
ému, tant les libertés de ce jour-là étaient
dans les mœurs. Il avait du reste, et sa mine
en était toute préoccupée, un autre souci qui
le suivait de près et qui entra presque en
même temps que lui dans l'estrade; c'était
l'ambassade de Flandre.

Non qu'il fût profond politique, et qu'il se

fît une affaire des suites possibles du mariage
de madame sa cousine Marguerite de Bourgogne avec monsieur son cousin Charles,
dauphin de Vienne ; combien durerait la
bonne intelligence plâtrée du duc d'Autriche
et du roi de France; comment le roi d'Angleterre prendrait ce dédain de sa fille : cela l'in-
quiétait peu, et il fêtait chaque soir le vin du
cru royal de Chaillot, sans se douter que quelques flacons de ce même vin (un peu revu
et corrigé, il est vrai, par le médecin Coictier), cordialement offerts à Edouard VI par
Louis XI, débarrasseraient un beau matin
Louis XI d'Edouard VI. *La moult honorée
ambassade de monsieur le duc d'Autriche*
n'apportait au cardinal aucun de ces soucis,
mais elle l'importunait par un autre côté. Il
était en effet un peu dur, et nous en avons
déjà dit un mot à la deuxième page de ce
livre, d'être obligé de faire fête et bon accueil,
lui Charles de Bourbon, à je ne sais quels
bourgeois; lui cardinal, à des échevins; lui
Français, joyeux convive, à des Flamands bu-
veurs de bierre; et cela en public. C'était là,
certes, une des plus fastidieuses grimaces
qu'il eût jamais faites pour le bon plaisir du
roi.

Il se tourna donc vers la porte, et de la meilleure grâce du monde (tant il s'y étudiait), quand l'huissier annonça d'une voix sonore : *Messieurs les envoyés de monsieur le duc d'Autriche.* Il est inutile de dire que la salle entière en fit autant.

Alors arrivèrent, deux par deux, avec une gravité qui faisait contraste au milieu du pétulant cortége ecclésiastique de Charles de Bourbon, les quarante-huit ambassadeurs de Maximilien d'Autriche, ayant en tête révérend père en Dieu, Jehan, abbé de Saint-Bertin, chancelier de la Toison-d'or, et Jacques de Goy, sieur Dauby, haut-bailli de Gand. Il se fit dans l'assemblée un grand silence accompagné de rires étouffés pour écouter tous les noms saugrenus et toutes les qualifications bourgeoises que chacun de ces personnages transmettait imperturbablement à l'huissier, qui jetait ensuite noms et qualités pêle-mêle et tout estropiés à travers la foule. C'était maître Loys Roelof, échevin de la ville de Louvain; messire Clays d'Etuelde, échevin de Bruxelles; messire Paul de Baeust, sieur de Voirmizelle, président de Flandre ; maître Jehan Coleghens, bourgmestre de la ville d'Anvers; maître George de la Moere, premier échevin de

la kuere de la ville de Gand ; maître Gheldolf
vander Hage, premier échevin des parchons de
ladite ville ; et le sieur de Bierbecque, et Jehan
Pinnock, et Jehan Dymaerzelle, etc., etc., etc.,
baillis, échevins, bourgmestres ; bourgmestres, échevins, baillis ; tous roides, gourmés,
empesés, endimanchés de velours et de damas, encapuchonnés de cramignoles de velours
noir à grosses houppes de fil d'or de Chypre ;
bonnes têtes flamandes après tout, figures
dignes et sévères, de la famille de celles que
Rembrandt fait saillir si fortes et si graves
sur le fond noir de sa ronde de nuit ; personnages qui portaient tous écrit sur le front que
Maximilien d'Autriche avait eu raison de se
confier à plain, comme disait son manifeste,
en leur sens, vaillance, expérience, loyaul-
tez, et bonnes preudomies.

Un excepté pourtant. C'était un visage fin,
intelligent, rusé, une espèce de museau de
singe et de diplomate, au devant duquel le
cardinal fit trois pas et une profonde révérence, et qui ne s'appelait pourtant que *Guil-*
laume Rym, conseiller et pensionnaire de la
ville de Gand.

Peu de personnes savaient alors ce que c'é-
tait que Guillaume Rym. Rare génie qui dans

un temps de révolution eût paru avec éclat à
la surface des événemens, mais qui au XVe
siècle était réduit aux caverneuses intrigues et
à *vivre dans les sapes*, comme dit le duc de
Saint-Simon. Du reste, il était apprécié du premier *sapeur* de l'Europe ; il machinait fami-
lièrement avec Louis XI, et mettait souvent
la main aux secrètes besognes du roi. Toutes
choses fort ignorées de cette foule qu'émer-
veillaient les politesses du cardinal à cette
chétive figure de bailli flamand.

IV.

Maître Jacques Coppenole.

Pendant que le pensionnaire de Gand et l'éminence échangeaient une révérence fort basse et quelques paroles à voix plus basse encore, un homme à haute stature, à large face, à puissantes épaules, se présentait pour entrer de front avec Guillaume Rym : on eût dit un dogue auprès d'un renard. Son bico-

quet de feutre et sa veste de cuir faisaient tache au milieu du velours et de la soie qui
l'entouraient. Présumant que c'était quelque
palefrenier fourvoyé, l'huissier l'arrêta.

— Hé, l'ami! on ne passe pas.

L'homme à veste de cuir le repoussa de
l'épaule.

— Que me veut ce drôle? dit-il avec un
éclat de voix qui rendit la salle entière attentive à cet étrange colloque. Tu ne vois pas
que j'en suis?

— Votre nom? demanda l'huissier.

— Jacques Coppenole.

— Vos qualités?

— Chaussetier, à l'enseigne des *Trois Chaînettes*, à Gand.

L'huissier recula. Annoncer des échevins et
des bourgmestres, passe; mais un chaussetier, c'était dur. Le cardinal était sur les épi-
nes. Tout le peuple écoutait et regardait. Voilà
deux jours que son éminence s'évertuait à lé-
cher ces ours flamands pour les rendre un
peu plus présentables en public, et l'incartade
était rude. Cependant Guillaume Rym, avec
son fin sourire, s'approcha de l'huissier :

— Annoncez maître Jacques Coppenole,

clerc des échevins de la ville de Gand, lui
souffla-t-il très-bas.

— Huissier, reprit le cardinal à haute voix,
annoncez maître Jacques Coppenole, clerc des
échevins de l'illustre ville de Gand.

Ce fut une faute. Guillaume Rym tout seul
eût escamoté la difficulté; mais Coppenole
avait entendu le cardinal.

— Non, croix-Dieu! s'écria-t-il avec sa voix
de tonnerre. Jacques Coppenole, chaussetier.
Entends-tu, l'huissier? Rien de plus, rien de
moins. Croix-Dieu! chaussetier, c'est assez
beau. Monsieur l'archiduc a plus d'une fois
cherché son gant dans mes chausses.

Les rires et les applaudissemens éclatèrent.
Un quolibet est tout de suite compris à Paris,
et par conséquent toujours applaudi.

Ajoutons que Coppenole était du peuple,
et que ce public qui l'entourait était du peuple. Aussi la communication entre eux et lui
avait été prompte, électrique, et pour ainsi
dire de plain pied. L'altière algarade du chaussetier flamand, en humiliant les gens de cour,
avait remué dans toutes les âmes plébéiennes
je ne sais quel sentiment de dignité encore
vague et indistinct au XVᵉ siècle. C'était un
égal que ce chaussetier, qui venait de tenir

tête à monsieur le cardinal! réflexion bien
douce à de pauvres diables qui étaient habitués à respect et obéissance envers les valets des sergens du bailli de l'abbé de Sainte-
Geneviève, caudataire du cardinal.

Coppenole salua fièrement son éminence,
qui rendit son salut au tout-puissant bourgeois redouté de Louis XI. Puis, tandis que
Guillaume Rym, *sage homme et malicieux*,
comme dit Philippe de Comines, les suivait
tous deux d'un sourire de raillerie et de supériorité, ils gagnèrent chacun leur place, le
cardinal tout décontenancé et soucieux, Coppenole tranquille et hautain, et songeant sans
doute qu'après tout son titre de chaussetier en
valait bien un autre, et que Marie de Bourgogne, mère de cette Marguerite que Coppenole
mariait aujourd'hui, l'eût moins redouté cardinal que chaussetier : car ce n'est pas un cardinal qui eût ameuté les Gantois contre les
favoris de la fille de Charles-le-Téméraire; ce
n'est pas un cardinal qui eût fortifié la foule
avec une parole contre ses larmes et ses prières, quand la demoiselle de Flandres vint sup-
plier son peuple pour eux jusqu'au pied de
leur échafaud; tandis que le chaussetier n'a-
vait eu qu'à lever son coude de cuir pour faire

tomber vos deux têtes, illustrissimes seigneurs, Guy d'Hymbercourt, chancelier Guillaume Hugonet!

Cependant tout n'était pas fini pour ce pauvre cardinal, et il devait boire jusqu'à la lie le calice d'être en si mauvaise compagnie.

Le lecteur n'a peut-être pas oublié l'effronté mendiant qui était venu se cramponner, dès le commencement du prologue, aux franges de l'estrade cardinale. L'arrivée des illustres conviés ne lui avait nullement fait lâcher prise, et tandis que prélats et ambassadeurs s'encaquaient, en vrais harengs flamands, dans les stalles de la tribune, lui s'était mis à l'aise, et avait bravement croisé ses jambes sur l'architrave. L'insolence était rare, et personne ne s'en était aperçu au premier moment, l'attention étant tournée ailleurs. Lui, de son côté, ne s'apercevait de rien dans la salle; il balançait sa tête avec une insouciance de napolitain, répétant de temps en temps dans la rumeur, comme par une machinale habitude: «La charité, s'il vous plaît!» Et certes, il était, dans toute l'assistance, le seul probablement, qui n'eût pas daigné tourner la tête à l'altercation de Coppenole et de l'huissier. Or le hasard voulut que le maître chaussetier de

Gand, avec qui le peuple sympathisait déjà si vivement, et sur qui tous les yeux étaient fixés, vint précisément s'asseoir au premier rang de l'estrade, au dessus du mendiant; et l'on ne fut pas médiocrement étonné de voir l'ambassadeur flamand, inspection faite du drôle placé sous ses yeux, frapper amicalement sur cette épaule couverte de haillons. Le mendiant se retourna; il y eut surprise, reconnaissance, épanouissement des deux visages, etc.; puis, sans se soucier le moins du monde des spectateurs, le chaussetier et le malingreux se mirent à causer à voix basse, en se tenant les mains dans les mains, tandis que les guenilles de Clopin Trouillefou étalées sur le drap d'or de l'estrade faisaient l'effet d'une chenille sur une orange.

La nouveauté de cette scène singulière excita une telle rumeur de folie et de gaieté dans la salle que le cardinal ne tarda pas à s'en apercevoir; il se pencha à demi, et ne pouvant, du point où il était placé, qu'entrevoir fort imparfaitement la casaque ignominieuse de Trouillefou, il se figura assez naturellement que le mendiant demandait l'aumône, et, révolté de l'audace, il s'écria : « Monsieur le bailli du Palais, jetez-moi ce drôle à la rivière. »

— Croix-Dieu! monseigneur le cardinal, dit Coppenole sans quitter la main de Clopin, c'est un de mes amis.

— Noël! Noël! cria la cohue. A dater de ce moment, maître Coppenole eut à Paris, comme à Gand, *grand crédit avec le peuple; car gens de telle taille l'y ont*, dit Philippe de Comines, *quand ils sont ainsi désordonnés.*

Le cardinal se mordit les lèvres. Il se pencha vers son voisin l'abbé de Sainte-Geneviève, et lui dit à demi-voix :

— Plaisans ambassadeurs que nous envoie là monsieur l'archiduc pour nous annoncer madame Marguerite !

— Votre éminence, répondit l'abbé, perd ses politesses avec ces grouins flamands. *Margaritas ante porcos.*

— Dites plutôt, répondit le cardinal avec un sourire : *porcos ante Margaritam.*

Toute la petite cour en soutane s'extasia sur le jeu de mots. Le cardinal se sentit un peu soulagé; il était maintenant quitte avec Coppenole, il avait eu aussi son quolibet applaudi.

Maintenant, que ceux de nos lecteurs qui ont la puissance de généraliser une image et une idée, comme on dit dans le style d'aujourd'hui, nous permettent de leur demander s'ils se figurent bien nettement le spectacle qu'offrait, au moment où nous arrêtons leur attention, le vaste parallélogramme de la grand'-salle du Palais. Au milieu de la salle, adossée au mur occidental, une large et magnifique estrade de brocart d'or, dans laquelle entrent processionnellement, par une petite porte ogive, de graves personnages successivement annoncés par la voix criarde d'un huissier. Sur les premiers bancs, déjà force vénérables figures, embéguinées d'hermine, de velours et d'écarlate. Autour de l'estrade, qui demeure silencieuse et digne, en bas, en face, partout, grande foule et grande rumeur. Mille regards du peuple sur chaque visage de l'estrade, mille chuchottemens sur chaque nom. Certes, le spectacle est curieux et mérite bien l'attention des spectateurs. Mais là bas, tout au bout, qu'est-ce donc que cette espèce de tréteau avec quatre pantins bariolés dessus et quatre autres en bas? Qu'est-ce donc, à côté du tréteau, que cet homme à souquenille noire et à pâle figure? Hélas! mon cher lecteur, c'est Pierre Gringoire et son prologue.

Nous l'avions tous profondément oublié.

Voilà précisément ce qu'il craignait.

Du moment où le cardinal était entré, Gringoire n'avait cessé de s'agiter pour le salut
de son prologue. Il avait d'abord enjoint
aux acteurs, restés en suspens, de continuer
et de hausser la voix; puis, voyant que personne n'écoutait, il les avait arrêtés; et depuis près d'un quart d'heure que l'interrup-
tion durait, il n'avait cessé de frapper du
pied, de se démener, d'interpeller Gisquette
et Liénarde, d'encourager ses voisins à la
poursuite du prologue; le tout en vain. Nul
ne bougeait du cardinal, de l'ambassade et
et de l'estrade, unique centre de ce vaste cercle de rayons visuels. Il faut croire aussi, et
nous le disons à regret, que le prologue commençait à gêner légèrement l'auditoire, au
moment où son éminence était venue y faire
diversion d'une si terrible façon. Après tout,
à l'estrade comme à la table de marbre, c'é-
tait toujours le même spectacle : le conflit de
Labour et de Clergé, de Noblesse et de Marchandise. Et beaucoup de gens aimaient mieux
les voir tout bonnement, vivant, respirant,
agissant, se coudoyant, en chair et en os,
dans cette ambassade flamande, dans cette
cour épiscopale, sous la robe du cardinal, sous
la veste de Coppenole, que fardés, attifés,

parlant en vers, et pour ainsi dire empaillés sous les tuniques jaunes et blanches dont les avait affublés Gringoire.

Pourtant quand notre poëte vit le calme un peu rétabli, il imagina un stratagème qui eût tout sauvé.

— Monsieur, dit-il en se tournant vers un de ses voisins, brave et gros homme à figure patiente, si l'on recommençait?

— Quoi? dit le voisin.

— Hé! le mystère, dit Gringoire.

— Comme il vous plaira, repartit le voisin.

Cette demi-approbation suffit à Gringoire, et faisant ses affaires lui-même, il commença à crier, en se confondant le plus possible avec la foule : Recommencez le mystère! recommencez!

— Diable! dit Joannes de Molendino, qu'est-ce qu'ils chantent donc là bas, au bout? (Car Gringoire faisait du bruit comme quatre.) Dites donc, camarades! est-ce que le mystère n'est pas fini? Ils veulent le recommencer; ce n'est pas juste.

— Non, non, crièrent tous les écoliers. A bas le mystère! à bas!

Mais Gringoire se multipliait, et n'en criait que plus fort : Recommencez! recommencez!

Ces clameurs attirèrent l'attention du cardinal.

— Monsieur le bailli du Palais, dit-il à un grand homme noir placé à quelques pas de lui, est-ce que ces drôles sont dans un bénitier, qu'ils font ce bruit d'enfer?

Le bailli du Palais était une espèce de magistrat amphibie, une sorte de chauve-souris de l'ordre judiciaire, tenant à la fois du rat et de l'oiseau, du juge et du soldat.

Il s'approcha de son éminence, et, non sans redouter fort son mécontentement, il lui expliqua en balbutiant l'incongruité populaire: que midi était arrivé avant son éminence, et que les comédiens avaient été forcés de commencer sans attendre son éminence.

Le cardinal éclata de rire.

— Sur ma foi, monsieur le recteur de l'Université aurait bien dû en faire autant. Qu'en dites-vous, maître Guillaume Rym?

—Monseigneur, répondit Guillaume Rym, contentons-nous d'avoir échappé à la moitié de la comédie. C'est toujours cela de gagné.

— Ces coquins peuvent-ils continuer leur farce? demanda le bailli.

— Continuez, continuez, dit le cardinal;

cela m'est égal. Pendant ce temps-là, je vais lire mon bréviaire.

Le bailli s'avança au bord de l'estrade, et cria, après avoir fait faire silence d'un geste de la main.

— Bourgeois, manans et habitans, pour satisfaire ceux qui veulent qu'on recommence et ceux qui veulent qu'on finisse, son éminence ordonne que l'on continue.

Il fallut bien se résigner des deux parts. Cependant l'auteur et le public en gardèrent long-temps rancune au cardinal.

Les personnages en scène reprirent donc leur glose, et Gringoire espéra que du moins le reste de son œuvre serait écouté. Cette espérance ne tarda pas à être déçue comme ses autres illusions; le silence s'était bien en effet rétabli tellement quellement dans l'auditoire; mais Gringoire n'avait pas remarqué que, au moment où le cardinal avait donné l'ordre de continuer, l'estrade était loin d'être remplie, et qu'après les envoyés flamands étaient survenus de nouveaux personnages faisant partie du cortége, dont les noms et qualités, lancés tout au travers de son dialogue par le cri intermittent de l'huissier, y produisaient un ravage considérable. Qu'on se figure en effet, au

milieu d'une pièce de théâtre, le glapissement
d'un huissier jetant, entre deux rimes et souvent entre deux hémistiches, des parenthèses
comme celles-ci :

Maître Jacques Charmolue, procureur du
roi en cour d'église!

Jehan de Harlay, écuyer, garde de l'office
de chevalier du guet de nuit de la ville de Paris !

Messire Galiot de Genoilhac, chevalier,
seigneur de Brussac, maître de l'artillerie du
roi!

Maître Dreux-Raguier, enquesteur des eaux
et forêts du roi notre sire, ès pays de France,
Champagne et Brie!

Messire Louis de Graville, chevalier, conseiller et chambellan du roi, amiral de France,
concierge du bois de Vincennes!

Maître Denis Le Mercier, garde de la maison des aveugles de Paris! — Etc., etc., etc.

Cela devenait insoutenable.

Cet étrange accompagnement, qui rendait la
pièce difficile à suivre, indignait d'autant plus
Gringoire qu'il ne pouvait se dissimuler que
l'intérêt allait toujours croissant et qu'il ne
manquait à son ouvrage que d'être écouté. Il
était en effet difficile d'imaginer une contex-

ture plus ingénieuse et plus dramatique. Les quatre personnages du prologue se lamentaient dans leur mortel embarras, lorsque Vénus en personne (*vera incessu patuit dea*) s'était présentée à eux, vêtue d'une belle cotte-hardie armoriée au navire de la ville de Paris. Elle venait elle-même réclamer le dauphin promis à la plus belle. Jupiter, dont on entendait la foudre gronder dans le vestiaire, l'appuyait, et la déesse allait l'emporter, c'est-à-dire, sans figure, épouser monsieur le dauphin; lorsqu'une jeune enfant, vêtue de damas blanc et tenant en main une marguerite (diaphane personnification de mademoiselle de Flandre), était venue lutter avec Vénus. Coup de théâtre et péripétie. Après controverse, Vénus, Marguerite et la cantonnade étaient convenues de s'en remettre au bon jugement de la sainte Vierge. Il y avait encore un beau rôle, celui de dom Pèdre, roi de Mésopotamie; mais à travers tant d'interruptions, il était difficile de démêler à quoi il servait. Tout cela était monté par l'échelle.

Mais c'en était fait; aucune de ces beautés n'était sentie, ni comprise. A l'entrée du cardinal, on eût dit qu'un fil invisible et magique avait subitement tiré tous les regards de

la table de marbre à l'estrade, de l'extrémité méridionale de la salle au côté occidental. Rien
ne pouvait désensorceler l'auditoire; tous les
yeux restaient fixés là, et les nouveaux arri-
vans, et leurs noms maudits, et leurs visages,
et leurs costumes étaient une diversion conti-
nuelle. C'était désolant. Excepté Gisquette et
Liénarde, qui se détournaient de temps en
temps quand Gringoire les tirait par la manche, excepté le gros voisin patient, personne
n'écoutait, personne ne regardait en face la
pauvre moralité abandonnée. Gringoire ne
voyait plus que des profils.

Avec quelle amertume il voyait s'écrouler
pièce à pièce tout son échafaudage de gloire
et de poésie! Et songer que ce peuple avait été
sur le point de se rebeller contre monsieur le
bailli, par impatience d'entendre son ouvrage!
maintenant qu'on l'avait, on ne s'en souciait.
Cette même représentation qui avait commencé dans une si unanime acclamation! Éternel flux et reflux de la faveur populaire! Penser
qu'on avait failli pendre les sergens du bailli!
Que n'eût-il pas donné pour en être encore à
cette heure de miel!

Le brutal monologue de l'huissier cessa
pourtant; tout le monde était arrivé: et Grin-

goire respira ; les acteurs continuaient bravement. Mais ne voilà-t-il pas que maître Coppenole, le chaussetier, se lève tout-à-coup, et
que Gringoire lui entend prononcer, au milieu
de l'attention universelle, cette abominable
harangue.

— Messieurs les bourgeois et hobereaux de
Paris, je ne sais, croix-Dieu! pas ce que nous
faisons ici. Je vois bien là bas dans ce coin,
sur ce tréteau, des gens qui ont l'air de vouloir se battre. J'ignore si c'est là ce qué vous
appelez un *mystère*; mais ce n'est pas amu-
sant; ils se querellent de la langue, et rien de
plus. Voilà un quart d'heure que j'attends le
premier coup; rien ne vient : ce sont des lâ-
ches, qui ne s'égratignent qu'avec des injures.
Il fallait faire venir des lutteurs de Londres
ou de Rotterdam; et, à la bonne heure! vous
auriez eu des coups de poing, qu'on aurait
entendus de la place; mais ceux-là font pitié. Ils
devraient nous donner au moins une danse
morisque, ou quelque autre momerie! Ce n'est
pas là ce qu'on m'avait dit; on m'avait promis
une fête de fous, avec élection du pape. Nous
avons aussi notre pape des fous à Gand; et en
cela nous ne sommes pas en arrière, croix-
Dieu! Mais voici comme nous faisons : on se

rassemble une cohue, comme ici; puis chacun à son tour va passer sa tête par un trou,
et fait une grimace aux autres; celui qui fait
la plus laide, à l'acclamation de tous, est élu
pape; voilà. C'est fort divertissant. Voulez-
vous que nous fassions votre pape à la mode
de mon pays? Ce sera toujours moins fasti-
dieux que d'écouter ces bavards. S'ils veulent
venir faire leur grimace à la lucarne, ils seront du jeu. Qu'en dites-vous, messieurs les
bourgeois? Il y a ici un suffisamment grotesque échantillon des deux sexes, pour qu'on
rie à la flamande, et nous sommes assez de
laids visages pour espérer une belle grimace.

Gringoire eût voulu répondre : la stupéfaction, la colère, l'indignation lui ôtèrent la parole. D'ailleurs la motion du chaussetier populaire fut accueillie avec un tel enthousiasme
par ces bourgeois flattés d'être appelés *hobe-*
reaux, que toute résistance était inutile. Il n'y
avait plus qu'à se laisser aller au torrent. Gringoire cacha son visage de ses deux mains,
n'ayant pas le bonheur d'avoir un manteau
pour se voiler la tête, comme l'Agamemnon
de Timante.

V.

Quasimodo.

———

En un clin d'œil tout fut prêt pour exécu-
ter l'idée de Coppenole. Bourgeois, écoliers
et bazochiens s'étaient mis à l'œuvre. La petite chapelle située en face de la table de marbre fut choisie pour le théâtre des grimaces.
Une vitre brisée à la jolie rosace au dessus de
la porte laissa libre un cercle de pierre par

lequel il fut convenu que les concurrens pas-
seraient la tête. Il suffisait, pour y atteindre,
de grimper sur deux tonneaux qu'on avait pris
je ne sais où, et juchés l'un sur l'autre tant
bien que mal. Il fut réglé que chaque candi-
dat, homme ou femme (car on pouvait faire
une papesse), pour laisser vierge et entière
l'impression de sa grimace, se couvrirait le visage et se tiendrait caché dans la chapelle jusqu'au moment de faire apparition. En moins
d'un instant la chapelle fut remplie de concurrens sur lesquels la porte se referma.

Coppenole de sa place ordonnait tout, dirigeait tout, arrangeait tout. Pendant le brouhaha, le cardinal, non moins décontenancé
que Gringoire, s'était, sous un prétexte d'affaires et de vêpres, retiré avec toute sa suite,
sans que cette foule, que son arrivée avait remuée si vivement, se fût le moindrement émue
à son départ. Guillaume Rym fut le seul qui remarqua la déroute de son éminence. L'attention populaire, comme le soleil, poursuivait
sa révolution; partie d'un bout de la salle,
après s'être arrêtée quelque temps au milieu,
elle était maintenant à l'autre bout. La table
de marbre, l'estrade de brocart avaient eu
leur moment; c'était le tour de la chapelle de

Louis XI. Le champ était désormais libre à
toute folie. Il n'y avait plus que des Flamands
et de la canaille.

Les grimaces commencèrent. La première
figure qui apparut à la lucarne, avec des pau-
pières retournées au rouge, une bouche ouverte en gueule et un front plissé comme nos
bottes à la hussarde de l'empire, fit éclater un
rire tellement inextinguible qu'Homère eût
pris tous ces manans pour des dieux. Cependant la grand'salle n'était rien moins qu'un
Olympe, et le pauvre Jupiter de Gringoire le
savait mieux que personne. Une seconde, une
troisième grimace succédèrent, puis une autre, puis une autre; et toujours les rires et les
trépignemens de joie redoublaient. Il y avait
dans ce spectacle je ne sais quel vertige particulier, je ne sais quelle puissance d'enivre-
ment et de fascination dont il serait difficile
de donner une idée au lecteur de nos jours et
de nos salons. Qu'on se figure une série de
visages présentant successivement toutes les
formes géométriques, depuis le triangle jusqu'au trapèze, depuis le cône jusqu'au po-
lyèdre; toutes les expressions humaines, depuis la colère jusqu'à la luxure; tous les âges,
depuis les rides du nouveau-né jusqu'aux

I.   6

rides de la vieille moribonde; toutes les fantas-
magories religieuses, depuis Faune jusqu'à
Belzébuth; tous les profils animaux, depuis la
gueule jusqu'au bec, depuis la hure jusqu'au
museau. Qu'on se représente tous les masca-
rons du Pont-Neuf, ces cauchemars pétrifiés
sous la main de Germain Pilon, prenant vie
et souffle, et venant tour-à-tour vous regarder en face avec des yeux ardens; tous les
masques du carnaval de Venise se succédant
à votre lorgnette; en un mot, un kaléidos-
cope humain.

L'orgie devenait de plus en plus flamande.
Teniers n'en donnerait qu'une bien imparfaite
idée. Qu'on se figure en bacchanale la bataille de Salvator Rosa. Il n'y avait plus ni
écoliers, ni ambassadeurs, ni bourgeois, ni
hommes, ni femmes; plus de Clopin Trouillefou, de Gilles Lecornu, de Marie Quatre-
livres, de Robin Poussepain. Tout s'effaçait
dans la licence commune. La grand'salle
n'était plus qu'une vaste fournaise d'effronte-
rie et de jovialité où chaque bouche était un
cri, chaque œil un éclair, chaque face une
grimace, chaque individu une posture : le
tout criait et hurlait. Les visages étranges qui
venaient tour-à-tour grincer des dents à la

rosace étaient comme autant de brandons jetés dans le brasier; et de toute cette foule effervescente s'échappait, comme la vapeur de la fournaise, une rumeur aigre, aiguë, acérée, sifflante, comme les ailes d'un moucheron.

— Ho-hée! malédiction!

— Vois donc cette figure!

— Elle ne vaut rien.

— A une autre!

— Guillemette Maugerepuis, regarde donc ce mufle de taureau; il ne lui manque que des cornes. Ce n'est pas ton mari.

— Une autre!

— Ventre du pape! qu'est-ce que cette grimace-là?

— Holahée! c'est tricher. On ne doit montrer que son visage.

— Cette damnée Perrette Callebotte! elle est capable de cela.

— Noël! noël!

— J'étouffe!

— En voilà un dont les oreilles ne peuvent passer! — Etc., etc.

Il faut rendre pourtant justice à notre ami Jehan. Au milieu de ce sabbat, on le distinguait encore au haut de son pilier, comme un mousse dans le hunier. Il se démenait avec

une incroyable furie. Sa bouche était toute
grande ouverte, et il s'en échappait un cri
que l'on n'entendait pas, non qu'il fût couvert
par la clameur générale, si intense qu'elle fût,
mais parce qu'il atteignait sans doute la limite
des sons aigus perceptibles, les douze mille
vibrations de Sauveur ou les huit mille de Biot.

Quant à Gringoire, le premier moment d'a-
battement passé, il avait repris contenance.
Il s'était roidi contre l'adversité. — Continuez!
avait-il dit pour la troisième fois à ses comédiens, machines parlantes; puis, se promenant à grands pas devant la table de marbre,
il lui prenait des fantaisies d'aller apparaître
à son tour à la lucarne de la chapelle, ne fût-
ce que pour avoir le plaisir de faire la grimace
à ce peuple ingrat. — Mais non, cela ne serait
pas digne de nous; pas de vengeance! luttons
jusqu'à la fin, se répétait-il; le pouvoir de la
poésie est grand sur le peuple : je les ramene-
rai. Nous verrons qui l'emportera, des grimaces ou des belles-lettres.

Hélas! il était resté le seul spectateur de sa
pièce.

C'était bien pis que tout à l'heure. Il ne
voyait plus que des dos.

Je me trompe. Le gros homme patient qu'il

avait déjà consulté dans un moment critique
était resté tourné vers le théâtre. Quant à
Gisquette et à Liénarde, elles avaient déserté
depuis long-temps.

Gringoire fut touché au fond du cœur de la
fidélité de son unique spectateur. Il s'approcha
de lui et lui adressa la parole en lui secouant
légèrement le bras; car le brave homme s'é-
tait appuyé à la balustrade et dormait un peu.

— Monsieur, dit Gringoire, je vous re-
mercie!

— Monsieur, répondit le gros homme avec
un bâillement, de quoi?

— Je vois ce qui vous ennuie, reprit le
poëte; c'est tout ce bruit qui vous empêche
d'entendre à votre aise. Mais soyez tranquille :
votre nom passera à la postérité. Votre nom,
s'il vous plaît?

— Renauld Château, garde du scel du Châtelet de Paris, pour vous servir.

— Monsieur, vous êtes ici le seul représentant des muses, dit Gringoire.

— Vous êtes trop honnête, monsieur, répondit le garde du scel du Châtelet.

— Vous êtes le seul, reprit Gringoire, qui
ayez convenablement écouté la pièce. Comment la trouvez-vous?

— Hé ! hé ! répondit le gros magistrat à demi réveillé, assez gaillarde en effet.

Il fallut que Gringoire se contentât de cet éloge : car un tonnerre d'applaudissemens, mêlé à une prodigieuse acclamation, vint couper court à leur conversation. Le pape des fous était élu.

— Noël ! Noël ! Noël ! criait le peuple de toutes parts.

C'était une merveilleuse grimace, en effet, que celle qui rayonnait en ce moment au trou de la rosace. Après toutes les figures pentagones, hexagones et hétéroclites qui s'étaient succédé à cette lucarne sans réaliser cet idéal du grotesque qui s'était construit dans les imaginations exaltées par l'orgie, il ne fallait rien moins pour enlever les suffrages que la grimace sublime qui venait d'éblouir l'assemblée. Maître Coppenole lui-même applaudit ; et Clopin Trouillefou, qui avait concouru (et Dieu sait quelle intensité de laideur son visage pouvait atteindre), s'avoua vaincu. Nous ferons de même. Nous n'essaierons pas de donner au lecteur une idée de ce nez tétraèdre, de cette bouche en fer à cheval ; de ce petit œil gauche obstrué d'un sourcil roux en broussailles, tandis que l'œil droit disparaissait entièrement sous une

énorme verrue; de ces dents désordonnées,
ébréchées çà et là, comme les créneaux d'une
forteresse; de cette lèvre calleuse, sur laquelle
une de ces dents empiétait comme la défense
d'un éléphant; de ce menton fourchu; et surtout de la physionomie répandue sur tout cela;
de ce mélange de malice, d'étonnement et de
tristesse. Qu'on rêve, si l'on peut, cet ensemble.

L'acclamation fut unanime; on se précipita
vers la chapelle. On en fit sortir en triomphe
le bienheureux pape des fous. Mais c'est alors
que la surprise et l'admiration furent à leur
comble; la grimace était son visage.

Ou plutôt toute sa personne était une grimace. Une grosse tête hérissée de cheveux roux,
entre les deux épaules une bosse énorme dont
le contrecoup se faisait sentir par devant; un
système de cuisses et de jambes si étrange-
ment fourvoyées qu'elles ne pouvaient se toucher que par les genoux, et, vues de face,
ressemblaient à deux croissans de faucilles qui
se rejoignent par la poignée; de larges pieds,
des mains monstrueuses; et, avec toute cette
difformité, je ne sais quelle allure redoutable
de vigueur, d'agilité et de courage; étrange
exception à la règle éternelle qui veut que la

force, comme la beauté, résulte de l'harmonie. Tel était le pape que les fous venaient de
se donner.

On eût dit un géant brisé et mal ressoudé.

Quand cette espèce de cyclope parut sur le
seuil de la chapelle, immobile, trapu, et presque aussi large que haut; *carré par la base,*
comme dit un grand homme; à son surtout
mi-parti rouge et violet, semé de campanil-
les d'argent, et surtout à la perfection de sa
laideur, la populace le reconnut sur-le-champ,
et s'écria d'une voix :

— C'est Quasimodo, le sonneur de cloches!
c'est Quasimodo, le bossu de Notre-Dame! Quasimodo le borgne! Quasimodo le bancal! Noël!
Noël!

On voit que le pauvre diable avait des sur-
noms à choisir.

— Gare les femmes grosses! criaient les écoliers.

— Ou qui ont envie de l'être, reprenait
Joannes.

Les femmes en effet se cachaient le visage.

— Oh! le vilain singe, disait l'une.

— Aussi méchant que laid, reprenait une
autre.

— C'est le diable, ajoutait une troisième.

— J'ai le malheur de demeurer auprès de Notre-Dame; la nuit je l'entends rôder dans la gouttière.

— Avec les chats.

— Il est toujours sur nos toits.

— Il nous jette des sorts par les cheminées.

— L'autre soir, il est venu me faire la grimace à ma lucarne. Je croyais que c'était un homme. J'ai eu une peur!

— Je suis sûre qu'il va au sabbat. Une fois, il a laissé un balai sur mes plombs.

— Oh! la déplaisante face de bossu!

— Oh! la vilaine âme!

— Buah!

Les hommes au contraire étaient ravis, et applaudissaient.

Quasimodo, objet du tumulte, se tenait toujours sur la porte de la chapelle, debout, sombre et grave, se laissant admirer.

Un écolier (Robin Poussepain, je crois,) vint lui rire sous le nez, et trop près: Quasimodo se contenta de le prendre par la ceinture, et de le jeter à dix pas à travers la foule, le tout sans dire un mot.

Maître Coppenole, émerveillé, s'approcha de lui.

— Croix-Dieu ! Saint-Père ! Tu as bien la plus belle laideur que j'aie vue de ma vie. Tu mériterais la papauté à Rome comme à Paris.

En parlant ainsi, il lui mettait la main gaiment sur l'épaule. Quasimodo ne bougea pas. Coppenole poursuivit.

— Tu es un drôle avec qui j'ai démangeaison de ripailler, dût-il m'en coûter un douzain neuf de douze tournois. Que t'en semble ?

Quasimodo ne répondit pas.

— Croix-Dieu ! dit le chaussetier, est-ce que tu es sourd ?

Il était sourd en effet.

Cependant il commençait à s'impatienter des façons de Coppenole, et se tourna tout à coup vers lui, avec un grincement de dents si formidable que le géant flamand recula, comme un boule-dogue devant un chat.

Alors il se fit autour de l'étrange personnage un cercle de terreur et de respect, qui avait au moins quinze pas géométriques de rayon. Une vieille femme expliqua à maître Coppenole que Quasimodo était sourd.

— Sourd ! dit le chaussetier avec son gros rire flamand. Croix-Dieu ! c'est un pape accompli.

— Hé! je le reconnais, s'écria Jehan, qui était enfin descendu de son chapiteau pour voir Quasimodo de plus près, c'est le sonneur de cloches de mon frère l'archidiacre. — Bonjour, Quasimodo!

— Diable d'homme! dit Robin Poussepain, encore tout contus de sa chute. Il paraît : c'est un bossu. Il marche : c'est un bancal. Il vous regarde : c'est un borgne. Vous lui parlez : c'est un sourd. — Ah ça, que fait-il de sa langue, ce Polyphème?

— Il parle quand il veut, dit la vieille. Il est devenu sourd à sonner les cloches. Il n'est pas muet.

— Cela lui manque, observa Jehan.

— Et il a un œil de trop, ajouta Robin Poussepain.

— Non pas, dit judicieusement Jehan. Un borgne est bien plus incomplet qu'un aveugle. Il sait ce qui lui manque.

Cependant tous les mendians, tous les laquais, tous les coupe-bourses, réunis aux écoliers, avaient été chercher processionnellement, dans l'armoire de la bazoche, la tiare de carton et la simarre dérisoire du pape des fous. Quasimodo s'en laissa revêtir sans sourciller et avec une sorte de docilité orgueilleuse. Puis

on le fit asseoir sur un brancard bariolé.
Douze officiers de la confrérie des fous l'en-
levèrent sur leurs épaules; et une espèce de joie
amère et dédaigneuse vint s'épanouir sur la
face morose du cyclope, quand il vit sous ses
pieds difformes toutes ces têtes d'hommes
beaux, droits et bien faits. Puis la procession
hurlante et déguenillée se mit en marche pour
faire, selon l'usage, la tournée intérieure des
galeries du Palais, avant la promenade des
rues et des carrefours.

IV.

La Esmeralda.

Nous sommes ravis d'avoir à apprendre à nos lecteurs que pendant toute cette scène Gringoire et sa pièce avaient tenu bon. Ses acteurs, talonnés par lui, n'avaient pas discontinué de débiter sa comédie, et lui n'avait pas discontinué de l'écouter. Il avait pris son parti du vacarme, et était déterminé à aller jusqu'au

bout, ne désespérant pas d'un retour d'attention de la part du public. Cette lueur d'espérance se ranima quand il vit Quasimodo,
Coppenole et le cortége assourdissant du
pape des fous sortir à grand bruit de la salle.
La foule se précipita avidement à leur suite.
— Bon, se dit-il, voilà tous les brouillons qui
s'en vont. — Malheureusement, tous les brouillons c'était le public. En un clin d'œil la grand'-
salle fut vide.

A vrai dire, il restait encore quelque spectateurs, les uns épars, les autres groupés autour
des piliers, femmes, vieillards ou enfans, en
ayant assez du brouhaha et du tumulte. Quelques écoliers étaient demeurés à cheval sur
l'entablement des fenêtres et regardaient dans
la place.

— Eh bien, pensa Gringoire, en voilà encore
autant qu'il en faut pour entendre la fin de
mon mystère. Ils sont peu, mais c'est un public d'élite, un public lettré.

Au bout d'un instant, une symphonie qui
devait produire le plus grand effet à l'arrivée
de la sainte Vierge, manqua. Gringoire s'a-
perçut que sa musique avait été emmenée par
la procession du pape des fous. — Passez outre, dit-il stoïquement.

Il s'approcha d'un groupe de bourgeois qui lui fit l'effet de s'entretenir de sa pièce. Voici le lambeau de conversation qu'il saisit.

— Vous savez, maître Cheneteau, l'hôtel de Navarre, qui était à M. de Nemours?

— Oui, vis-à-vis la chapelle de Braque.

— Eh bien! le fisc vient de le louer à Guillaume Alixandre, historieur, pour six livres huit sols parisis par an.

— Comme les loyers renchérissent!

— Allons! se dit Gringoire en soupirant; les autres écoutent.

— Camarades, cria tout à coup un de ces jeunes drôles des croisées, *la Esmeralda! la Esmeralda* dans la place!

Ce mot produisit un effet magique. Tout ce qui restait dans la salle se précipita aux fenêtres, grimpant aux murailles pour voir, et répétant: *la Esmeralda! la Esmeralda!*

En même temps on entendait au dehors un grand bruit d'applaudissemens.

— Qu'est-ce que cela veut dire, la Esmeralda? dit Gringoire en joignant les mains avec désolation. Ah! mon Dieu! il paraît que c'est le tour des fenêtres maintenant.

Il se retourna vers la table de marbre, et vit que la représentation était interrompue.

C'était précisément l'instant où Jupiter devait paraître avec sa foudre. Or Jupiter se tenait immobile au bas du théâtre.

— Michel Giborne, cria le poëte irrité, que fais-tu là? est-ce ton rôle? monte donc!

— Hélas, dit Jupiter, un écolier vient de prendre l'échelle.

Gringoire regarda. La chose n'était que trop vraie. Toute communication était interceptée entre son nœud et son dénouement.

— Le drôle! murmura-t-il. Et pourquoi a-t-il pris cette échelle?

— Pour aller voir la Esmeralda, répondit piteusement Jupiter. Il a dit: Tiens, voilà une échelle qui ne sert pas; et il l'a prise.

C'était le dernier coup. Gringoire le reçut avec résignation.

— Que le diable vous emporte! dit-il aux comédiens, et si je suis payé vous le serez.

Alors il fit retraite, la tête basse, mais le dernier, comme un général qui s'est bien battu.

Et tout en descendant les tortueux escaliers du Palais : — Belle cohue d'ânes et de butors que ces Parisiens! grommelait-il entre ses dents; ils viennent pour entendre un mystère, et n'en écoutent rien! Ils se sont occupés de

tout le monde, de Clopin Trouillefou, du cardinal, de Coppenole, de Quasimodo, du diable!
mais de madame la Vierge Marie, point. Si
j'avais su, je vous en aurais donné, des Vierges
Marie, badauds! Et moi! venir pour voir des
visages, et ne voir que des dos! être poëte, et
avoir le succès d'un apothicaire! Il est vrai
qu'Homerus a mendié par les bourgades grecques, et que Nason mourut en exil chez les
moscovites. Mais je veux que le diable m'é-
corche si je comprends ce qu'ils veulent dire
avec leur Esmeralda! Qu'est-ce que c'est que
ce mot-là d'abord? c'est de l'égyptiaque!

LIVRE DEUXIÈME.

I.

De Charybde en Scylla.

———

La nuit arrive de bonne heure en janvier.
Les rues étaient déjà sombres quand Gringoire sortit du Palais. Cette nuit tombée lui
plut ; il lui tardait d'aborder quelque ruelle
obscure et déserte pour y méditer à son aise
et pour que le philosophe posât le premier
appareil sur la blessure du poëte. La philoso-

phie était du reste son seul refuge, car il ne
savait où loger. Après l'éclatant avortement
de son coup d'essai théâtral, il n'osait rentrer
dans le logis qu'il occupait, rue Grenier-sur-
l'Eau, vis-à-vis le port au Foin, ayant compté
sur ce que monsieur le prevôt devait lui donner de son épithalame pour payer à maître
Guillaume Doulx-Sire, fermier de la coutume
du pied-fourché de Paris, les six mois de loyer
qu'il lui devait, c'est-à-dire, douze sols parisis;
douze fois la valeur de ce qu'il possédait au
monde, y compris son haut-de-chausse, sa
chemise et son bicoquet. Après avoir un moment réfléchi, provisoirement abrité sous le
petit guichet de la prison du trésorier de la
Sainte-Chapelle, au gîte qu'il élirait pour la
nuit, ayant tous les pavés de Paris à son choix,
il se souvint d'avoir avisé la semaine précédente, rue de la Savaterie, à la porte d'un
conseiller au parlement, un marche-pied à
monter sur mule, et de s'être dit que cette
pierre serait, dans l'occasion, un fort excellent oreiller pour un mendiant ou pour un
poëte. Il remercia la providence de lui avoir
envoyé cette bonne idée; mais comme il se
préparait à traverser la place du Palais pour
gagner le tortueux labyrinthe de la Cité, où

serpentent toutes ces vieilles sœurs, les rues de
la Barillerie, de la Vieille-Draperie, de la Savaterie, de la Juiverie, etc., encore debout aujour-
d'hui avec leurs maisons à neuf étages, il vit
la procession du pape des fous qui sortait aussi
du Palais et se ruait au travers de la cour, avec
grands cris, grande clarté de torches et sa
musique, à lui Gringoire. Cette vue raviva
les écorchures de son amour-propre; il s'enfuit. Dans l'amertume de sa mésaventure dramatique, tout ce qui lui rappelait la fête du
jour l'aigrissait et faisait saigner sa plaie.

Il voulut prendre le pont Saint-Michel; des
enfans y couraient çà et là avec des lances à
feu et des fusées.

— Peste soit des chandelles d'artifice! dit
Gringoire, et il se rabattit sur le Pont-au-
Change. On avait attaché aux maisons de la
tête du pont, trois drapels représentant le
roi, le dauphin et Marguerite de Flandre, et
six petits drapelets où étaient *pourtraicts* le
duc d'Autriche, le cardinal de Bourbon, et
monsieur de Beaujeu, et madame Jeanne de
France, et monsieur le bâtard de Bourbon, et
je ne sais qui encore; le tout éclairé de torches. La cohue admirait.

— Heureux peintre Jehan Fourbault! dit

Gringoire avec un gros soupir, et il tourna le
dos aux drapels et drapelets. Une rue était
devant lui; il la trouva, si noire et si abandonnée qu'il espéra y échapper à tous les re-
tentissemens comme à tous les rayonnemens
de la fête; il s'y enfonça. Au bout de quelques
instans, son pied heurta un obstacle; il tré-
bucha et tomba. C'était la botte de mai, que
les clercs de la bazoche avaient déposée le matin à la porte d'un président au parlement,
en l'honneur de la solennité du jour. Gringoire supporta héroïquement cette nouvelle
rencontre; il se releva, et gagna le bord de
l'eau. Après avoir laissé derrière lui la tournelle
civile et la tour criminelle, et longé le grand
mur des jardins du roi, sur cette grève non
pavée où la boue lui venait à la cheville, il
arriva à la pointe occidentale de la Cité, et
considéra quelque temps l'îlot du Passeur-aux-
Vaches, qui a disparu depuis sous le cheval
de bronze et le Pont-Neuf. L'îlot lui apparais-
sait dans l'ombre comme une masse noire au
delà de l'étroit cours d'eau blanchâtre qui l'en
séparait. On y devinait, au rayonnement d'une
petite lumière, l'espèce de hutte en forme de
ruche où le passeur aux vaches s'abritait la nuit.

—Heureux passeur aux vaches! pensa Grin-

goire; tu ne songes pas à la gloire et tu ne fais
pas d'épithalames! Que t'importent les rois qui
se marient et les duchesses de Bourgogne! Tu
ne connais d'autres marguerites que celles que
ta pelouse d'avril donne à brouter à tes vaches!
Et moi, poëte, je suis hué, et je grelotte, et je
dois douze sous, et ma semelle est si transpa-
rente qu'elle pourrait servir de vitre à ta lanterne. Merci! passeur aux vaches! ta cabane
repose ma vue, et me fait oublier Paris!

Il fut réveillé de son extase presque lyrique,
par un gros double pétard de la Saint-Jean
qui partit brusquement de la bienheureuse cabane. C'était le passeur aux vaches qui prenait sa part des réjouissances du jour, et se
tirait un feu d'artifice.

Ce pétard fit hérisser l'épiderme de Gringoire.

— Maudite fête! s'écria-t-il, me poursui-
vras-tu partout? Oh! mon Dieu! jusque chez
le passeur aux vaches!

Puis il regarda la Seine à ses pieds, et une
horrible tentation le prit :

— Oh! dit-il, que volontiers je me noie-
rais, si l'eau n'était pas si froide!

Alors il lui vint une résolution désespérée.
C'était, puisqu'il ne pouvait échapper au pape

des fous, aux drapelets de Jehan Fourbault, aux bottes de mai, aux lances à feu et aux pétards, de s'enfoncer hardiment au cœur même de la fête, et d'aller à la place de Grève.

— Au moins, pensa-t-il, j'y aurai peut-être un tison du feu de joie pour me réchauffer, et j'y pourrai souper avec quelque miette des trois grandes armoiries de sucre royal qu'on a dû y dresser sur le buffet public de la ville.

II.

La place de Grève.

Il ne reste aujourd'hui qu'un bien imperceptible vestige de la place de Grève, telle
qu'elle existait alors. C'est la charmante tourelle
qui occupe l'angle nord de la place, et qui,
déjà ensevelie sous l'ignoble badigeonnage qui
empâte les vives arêtes de ses sculptures, aura
bientôt disparu peut-être, submergée par cette

crue de maisons neuves qui dévore si rapidement toutes les vieilles façades de Paris.

Les personnes qui, comme nous, ne passent jamais sur la place de Grève sans donner un regard de pitié et de sympathie à cette pauvre tourelle étranglée entre deux masures du temps de Louis XV, peuvent reconstruire aisément dans leur pensée l'ensemble d'édifices auquel elle appartenait, et y retrouver entière la vieille place gothique du quinzième siècle.

C'était, comme aujourd'hui, un trapèze irrégulier bordé d'un côté par le quai, et des trois autres par une série de maisons hautes, étroites et sombres. Le jour, on pouvait admirer la variété de ces édifices, tous sculptés en pierre ou en bois, et présentant déjà de complets échantillons des diverses architectures domestiques du moyen âge, en remontant du quinzième au onzième siècle, depuis la croisée qui commençait à détrôner l'ogive, jusqu'au plein cintre roman qui avait été supplanté par l'ogive, et qui occupait encore, au dessous d'elle, le premier étage de cette ancienne maison de la Tour-Rolland, angle de la place sur la Seine, du côté de la rue de la Tannerie. La nuit, on ne distinguait de cette masse d'édifices que la dentelure noire des

toits déroulant autour de la place leur chaîne
d'angles aigus. Car c'est une des différences
radicales des villes d'alors et des villes d'à présent, qu'aujourd'hui ce sont les façades qui
regardent les places et les rues, et qu'alors
c'étaient les pignons. Depuis deux siècles, les
maisons se sont retournées.

Au centre du côté oriental de la place, s'é-
levait une lourde et hybride construction
formée de trois logis juxta-posés. On l'appelait de trois noms qui expliquent son histoire,
sa destination et son architecture : la *Maison
au dauphin*, parce que Charles V, dauphin,
l'avait habitée; la *Marchandise*, parce qu'elle
servait d'Hôtel-de-Ville; la *Maison-aux-Piliers* (domus ad piloria), à cause d'une suite
de gros piliers qui soutenaient ses trois étages.
La ville trouvait là tout ce qu'il faut à une
bonne ville comme Paris : une chapelle, pour
prier Dieu; un *plaidoyer*, pour tenir audience
et rembarrer au besoin les gens du roi; et dans
les combles, un *arsenac* plein d'artillerie. Car
les bourgeois de Paris savent qu'il ne suffit pas
en toute conjoncture de prier et de plaider
pour les franchises de la Cité, et ils ont toujours en réserve dans un grenier de l'Hôtel-de-
Ville quelque bonne arquebuse rouillée.

La Grève avait dès lors cet aspect sinistre, que lui conservent encore aujourd'hui l'idée exécrable qu'elle réveille, et le sombre Hôtel-de-Ville de Dominique Bocador, qui a remplacé la Maison-aux-Piliers. Il faut dire qu'un gibet et un pilori permanens, une justice et une échelle, comme on disait alors, dressés côte-à-côte au milieu du pavé, ne contribuaient pas peu à faire détourner les yeux de cette place fatale, où tant d'êtres pleins de santé et de vie ont agonisé; où devait naître cinquante ans plus tard cette *fièvre de Saint-Vallier*, cette maladie de la terreur de l'échafaud, la plus monstrueuse de toutes les maladies, parce qu'elle ne vient pas de Dieu, mais de l'homme.

C'est une idée consolante (disons-le en passant) de songer que la peine de mort, qui, il y a trois cents ans, encombrait encore de ses roues de fer, de ses gibets de pierre, de tout son attirail de supplices permanent et scellé dans le pavé, la Grève, les Halles, la place Dauphine, la Croix du Trahoir, le Marché-aux-Pourceaux, ce hideux Montfaucon, la barrière des Sergens, la Place-aux-Chats, la porte Saint-Denis, Champeaux, la porte Baudets, la porte Saint-Jacques, sans compter les

innombrables échelles des prevôts, de l'évêque, des chapitres, des abbés, des prieurs
ayant justice; sans compter les noyades juri-
diques en rivière de Seine; il est consolant
qu'aujourd'hui, après avoir perdu successivement toutes les pièces de son armure, son luxe
de supplices, sa pénalité d'imagination et de
fantaisie, sa torture à laquelle elle refaisait
tous les cinq ans un lit de cuir au Grand Châtelet, cette vieille suzeraine de la société féodale, presque mise hors de nos lois et de nos
villes, traquée de code en code, chassée de
place en place, n'ait plus dans notre immense
Paris qu'un coin déshonoré de la Grève, qu'une
misérable guillotine, furtive, inquiète, honteuse, qui semble toujours craindre d'être
prise en flagrant délit, tant elle disparaît vite
après avoir fait son coup!

III.

Besos para golpes.

—————

LORSQUE Pierre Gringoire arriva sur la place
de Grève, il était transi. Il avait pris par le
pont aux Meuniers pour éviter la cohue du
Pont-au-Change et les drapelets de Jehan Four-
beault; mais les roues de tous les moulins de
l'évêque l'avaient éclaboussé au passage, et sa
souquenille était trempée; il lui semblait en

outre que la chute de sa pièce le rendait plus frileux encore. Aussi se hâta-t-il de s'approcher du feu de joie qui brûlait magnifiquement au milieu de la place. Mais une foule considérable faisait cercle à l'entour.

— Damnés Parisiens! se dit-il à lui-même (car Gringoire, en vrai poëte dramatique, était sujet aux monologues), les voilà qui m'obstruent le feu! Pourtant j'ai bon besoin d'un coin de cheminée; mes souliers boivent, et tous ces maudits moulins qui ont pleuré sur moi! Diable d'évêque de Paris avec ses moulins! Je voudrais bien savoir ce qu'un évêque peut faire d'un moulin! est-ce qu'il s'attend à devenir d'évêque meunier? S'il ne lui faut que ma malédiction pour cela, je la lui donne, et à sa cathédrale, et à ses moulins! Voyez un peu s'ils se dérangeront, ces badauds! Je vous demande ce qu'ils font là! Ils se chauffent; beau plaisir! Ils regardent brûler un cent de bourrées; beau spectacle!

En examinant de plus près, il s'aperçut que le cercle était beaucoup plus grand qu'il ne fallait pour se chauffer au feu du roi, et que cette affluence de spectateurs n'était pas uniquement attirée par la beauté du cent de bourrées qui brûlait.

I. 8

Dans un vaste espace laissé libre entre la foule et le feu, une jeune fille dansait.

Si cette jeune fille était un être humain, ou une fée, ou un ange, c'est ce que Gringoire, tout philosophe sceptique, tout poëte ironique qu'il était, ne put décider dans le premier moment; tant il fut fasciné par cette éblouissante vision.

Elle n'était pas grande, mais elle le semblait, tant sa fine taille s'élançait hardiment. Elle était brune, mais on devinait que le jour sa peau devait avoir ce beau reflet doré des andalouses et des romaines. Son petit pied aussi était andalou, car il était tout ensemble à l'étroit et à l'aise dans sa gracieuse chaussure. Elle dansait, elle tournait, elle tourbillonnait sur un vieux tapis de Perse, jeté négligemment sous ses pieds; et chaque fois qu'en tournoyant sa rayonnante figure passait devant vous, ses grands yeux noirs vous jetaient un éclair.

Autour d'elle tous les regards étaient fixes, toutes les bouches ouvertes; et en effet, tandis qu'elle dansait ainsi, au bourdonnement du tambour de basque que ses deux bras ronds et purs élevaient au dessus de sa tête, mince, frêle et vive comme une guêpe, avec son corsage d'or sans pli, sa robe bariolée qui se gonflait, avec ses épaules nues, ses jambes fines que sa jupe découvrait par momens, ses cheveux noirs, ses yeux de flamme, c'était une surnaturelle créature.

— En vérité, pensa Gringoire, c'est une salamandre, c'est une nymphe, c'est une déesse, c'est une bacchante du Mont-Ménaléen !

En ce moment une des nattes de la chevelure de la « salamandre » se détacha, et une pièce de cuivre jaune qui y était attachée roula à terre.

— Hé! non! dit-il, c'est une bohémienne.

Toute illusion avait disparu.

Elle se remit à danser ; elle prit à terre deux épées dont elle appuya la pointe sur son front et qu'elle fit tourner dans un sens tandis qu'elle tournait dans l'autre : c'était en effet tout bonnement une bohémienne. Mais quelque désenchanté que fût Gringoire, l'ensemble de ce tableau n'était pas sans prestige et sans magie ; le feu de joie l'éclairait d'une lumière crue et rouge qui tremblait toute vive sur le cercle des visages de la foule, sur le front brun de la jeune fille, et au fond de la place jetait un blême reflet mêlé aux vacillations de leurs ombres, d'un côté sur la vieille

façade noire et ridée de la Maison-aux-Piliers;
de l'autre sur les bras de pierre du gibet.

Parmi les mille visages que cette lueur tei-
gnait d'écarlate, il y en avait un qui semblait
plus encore que tous les autres absorbé dans
la contemplation de la danseuse. C'était une
figure d'homme, austère, calme et sombre.
Cet homme, dont le costume était caché par la
foule qui l'entourait, ne paraissait pas avoir
plus de trente-cinq ans; cependant il était
chauve; à peine avait-il aux tempes quelques
touffes de cheveux rares et déjà gris; son front
large et haut commençait à se creuser de rides; mais dans ses yeux enfoncés éclatait une
jeunesse extraordinaire, une vie ardente, une
passion profonde. Il les tenait sans cesse at-
tachés sur la bohémienne, et tandis que la
folle jeune fille de seize ans dansait et volti-
geait au plaisir de tous, sa rêverie, à lui, semblait devenir de plus en plus sombre. De temps
en temps un sourire et un soupir se rencon-
traient sur ses lèvres, mais le sourire était
plus douloureux que le soupir.

La jeune fille essoufflée s'arrêta enfin, et le
peuple l'applaudit avec amour.

— Djali, dit la bohémienne.

Alors Gringoire vit arriver une jolie petite

chèvre blanche, alerte, éveillée, lustrée, avec
des cornes dorées, avec des pieds dorés, avec
un collier doré, qu'il n'avait pas encore aperçue et qui était restée jusque là accroupie sur
un coin du tapis et regardant danser sa maîtresse.

— Djali, dit la danseuse, à votre tour.

Et s'asseyant, elle présenta gracieusement
à la chèvre son tambour de basque.

— Djali, continua-t-elle, à quel mois sommes-nous de l'année?

La chèvre leva son pied de devant, et frappa
un coup sur le tambour. On était en effet au
premier mois. La foule applaudit.

— Djali, reprit la jeune fille en tournant
son tambour de basque d'un autre côté, à
quel jour du mois sommes-nous?

Djali leva son petit pied d'or, et frappa six
coups sur le tambour.

— Djali, poursuivit l'égyptienne toujours
avec un nouveau manége du tambour, à
quelle heure du jour sommes-nous?

Djali frappa sept coups. Au même moment
l'horloge de la Maison-aux-Piliers sonna sept
heures.

Le peuple était émerveillé.

— Il y a de la sorcellerie là dessous, dit une

voix sinistre dans la foule. C'était celle de l'homme chauve qui ne quittait pas la bohémienne des yeux.

Elle tressaillit, se détourna ; mais les applaudissemens éclatèrent et couvrirent la morose exclamation.

Ils l'effacèrent même si complètement dans son esprit qu'elle continua d'interpeller sa chèvre.

— Djali, comment fait maître Guichard Grand-Remy, capitaine des pistoliers de la ville, à la procession de la Chandeleur?

Djali se dressa sur ses pates de derrière, et se mit à bêler, en marchant avec une si gentille gravité que le cercle entier des spectateurs éclata de rire à cette parodie de la dévotion intéressée du capitaine des pistoliers.

— Djali, reprit la jeune fille enhardie par ce succès croissant, comment prêche maître Jacques Charmolue, procureur du roi en cour d'église?

La chèvre prit séance sur son derrière, et se mit à bêler, en agitant ses pates de devant d'une si étrange façon que, hormis le mauvais français et le mauvais latin, geste, accent, attitude, tout Jacques Charmolue y était.

Et la foule d'applaudir de plus belle.

— Sacrilége! profanation! reprit la voix de l'homme chauve.

La bohémienne se retourna encore une fois.

— Ah! dit-elle, c'est ce vilain homme! puis, allongeant sa lèvre inférieure au delà de la lèvre supérieure, elle fit une petite moue qui paraissait lui être familière, pirouetta sur le talon, et se mit à recueillir dans un tambour de basque les dons de la multitude.

Les grands-blancs, les petits-blancs, les targes, les liards à l'aigle pleuvaient. Tout à coup elle passa devant Gringoire. Gringoire mit si étourdiment la main à sa poche qu'elle s'arrêta. — Diable! dit le poëte en trouvant au fond de sa poche la réalité, c'est-à-dire le vide. Cependant la jolie fille était là, le regardant avec ses grands yeux, lui tendant son tambour, et attendant. Gringoire suait à grosses goutttes.

S'il avait eu le Pérou dans sa poche, certainement il l'eût donné à la danseuse; mais Gringoire n'avait pas le Pérou, et d'ailleurs l'Amérique n'était pas encore découverte.

Heureusement un incident inattendu vint à son secours.

— T'en iras-tu, sauterelle d'Égypte? cria une

voix aigre qui partait du coin le plus sombre
de la place. La jeune fille se retourna effrayée.
Ce n'était plus la voix de l'homme chauve;
c'était une voix de femme, une voix dévote et
méchante.

Du reste, ce cri, qui fit peur à la bohémienne,
mit en joie une troupe d'enfans qui rôdait
par là.

— C'est la récluse de la Tour-Rolland, s'é-
crièrent-ils avec des rires désordonnés, c'est la
sachette qui gronde! Est-ce qu'elle n'a pas
soupé? portons-lui quelque reste du buffet de
ville!

Tous se précipitèrent vers la Maison-aux-
Piliers.

Cependant Gringoire avait profité du trouble de la danseuse pour s'éclipser. La clameur
des enfans lui rappela que lui aussi n'avait pas
soupé. Il courut donc au buffet. Mais les petits drôles avaient de meilleures jambes que
lui; quand il arriva, ils avaient fait table rase.
Il ne restait même pas un misérable camichon
à cinq sous la livre. Il n'y avait plus sur le mur
que les sveltes fleurs-de-lis, entremêlées de
rosiers, peintes en 1434 par Mathieu Biterne.
C'était un maigre souper.

C'est une chose importune, de se coucher

sans souper ; c'est une chose moins riante encore, de ne pas souper et de ne savoir où coucher. Gringoire en était là. Pas de pain, pas de
gite ; il se voyait pressé de toutes parts par la
nécessité, et il trouvait la nécessité fort bourrue. Il avait depuis long-temps découvert cette
vérité, que Jupiter a créé les hommes dans un
accès de misantropie, et que, pendant toute
la vie du sage, sa destinée tient en état de
siége sa philosophie. Quant à lui, il n'avait
jamais vu le blocus si complet ; il entendait
son estomac battre la chamade, et il trouvait
très-déplacé que le mauvais destin prît sa philosophie par la famine.

Cette mélancolique rêverie l'absorbait de
plus en plus, lorsqu'un chant bizarre, quoique plein de douceur, vint brusquement l'en
arracher. C'était la jeune Égyptienne qui
chantait.

Il en était de sa voix comme de sa danse,
comme de sa beauté. C'était indéfinissable et
charmant ; quelque chose de pur, de sonore,
d'aérien, d'ailé, pour ainsi dire. C'étaient de
continuels épanouissemens, des mélodies, des
cadences inattendues, puis des phrases simples semées de notes acérées et sifflantes, puis
des sauts de gammes qui eussent dérouté un

rossignol, mais où l'harmonie se retrouvait toujours, puis de molles ondulations d'octaves qui s'élevaient et s'abaissaient comme le sein de la jeune chanteuse. Son beau visage suivait avec une mobilité singulière tous les caprices de sa chanson, depuis l'inspiration la plus échevelée jusqu'à la plus chaste dignité. On eût dit tantôt une folle, tantôt une reine.

Les paroles qu'elle chantait étaient d'une langue inconnue à Gringoire, et qui paraissait lui être inconnue à elle-même, tant l'expression qu'elle donnait au chant se rapportait peu au sens des paroles. Ainsi ces quatre vers dans sa bouche étaient d'une gaîté folle :

> Un cofre de gran riqueza
> Hallaron dentro un pilar,
> Dentro del, nuevas banderas
> Con figuras de espantar.

Et un instant après, à l'accent qu'elle donnait à cette stance :

> Alarabes de cavallo
> Sin poderse menear,
> Con espadas, y los cuellos,
> Ballestas de buen echar,

Gringoire se sentait venir les larmes aux yeux.

Cependant son chant respirait surtout la joie, et elle semblait chanter, comme l'oiseau, par sérénité et par insouciance.

La chanson de la bohémienne avait troublé la rêverie de Gringoire, mais comme le cygne trouble l'eau. Il l'écoutait avec une sorte de ravissement et d'oubli de toute chose. C'était depuis plusieurs heures le premier moment où il ne se sentît pas souffrir.

Le moment fut court.

La même voix de femme qui avait interrompu la danse de la bohémienne vint interrompre son chant.

— Te tairas-tu, cigale d'enfer? cria-t-elle tonjours du même coin obscur de la place.

La pauvre *cigale* s'arrêta court. Gringoire se boucha les oreilles.

— Oh! s'écria-t-il, maudite scie ébréchée, qui vient briser la lyre!

Cependant les autres spectateurs murmuraient comme lui: — Au diable la sachette! disait plus d'un. Et la vieille trouble-fête invisible eût pu avoir à se repentir de ses agrèssions contre la bohémienne, s'ils n'eussent été distraits en ce moment même par la procession du pape des fous, qui, après avoir parcouru force rues et carrefours, débouchait

dans la place de Grève, avec toutes ses torches
et toute sa rumeur.

Cette procession, que nos lecteurs ont vue
partir du Palais, s'était organisée chemin faisant, et recrutée de tout ce qu'il y avait à
Paris de marauds, de voleurs oisifs, et de vagabonds disponibles; aussi présentait-elle un
aspect respectable, lorsqu'elle arriva en Grève.

D'abord marchait l'Égypte. Le duc d'Egypte,
en tête, à cheval, avec ses comtes à pied, lui
tenant la bride et l'étrier; derrière eux, les
égyptiens et les égyptiennes pêle-mêle avec
leurs petits enfans criant sur leurs épaules;
tous, duc, comtes, menu-peuple, en haillons
et en oripeaux. Puis c'était le royaume d'Argot : c'est-à-dire, tous les voleurs de France,
échelonnés par ordre de dignité; les moindres
passant les premiers. Ainsi défilaient quatre
par quatre, avec les divers insignes de leurs
grades dans cette étrange faculté, la plupart
éclopés, ceux-ci boiteux, ceux-là manchots,
les courtaux de boutanche, les coquillarts,
les hubins, les sabouleux, les calots, les francs-
mitoux, les polissons, les piètres, les capons,
les malingreux, les rifodés, les marcandiers,
les narquois, les orphelins, les archisuppôts,
les cagoux; dénombrement à fatiguer Homère.

Au centre du conclave des cagoux et des archisuppôts, on avait peine à distinguer le roi de l'argot, le grand-coësre, accroupi dans une petite charrette traînée par deux grands chiens. Après le royaume des argotiers, venait l'empire de Galilée. Guillaume Rousseau, empereur de l'empire de Galilée, marchait majestueusement dans sa robe de pourpre tachée de vin, précédé de baladins s'entrebattant et dansant des pyrrhiques; entouré de ses massiers, de ses suppôts, et des clercs de la chambre des comptes. Enfin venait la bazoche, avec ses mais couronnés de fleurs, ses robes noires, sa musique digne du sabbat, et ses grosses chandelles de cire jaune. Au centre de cette foule, les grands officiers de la confrérie des fous portaient sur leurs épaules un brancard plus surchargé de cierges que la châsse de Sainte-Geneviève en temps de peste; et sur ce brancard resplendissait, crossé, chapé et mitré, le nouveau pape des fous, le sonneur de cloches de Notre-Dame, Quasimodo-le-Bossu.

Chacune des sections de cette procession grotesque avait sa musique particulière. Les Egyptiens faisaient détonner leurs balafos et leurs tambourins d'Afrique. Les argotiers, race fort peu musicale, en étaient encore à la

viole, au cornet à bouquin et à la gothique ru-
bebbe du douzième siecle. L'empire de Galilée
n'était guère plus avancé; à peine distinguait-
on dans sa musique quelque misérable rebec
de l'enfance de l'art, encore emprisonné dans
le *ré-la-mi*. Mais c'est autour du pape des fous
que se déployaient, dans une cacophonie magnifique, toutes les richesses musicales de l'é-
poque. Ce n'était que dessus de rebec, hautes-
contre de rebec, tailles de rebec, sans compter les flûtes et les cuivres. Hélas! nos lecteurs
se souviennent que c'était l'orchestre de Gringoire.

Il est difficile de donner une idée du degré
d'épanouissement orgueilleux et béat où le
triste et hideux visage de Quasimodo était
parvenu dans le trajet du Palais à la Grève.
C'était la première jouissance d'amour-propre
qu'il eût jamais éprouvée. Il n'avait connu jusque là que l'humiliation, le dédain pour sa condition, le dégoût pour sa personne. Aussi, tout
sourd qu'il était, savourait-il en véritable pape
les acclamations de cette foule qu'il haïssait
pour s'en sentir haï. Que son peuple fût un
ramas de fous, de perclus, de voleurs, de mendians, qu'importe? c'était toujours un peuple, et lui un souverain. Et il prenait au sé-

rieux tous ces applaudissemens ironiques, tous
ces respects dérisoires, auxquels nous devons
dire qu'il se mêlait pourtant, dans la foule,
un peu de crainte fort réelle. Car le bossu
était robuste; car le bancal était agile; car le
sourd était méchant : trois qualités qui tem-
pèrent le ridicule.

Du reste, que le nouveau pape des fous se
rendît compte à lui-même des sentimens qu'il
éprouvait et des sentimens qu'il inspirait,
c'est ce que nous sommes loin de croire. L'esprit qui était logé dans ce corps manqué
avait nécessairement lui-même quelque chose
d'incomplet et de sourd. Aussi ce qu'il ressentait en ce moment était-il pour lui absolument
vague, indistinct et confus. Seulement la joie
perçait, l'orgueil dominait. Autour de cette
sombre et malheureuse figure, il y avait rayonnement.

Ce ne fut donc pas sans surprise et sans effroi que l'on vit tout à coup, au moment où
Quasimodo, dans cette demi-ivresse, passait
triomphalement devant la Maison-aux-Piliers,
un homme s'élancer de la foule et lui arracher
des mains, avec un geste de colère, sa crosse
de bois doré, insigne de sa folle papauté.

Cet homme, ce téméraire, c'était le per-

sonnage au front chauve qui, le moment
auparavant, mêlé au groupe de la bohémienne, avait glacé la pauvre fille de ses
paroles de menace et de haine. Il était revêtu
du costume ecclésiastique. Au moment où il
sortit de la foule, Gringoire, qui ne l'avait point
remarqué jusqu'alors, le reconnut : — Tiens!
dit-il, avec un cri d'étonnement, eh! c'est mon
maître en Hermès, dom Claude Frollo, l'archidiacre! Que diable veut-il à ce vilain borgne? Il va se faire dévorer.

Un cri de terreur s'éleva en effet. Le formidable Quasimodo s'était précipité à bas du
brancard, et les femmes détournaient les
yeux pour ne pas le voir déchirer l'archidiacre.

Il fit un bond jusqu'au prêtre, le regarda,
et tomba à genoux.

Le prêtre lui arracha sa tiare, lui brisa sa
crosse, lui lacéra sa chape de clinquant.

Quasimodo resta à genoux, baissa la tête
et joignit les mains.

Puis il s'établit entre eux un étrange dialogue de signes et de gestes, car ni l'un ni l'autre
ne parlaient. Le prêtre, debout, irrité, mena-
çant, impérieux; Quasimodo, prosterné, hum-
ble, suppliant. Et cependant il est certain que

Quasimodo eût pu écraser le prêtre avec le pouce.

Enfin, l'archidiacre, secouant rudement la puissante épaule de Quasimodo, lui fit signe de se lever et de le suivre.

Quasimodo se leva.

Alors la confrérie des fous, la première stupeur passée, voulut défendre son pape si brusquement détrôné. Les égyptiens, les argotiers et toute la bazoche vinrent japper autour du prêtre.

Quasimodo se plaça devant le prêtre, fit jouer les muscles de ses poings athlétiques, et regarda les assaillans avec le grincement de dents d'un tigre fâché.

Le prêtre reprit sa gravité sombre, fit un signe à Quasimodo, et se retira en silence.

Quasimodo marchait devant lui, éparpillant la foule à son passage.

Quand ils eurent traversé la populace et la place, la nuée des curieux et des oisifs voulut les suivre. Quasimodo prit alors l'arrière-garde, et suivit l'archidiacre à reculons, trapu, hargneux, monstrueux, hérissé, ramassant ses membres, léchant ses défenses de sanglier, grondant comme une bête fauve, et impri-

mant d'immenses oscillations à la foule, avec
un geste ou un regard.

On les laissa s'enfoncer tous deux dans une
rue étroite et ténébreuse, où nul n'osa se
risquer après eux; tant la seule chimère de
Quasimodo grinçant des dents en barrait
bien l'entrée.

— Voilà qui est merveilleux, dit Gringoire;
mais où diable trouverai-je à souper?

IV.

Les inconvéniens de suivre une jolie femme le soir
dans les rues.

———

GRINGOIRE, à tout hasard, s'était mis à suivre la bohémienne. Il lui avait vu prendre, avec
sa chèvre, la rue de la Coutellerie ; il avait pris
la rue de la Coutellerie.

— Pourquoi pas ? s'était-il dit.

Gringoire, philosophe pratique des rues de
Paris, avait remarqué que rien n'est propice à

la rêverie comme de suivre une jolie femme sans savoir où elle va. Il y a dans cette abdication volontaire de son libre arbitre, dans cette fantaisie qui se soumet à une autre fantaisie, laquelle ne s'en doute pas, un mélange d'indépendance fantasque et d'obéissance aveugle, je ne sais quoi d'intermédiaire entre l'esclavage et la liberté qui plaisait à Gringoire, esprit essentiellement mixte, indécis et complexe, tenant le bout de tous les extrêmes, incessamment suspendu entre toutes les propensions humaines et les neutralisant l'une par l'autre. Il se comparait lui-même volontiers au tombeau de Mahomet, attiré en sens inverse par deux pierres d'aimant, et qui hésite éternellement entre le haut et le bas, entre la voûte et le pavé, entre la chute et l'ascension, entre le zénith et le nadir.

Si Gringoire vivait de nos jours, quel beau milieu il tiendrait entre le classique et le romantique!

Mais il n'était pas assez primitif pour vivre trois cents ans, et c'est dommage. Son absence est un vide qui ne se fait que trop sentir aujourd'hui.

Du reste, pour suivre ainsi dans les rues les passans (et surtout les passantes), ce que

Gringoire faisait volontiers, il n'y a pas de meilleure disposition que de ne savoir où coucher.

Il marchait donc tout pensif derrière la jeune fille, qui hâtait le pas et faisait trotter sa jolie chèvre en voyant rentrer les bourgeois et se fermer les tavernes, seules boutiques qui eussent été ouvertes ce jour-là.

— Après tout, pensait-il à peu près, il faut bien qu'elle loge quelque part ; les bohémiennes ont bon cœur. — Qui sait?...

Et il y avait dans les points suspensifs dont il faisait suivre cette réticence dans son esprit, je ne sais quelles idées assez gracieuses.

Cependant de temps en temps, en passant devant les derniers groupes de bourgeois fermant leurs portes, il attrapait quelque lambeau de leurs conversations qui venait rompre l'enchaînement de ses riantes hypothèses.

Tantôt c'étaient deux vieillards qui s'accostaient.

— Maître Thibaut Fernicle, savez-vous qu'il fait froid?

(Gringoire savait cela depuis le commencement de l'hiver.)

— Oui, bien, maître Boniface Disome! Est-ce que nous allons avoir un hiver comme il y a trois ans, en 80, que le bois coûtait huit sols le moule?

— Bah! ce n'est rien, maître Thibaut, près de l'hiver de 1407, qu'il gela depuis la saint Martin jusqu'à la Chandeleur! et avec une telle furie que la plume du greffier du parlement gelait, dans la grand'chambre, de trois mots en trois mots! ce qui interrompit l'enregistrement de la justice!

Plus loin, c'étaient des voisines à leur fenêtre avec des chandelles que le brouillard faisait grésiller.

— Votre mari vous a-t-il conté le malheur, mademoiselle La Boudraque?

— Non. Qu'est-ce que c'est donc, mademoiselle Turquant?

— Le cheval de monsieur Gilles Godin, le notaire au Châtelet, qui s'est effarouché des Flamands et de leur procession, et qui a renversé maître Philippot Avrillot, oblat des Célestins.

— En vérité?

— Bellement.

— Un cheval bourgeois! c'est un peu fort. Si c'était un cheval de cavalerie, à la bonne heure!

Et les fenêtres se refermaient. Mais Gringoire n'en avait pas moins perdu le fil de ses idées.

Heureusement il le retrouvait vite et le renouait sans peine, grâce à la bohémienne, grâce à Djali, qui marchaient toujours devant lui; deux fines, délicates et charmantes créatures, dont il admirait les petits pieds, les jolies formes, les gracieuses manières, les confondant presque dans sa contemplation; pour l'intelligence et la bonne amitié, les croyant toutes deux jeunes filles; pour la légèreté, l'agilité, la dextérité de la marche, les trouvant chèvres toutes deux.

Les rues cependant devenaient à tout moment plus noires et plus désertes. Le couvre-feu était sonné depuis long-temps, et l'on commençait à ne plus rencontrer qu'à de rares intervalles un passant sur le pavé, une lumière aux fenêtres. Gringoire s'était engagé, à la suite de l'égyptienne, dans ce dédale inextricable de ruelles, de carrefours et de culs-de-sacs qui environne l'ancien sépulcre des Saints-Innocens, et qui ressemble à un écheveau de fil brouillé par un chat. — Voilà des rues qui ont bien peu de logique! disait Gringoire perdu dans ces mille circuits qui revenaient sans cesse sur eux-mêmes, mais où la

jeune fille suivait un chemin qui lui paraissait
bien connu, sans hésiter et d'un pas de plus en
plus rapide. Quant à lui, il eût parfaitement
ignoré où il était, s'il n'eût aperçu en passant,
au détour d'une rue, la masse octogone du
pilori des halles, dont le sommet à jour déta-
chait vivement sa découpure noire sur une
fenêtre encore éclairée de la rue Verdelet.

Depuis quelques instans il avait attiré l'attention de la jeune fille ; elle avait à plusieurs repri-
ses tourné la tête vers lui avec inquiétude ; elle
s'était même une fois arrêtée tout court, avait
profité d'un rayon de lumière qui s'échappait
d'une boulangerie entr'ouverte pour le regarder fixement du haut en bas ; puis, ce coup
d'œil jeté, Gringoire lui avait vu faire cette
petite moue qu'il avait déjà remarquée, et elle
avait passé outre.

Cette petite moue donna à penser à Gringoire. Il y avait certainement du dédain et de
la moquerie dans cette gracieuse grimace.
Aussi commençait-il à baisser la tête, à compter
les pavés, et à suivre la jeune fille d'un peu
plus loin, lorsque, au tournant d'une rue qui
venait de la lui faire perdre de vue, il l'entendit pousser un cri perçant.

Il hâta le pas.

La rue était pleine de ténèbres. Pourtant une étoupe imbibée d'huile, qui brûlait dans une cage de fer au pied de la Sainte-Vierge du coin de la rue, permit à Gringoire de distinguer la bohémienne se débattant dans les bras de deux hommes qui s'efforçaient d'étouffer ses cris. La pauvre petite chèvre, toute effarée, baissait les cornes et bêlait.

— A nous, messieurs du guet! cria Gringoire, et il s'avança bravement. L'un des hommes qui tenaient la jeune fille se tourna vers lui. C'était la formidable figure de Quasimodo.

Gringoire ne prit pas la fuite, mais il ne fit point un pas de plus.

Quasimodo vint à lui, le jeta à quatre pas sur le pavé d'un revers de la main, et s'enfonça rapidement dans l'ombre, emportant la jeune fille, ployée sur un de ses bras comme une écharpe de soie. Son compagnon le suivait, et la pauvre chèvre courait après tous, avec son bêlement plaintif.

— Au meurtre! au meurtre! criait la malheureuse bohémienne.

— Halte là, misérables, et lâchez-moi cette ribaude! dit tout à coup, d'une voix de tonnerre, un cavalier qui déboucha brusquement du carrefour voisin.

C'était un capitaine des archers de l'ordonnance du roi, armé de pied en cap, et l'espadon à la main.

Il arracha la bohémienne des bras de Quasimodo stupéfait, la mit en travers sur sa selle; et au moment où le redoutable bossu, revenu de sa surprise, se précipitait sur lui pour reprendre sa proie, quinze ou seize archers, qui suivaient de près leur capitaine, parurent l'estramaçon au poing. C'était une escouade de l'ordonnance du roi qui faisait le contre-guet, par ordre de messire Robert d'Estouteville, garde de la prevôté de Paris.

Quasimodo fut enveloppé, saisi, garrotté; il rugissait, il écumait, il mordait; et s'il eût fait grand jour, nul doute que son visage seul, rendu plus hideux encore par la colère, n'eût mis en fuite toute l'escouade. Mais, la nuit, il était désarmé de son arme la plus redoutable, de sa laideur.

Son compagnon avait disparu dans la lutte.

La bohémienne se dressa gracieusement sur la selle de l'officier, elle appuya ses deux mains sur les deux épaules du jeune homme, et le regarda fixement quelques secondes, comme ravie de sa bonne mine et du bon secours qu'il venait de lui porter. Puis, rompant le silence la première, elle lui dit, en faisant plus douce encore sa douce voix :

— Comment vous appelez-vous, monsieur le gendarme?

— Le capitaine Phœbus de Chateaupers, pour vous servir, ma belle! répondit l'officier en se redressant.

— Merci, dit-elle.

Et, pendant que le capitaine Phœbus retroussait sa moustache à la bourguignonne, elle se laissa glisser à bas du cheval, comme une flèche qui tombe à terre, et s'enfuit.

Un éclair se fût évanoui moins vite.

— Nombril du pape! dit le capitaine en faisant resserrer les courroies de Quasimodo, j'eusse aimé mieux garder la ribaude.

— Que voulez-vous, capitaine? dit un gendarme; la fauvette s'est envolée, la chauve-souris est restée.

V.

Suite des inconvéniens.

———

GRINGOIRE, tout étourdi de sa chute, était resté sur le pavé devant la bonne Vierge du coin de la rue. Peu à peu, il reprit ses sens; il fut d'abord quelques minutes flottant dans une espèce de rêverie à demi somnolente qui n'était pas sans douceur, où les aériennes figures de la bohémienne et de la chèvre se mariaient à la pe-

santeur du poing de Quasimodo. Cet état dura
peu. Une assez vive impression de froid à la
partie de son corps qui se trouvait en contact
avec le pavé le réveilla tout à coup, et fit
revenir son esprit à la surface. — D'où me
vient donc cette fraîcheur? se dit-il brusquement. Il s'aperçut alors qu'il était un peu dans
le milieu du ruisseau.

— Diable de cyclope bossu! grommela-t-il
entre ses dents, et il voulut se lever. Mais il
était trop étourdi et trop meurtri : force lui
fut de rester en place. Il avait du reste la main
assez libre; il se boucha le nez et se résigna.

—La boue de Paris, pensa-t-il (car il croyait
être sûr que, décidément, le ruisseau serait
son gîte;

Et que faire en un gîte à moins que l'on ne songe?)

la boue de Paris est particulièrement puante;
elle doit renfermer beaucoup de sel volatil
et nitreux. C'est, du reste, l'opinion de maître
Nicolas Flamel et des hermétiques....

Le mot d'*hermétiques* amena subitement
l'idée de l'archidiacre Claude Frollo dans son
esprit. Il se rappela la scène violente qu'il
venait d'entrevoir, que la bohémienne se débattait entre deux hommes, que Quasimodo

avait un compagnon; et la figure morose
et hautaine de l'archidiacre passa confusément dans son souvenir. — Cela serait
étrange! pensa-t-il. Et il se mit à échafauder,
avec cette donnée et sur cette base, le fantasque édifice des hypothèses, ce château de
cartes des philosophes. Puis soudain, revenant
encore une fois à la réalité : — Ah ça! je gèle!
s'écria-t-il.

La place, en effet, devenait de moins en
moins tenable. Chaque molécule de l'eau du
ruisseau enlevait une molécule de calorique
rayonnant aux reins de Gringoire, et l'équilibre entre la température de son corps et la
température du ruisseau commençait à s'établir d'une rude façon.

Un ennui d'une toute autre nature vint
tout à coup l'assaillir.

Un groupe d'enfans, de ces petits sauvages
va-nu-pieds qui ont de tout temps battu le
pavé de Paris sous le nom éternel de *gamins*,
et qui, lorsque nous étions enfans aussi, nous
ont jeté des pierres à tous le soir au sortir de
classe, parce que nos pantalons n'étaient pas
déchirés, un essaim de ces jeunes drôles accou-
rait vers le carrefour où gisait Gringoire, avec
des rires et des cris qui paraissaient se sou-

cier fort peu du sommeil des voisins. Ils traînaient après eux je ne sais quel sac informe;
et le bruit seul de leurs sabots eût réveillé
un mort. Gringoire, qui ne l'était pas encore
tout-à-fait, se souleva à demi.

— Ohé! Hennequin Dandèche; ohé! Jehan
Pincebourde! criaient-ils à tue-tête; le vieux
Eustache Moubon, le marchand feron du
coin, vient de mourir. Nous avons sa paillasse, nous allons en faire un feu de joie. C'est
aujourd'hui les Flamands!   •

Et voilà qu'ils jetèrent la paillasse précisément sur Gringoire, près duquel ils étaient
arrivés sans le voir. En même temps, un d'eux
prit une poignée de paille qu'il alla allumer
à la mèche de la bonne Vierge.

— Mort-Christ! grommela Gringoire, est-
ce que je vais avoir trop chaud maintenant?

Le moment était critique. Il allait être pris
entre le feu et l'eau; il fit un effort surnaturel, un effort de faux-monnoyeur qu'on va
bouillir et qui tâche de s'échapper. Il se leva
debout, rejeta la paillasse sur les gamins, et
s'enfuit.

— Sainte Vierge! crièrent les enfans; le
marchand feron qui revient!

Et ils s'enfuirent de leur côté.

La paillasse resta maîtresse du champ de bataille. Belleforêt, le P. le Juge et Corrozet assurent que le lendemain elle fut ramassée avec grande pompe par le clergé du quartier et portée au trésor de l'église Sainte-Opportune, où le sacristain se fit jusqu'en 1789 un assez beau revenu avec le grand miracle de la statue de la Vierge du coin de la rue Mauconseil, qui avait, par sa seule présence, dans la mémorable nuit du 6 au 7 janvier 1482, exorcisé défunt Jehan Moubon, lequel, pour faire niche au diable, avait, en mourant, malicieusement caché son âme dans sa paillasse.

VI.

La Cruche cassée.

———

Après avoir couru à toutes jambes pendant quelque temps, sans savoir où, donnant de la tête à maint coin de rue, emjambant maint ruisseau, traversant mainte ruelle, maint cul-de-sac, maint carrefour, cherchant fuite et passage à travers tous les méandres du vieux pavé des Halles, explorant dans sa peur pani-

que ce que le beau latin des chartes appelle
tota via, *cheminum et viaria*, notre poëte
s'arrêta tout à coup, d'essoufflement d'abord,
puis saisi en quelque sorte au collet par un
dilemme qui venait de surgir dans son esprit.
— Il me semble, maître Pierre Gringoire, se
dit-il à lui-même en appuyant son doigt sur
son front, que vous courez là comme un écer-
velé. Les petits drôles n'ont pas eu moins peur
de vous que vous d'eux. Il me semble, vous
dis-je, que vous avez entendu le bruit de leurs
sabots qui s'enfuyait au midi, pendant que
vous vous enfuyiez au septentrion. Or de
deux choses l'une : ou ils ont pris la fuite ;
et alors la paillasse, qu'ils ont dû oublier dans
leur terreur, est précisément ce lit hospitalier
après lequel vous courez depuis ce matin, et
que madame la Vierge vous envoie miracu-
leusement pour vous récompenser d'avoir fait
en son honneur une moralité accompagnée de
triomphes et momeries : ou les enfans n'ont
pas pris la fuite, et dans ce cas ils ont mis le
brandon à la paillasse ; et c'est là justement
l'excellent feu dont vous avez besoin pour
vous réjouir, sécher et réchauffer. Dans les
deux cas, bon feu ou bon lit, la paillasse est un
présent du ciel. La benoite vierge Marie qui est

au coin de la rue Mauconseil n'a peut-être fait mourir Jehan Moubon que pour cela; et c'est folie à vous de vous enfuir ainsi sur traîne-boyau, comme un Picard devant un Français, laissant derrière vous ce que vous cherchez devant; et vous êtes un sot!

Alors il revint sur ses pas, et, s'orientant et furetant, le nez au vent et l'oreille aux aguets, il s'efforça de retrouver la bienheureuse paillasse; mais en vain. Ce n'était qu'intersections de maisons, culs-de-sac, pattes d'oies, au milieu desquelles il hésitait et doutait sans cesse, plus empêché et plus englué dans cet enchevêtrement de ruelles noires qu'il ne l'eût été dans le dédalus même de l'hôtel des Tournelles; enfin il perdit patience, et s'écria solennellement : — Maudits soient les carrefours! c'est le diable qui les a faits à l'image de sa fourche.

Cette exclamation le soulagea un peu, et une espèce de reflet rougeâtre qu'il aperçut en ce moment au bout d'une longue et étroite ruelle acheva de relever son moral. — Dieu soit loué! dit-il, c'est là bas! Voilà ma paillasse qui brûle. Et se comparant au nocher qui sombre dans la nuit: *Salve*, ajouta-t-il pieusement, *salve, maris stella!*

Adressait-il ce fragment de litanie à la sainte
Vierge ou à la paillasse ? c'est ce que nous
ignorons parfaitement.

A peine avait-il fait quelques pas dans la longue ruelle, laquelle était en pente, non pavée,
et de plus en plus boueuse et inclinée, qu'il
remarqua quelque chose d'assez singulier. Elle
n'était pas déserte : çà et là, dans sa longueur,
rampaient je ne sais quelles masses vagues et
informes, se dirigeant toutes vers la lueur qui
vacillait au bout de la rue, comme ces lourds
insectes qui se traînent la nuit de brin d'herbe
en brin d'herbe vers un feu de pâtre.

Rien ne rend aventureux comme de ne pas
sentir la place de son gousset. Gringoire continua de s'avancer, et eut bientôt rejoint celle
de ces larves qui se traînait le plus paresseuse-
ment à la suite des autres. En s'en approchant,
il vit que ce n'était rien autre chose qu'un misérable cul-de-jatte qui sautelait sur ses deux
mains, comme un faucheux blessé qui n'a
plus que deux pattes. Au moment où il passa
près de cette espèce d'araignée à face humaine,
elle éleva vers lui une voix lamentable : — *La
buona mancia, signor! la buona mancia!*

— Que le diable t'emporte, dit Gringoire,
et moi avec toi, si je sais ce que tu veux dire !

Et il passa outre.

Il rejoignit une autre de ces masses ambulantes, et l'examina. C'était un perclus, à la fois boiteux et manchot, et si manchot et si boiteux que le système compliqué de béquilles et de jambes de bois qui le soutenait lui donnait l'air d'un échafaudage de maçons en marche. Gringoire, qui aimait les comparaisons nobles et classiques, le compara dans sa pensée au trépied vivant de Vulcain.

Ce trépied vivant le salua au passage, mais en arrêtant son chapeau à la hauteur du menton de Gringoire, comme un plat à barbe, et en lui criant aux oreilles : — *Señor caballero, para comprar un pedaso de pan!*

— Il paraît, dit Gringoire, que celui-là parle aussi ; mais c'est une rude langue, et il est plus heureux que moi s'il la comprend.

Puis se frappant le front par une subite transition d'idée : — A propos, que diable voulaient-ils dire ce matin avec leur *Esmeralda!*

Il voulut doubler le pas ; mais pour la troisième fois quelque chose lui barra le chemin. Ce quelque chose ou plutôt ce quelqu'un, c'était un aveugle, un petit aveugle à face juive et barbue, qui, ramant dans l'espace autour de lui avec un bâton, et remorqué par un gros chien, lui nazilla avec un accent hongrois : *Facitote caritatem !*

— A la bonne heure! dit Pierre Gringoire, en voilà un enfin qui parle un langage chrétien. Il faut que j'aie la mine bien aumônière pour qu'on me demande ainsi la charité dans l'état de maigreur où est ma bourse. Mon ami (et il se tournait vers l'aveugle), j'ai vendu la semaine passée ma dernière chemise; c'est-à-dire, puisque vous ne comprenez que la langue de Cicéro : *Vendidi hebdomade nuper transitâ meam ultimam chemisam.*

Cela dit, il tourna le dos à l'aveugle, et poursuivit son chemin. Mais l'aveugle se mit à allonger le pas en même temps que lui; et voilà que le perclus, voilà que le cul-de-jatte surviennent de leur côté avec grande hâte et grand bruit d'écuelle et de béquilles sur le pavé. Puis, tous trois s'entre-culbutant aux trousses du pauvre Gringoire, se mirent à lui chanter leur chanson :

— *Caritatem !* chantait l'aveugle.

— *La buona mancia!* chantait le cul-de-jatte.

Et le boiteux relevait la phrase musicale en répétant : *Un pedaso de pan!*

Gringoire se boucha les oreilles. — O tour de Babel! s'écria-t-il.

Il se mit à courir. L'aveugle courut. Le boiteux courut. Le cul-de-jatte courut.

Et puis, à mesure qu'il s'enfonçait dans la rue, culs-de-jatte, aveugles, boiteux pullulaient autour de lui, et des manchots, et des borgnes, et des lépreux avec leurs plaies, qui sortant des maisons, qui des petites rues adjacentes, qui des soupiraux des caves, hurlant, beuglant, glapissant, tous clopin-clopant, cahin-caha, se ruant vers la lumière, et vautrés dans la fange comme des limaces après la pluie.

Gringoire, toujours suivi par ses trois persécuteurs, et ne sachant trop ce que cela allait devenir, marchait effaré au milieu des autres, tournant les boiteux, enjambant les culs-de-jatte, les pieds empêtrés dans cette fourmilière d'éclopés, comme ce capitaine anglais qui s'enlisa dans un troupeau de crabes.

L'idée lui vint d'essayer de retourner sur ses pas. Mais il était trop tard. Toute cette légion s'était refermée derrière lui, et ses trois mendians le tenaient. Il continua donc, poussé à la fois par ce flot irrésistible, par la peur et par un vertige qui lui faisait de tout cela une sorte de rêve horrible.

Enfin, il atteignit l'extrémité de la rue. Elle débouchait sur une place immense, où mille lumières éparses vacillaient dans le brouillard confus de la nuit. Gringoire s'y jeta, espérant échapper par la vitesse de ses jambes aux trois spectres infirmes qui s'étaient cramponnés à lui.

— *Ondè vas, hombre!* cria le perclus jetant là ses béquilles, et courant après lui avec les deux meilleures jambes qui eussent jamais tracé un pas géométrique sur le pavé de Paris.

Cependant le cul-de-jatte, debout sur ses pieds, coiffait Gringoire de sa lourde jatte ferrée, et l'aveugle le regardait en face avec des yeux flamboyans.

— Où suis-je? dit le poëte terrifié.

— Dans la Cour des Miracles, répondit un quatrième spectre qui les avait accostés.

— Sur mon âme, reprit Gringoire, je vois bien les aveugles qui regardent et les boiteux qui courent; mais où est le Sauveur?

Ils répondirent par un éclat de rire sinistre.

Le pauvre poëte jeta les yeux autour de lui.

Il était en effet dans cette redoutable Cour des
Miracles où jamais honnête homme n'avait
pénétré à pareille heure ; cercle magique où
les officiers du Châtelet et les sergens de la
prévôté qui s'y aventuraient disparaissaient
en miettes ; cité des voleurs, hideuse verrue
à la face de Paris ; égout d'où s'échappait chaque matin, et où revenait croupir chaque nuit
ce ruisseau de vices, de mendicité et de vaga-
bondage toujours débordé dans les rues des
capitales ; ruche monstrueuse où rentraient
le soir avec leur butin tous les frélons de l'ordre social ; hôpital menteur où le bohémien,
le moine défroqué, l'écolier perdu, les vau-
riens de toutes les nations, espagnols, italiens,
allemands, de toutes les religions, juifs, chré-
tiens, mahométans, idolâtres, couverts de
plaies fardées, mendians le jour, se transfigu-
raient la nuit en brigands ; immense vestiaire,
en un mot, où s'habillaient et se déshabillaient
à cette époque tous les acteurs de cette comédie éternelle que le vol, la prostitution et
le meurtre jouent sur le pavé de Paris.

C'était une vaste place, irrégulière et mal
pavée, comme toutes les places de Paris alors.
Des feux autour desquels fourmillaient des
groupes étranges, y brillaient çà et là. Tout

cela allait, venait, criait. On entendait des
rires aigus, des vagissemens d'enfans, des voix
de femmes. Les mains, les têtes de cette foule,
noires sur le fond lumineux, y découpaient
mille gestes bizarres. Par momens, sur le sol,
où tremblait la clarté des feux, mêlée à de grandes ombres indéfinies, on pouvait voir passer
un chien qui ressemblait à un homme, un
homme qui ressemblait à un chien. Les limites des races et des espèces semblaient s'effacer
dans cette cité comme dans un pandæmonium.
Hommes, femmes, bêtes, âge, sexe, santé,
maladies, tout semblait être en commun parmi
ce peuple; tout allait ensemble, mêlé, con-
fondu, superposé; chacun y participait de
tout.

Le rayonnement chancelant et pauvre des
feux permettait à Gringoire de distinguer, à
travers son trouble, tout à l'entour de l'im-
mence place, un hideux encadrement de vieilles maisons dont les façades vermoulues, rata-
tinées, rabougries, percées chacune d'une ou
deux lucarnes éclairées, lui semblaient dans
l'ombre d'énormes têtes de vieilles femmes,
rangées en cercle, monstrueuses et rechi-
gnées, qui regardaient le sabbat en clignant
des yeux.

C'était comme un nouveau monde, inconnu, inouï, difforme, reptile, fourmillant, fantastique.

Gringoire, de plus en plus effaré, pris par les trois mendians comme par trois tenailles, assourdi d'une foule d'autres visages qui moutonnaient et aboyaient autour de lui ; le malencontreux Gringoire tâchait de rallier sa présence d'esprit pour se rappeler si l'on était à un samedi. Mais ses efforts étaient vains ; le fil de sa mémoire et de sa pensée était rompu ; et doutant de tout, flottant de ce qu'il voyait à ce qu'il sentait, il se posait cette insoluble question : — Si je suis, cela est-il ? si cela est, suis-je ?

En ce moment, un cri distinct s'éleva dans la cohue bourdonnante qui l'enveloppait : — Menons-le au roi ! menons-le au roi !

— Sainte Vierge ! murmura Gringoire, le roi d'ici, ce doit être un bouc.

— Au roi ! au roi ! répétèrent toutes les voix.

On l'entraîna. Ce fut à qui mettrait la griffe sur lui. Mais les trois mendians ne lâchaient pas prise, et l'arrachaient aux autres en hurlant : Il est à nous !

Le pourpoint déjà malade du poëte rendit le dernier soupir dans cette lutte.

En traversant l'horrible place, son vertige
se dissipa. Au bout de quelques pas, le sentiment de la réalité lui était revenu. Il commençait à se faire à l'atmosphère du lieu. Dans
le premier moment, de sa tête de poëte, ou
peut-être, tout simplement et tout prosaïque-
ment, de son estomac vide, il s'était élevé
une fumée, une vapeur pour ainsi dire, qui
se répandant entre les objets et lui, ne les lui
avait laissés entrevoir que dans la brume incohérente du cauchemar, dans ces ténèbres des
rêves qui font trembler tous les contours, gri-
macer toutes les formes, s'agglomérer les objets en groupes démesurés, dilatant les choses
en chimères et les hommes en fantômes. Peu
à peu à cette hallucination succéda un regard
moins égaré et moins grossissant. Le réel se
faisait jour autour de lui, lui heurtait les
yeux, lui heurtait les pieds, et démolissait
pièce à pièce toute l'effroyable poésie dont il
s'était cru d'abord entouré. Il fallut bien s'a-
percevoir qu'il ne marchait pas dans le Styx,
mais dans la boue, qu'il n'était pas coudoyé
par des démons, mais par des voleurs ; qu'il
n'y allait pas de son âme, mais tout bonnement de sa vie (puisqu'il lui manquait ce précieux conciliateur qui se place si efficace-

ment entre le bandit et l'honnête homme : la bourse). Enfin, en examinant l'orgie de plus près et avec plus de sang-froid, il tomba du sabbat au cabaret.

La Cour des Miracles n'était en effet qu'un cabaret, mais un cabaret de brigands, tout aussi rouge de sang que de vin.

Le spectacle qui s'offrit à ses yeux, quand son escorte en guenilles le déposa enfin au terme de sa course, n'était pas propre à le ramener à la poésie, fût-ce même à la poésie de l'enfer. C'était plus que jamais la prosaïque et brutale réalité de la taverne. Si nous n'étions pas au quinzième siècle, nous dirions que Gringoire était descendu de Michel-Ange à Callot.

Autour d'un grand feu qui brûlait sur une large dalle ronde, et qui pénétrait de ses flammes les tiges rougies d'un trépied vide pour le moment, quelques tables vermoulues étaient dressées çà et là, au hasard, sans que le moindre laquais géomètre eût daigné ajuster leur parallélisme ou veiller à ce qu'au moins elles ne se coupassent pas à des angles trop inusités. Sur ces tables reluisaient quelques pots ruisselans de vin et de cervoise, et autour de ces pots se groupaient force visages bachiques,

empourprés de feu et de vin. C'était un homme
à gros ventre et à joviale figure qui embras-
sait bruyamment une fille de joie, épaisse et
charnue. C'était une espèce de faux soldat, un
narquois, comme on disait en argot, qui dé-
faisait en sifflant les bandages de sa fausse blessure, et qui dégourdissait son genou sain et
vigoureux, emmaillotté depuis le matin dans
mille ligatures. Au rebours, c'était un malingreux qui préparait avec de l'éclaire et du
sang de bœuf sa *jambe de Dieu* du lendemain.
Deux tables plus loin, un coquillart, avec son
costume complet de pèlerin, épelait la com-
plainte de Sainte-Reine, sans oublier la psalmodie et le nazillement. Ailleurs un jeune hu-
bin prenait leçon d'épilepsie d'un vieux sabouleux qui lui enseignait l'art d'écumer en
mâchant un morceau de savon. A côté, un
hydropique se dégonflait, et faisait boucher
le nez à quatre ou cinq larronnesses, qui se
disputaient à la même table un enfant volé
dans la soirée. Toutes circonstances qui, deux
siècles plus tard, *semblèrent si ridicules à la
cour*, comme dit Sauval, *qu'elles servirent de
passe-temps au roi et d'entrée au ballet royal
de La Nuit, divisé en quatre parties et dansé
sur le théâtre du Petit-Bourbon.* « Jamais,

» ajoute un témoin oculaire de 1653, les su-
» bites métamorphoses de la cour des miracles
» n'ont été plus heureusement représentées.
» Benserade nous y prépara par des vers
» assez galans. »

Le gros rire éclatait partout, et la chanson
obscène. Chacun tirait à soi, glosant et jurant
sans écouter le voisin. Les pots trinquaient, et
les querelles naissaient au choc des pots, et les
pots ébréchés faisaient déchirer les haillons.

Un gros chien, assis sur sa queue, regardait
le feu. Quelques enfans étaient mêlés à cette
orgie. L'enfant volé, qui pleurait et criait. Un
autre, gros garçon de quatre ans, assis les
jambes pendantes sur un banc trop élevé,
ayant de la table jusqu'au menton, et ne disant
mot. Un troisième étalant gravement avec son
doigt sur la table le suif en fusion qui cou-
lait d'une chandelle. Un dernier, petit, accroupi dans la boue, presque perdu dans un
chaudron qu'il râclait avec une tuile, et dont
il tirait un son à faire évanouir Stradivarius.

Un tonneau était près du feu, et un mendiant sur le tonneau. C'était le roi sur son
trône.

Les trois qui avaient Gringoire l'amenè-
rent devant ce tonneau, et toute la baccha-

nale fit un moment silence, excepté le chaudron habité par l'enfant.

Gringoire n'osait souffler ni lever les yeux.

— *Hombre, quita tu sombrero ?* dit l'un
des trois drôles à qui il était; et avant qu'il
eût compris ce que cela voulait dire, l'autre
lui avait pris son chapeau. Misérable bicoquet,
il est vrai, mais bon encore un jour de soleil,
ou un jour de pluie. Gringoire soupira.

Cependant le roi, du haut de sa futaille, lui
adressa la parole.

— Qu'est-ce que c'est que ce maraud?

Gringoire tressaillit. Cette voix, quoique
accentuée par la menace, lui rappela une autre
voix qui le matin même avait porté le premier
coup à son mystère, en nazillant au milieu de
l'auditoire : *La charité, s'il vous plaît !* Il leva
la tête. C'était en effet Clopin Trouillefou.

Clopin Trouillefou, revêtu de ses insignes
royaux, n'avait pas un haillon de plus ni de
moins. Sa plaie au bras avait déjà disparu. Il
portait à la main un de ces fouets à lanières
de cuir blanc dont se servaient alors les sergens à verge pour serrer la foule, et que l'on
appelait *boullayes.* Il avait sur la tête une espèce de coiffure cerclée et fermée par le haut;
mais il était difficile de distinguer si c'était un

bourrelet d'enfant ou une couronne de roi;
tant les deux choses se ressemblent.

Cependant Gringoire, sans savoir pourquoi,
avait repris quelque espoir en reconnaissant
dans le roi de la Cour des Miracles son maudit mendiant de la grand'salle.

— Maître, balbutia-t-il.... Monseigneur....
Sire.... — Comment dois-je vous appeler? dit-
il enfin, arrivé au point culminant de son
crescendo, et ne sachant plus comment monter ni redescendre.

— Monseigneur, sa majesté, ou camarade,
appelle-moi comme tu voudras. Mais dépêche.
Qu'as-tu à dire pour ta défense?

Pour ta défense! pensa Gringoire, ceci me
déplaît. Il reprit en bégayant: — Je suis celui
qui ce matin...

— Par les ongles du diable! interrompit
Clopin, ton nom, maraud, et rien de plus.
Ecoute. Tu es devant trois puissans souve-
rains : moi, Clopin Trouillefou, roi de Thunes, successeur du Grand-Coësre, suzerain suprême du royaume de l'argot; Mathias Hun-
gadi Spicali, duc d'Égypte et de Bohême, ce
vieux jaune que tu vois là avec un torchon
autour de la tête; Guillaume-Rousseau, empereur de Galilée, ce gros qui ne nous écoute

pas et qui caresse une ribaude. Nous sommes tes juges. Tu es entré dans le royaume d'argot sans être argotier, tu as violé les priviléges de notre ville. Tu dois être puni, à moins que tu ne sois capon, franc-mitou ou rifodé, c'est-à-dire, dans l'argot des honnêtes gens, voleur, mendiant ou vagabond. Es-tu quelque chose comme cela? Justifie-toi; décline tes qualités.

—Hélas! dit Gringoire, je n'ai pas cet honneur. Je suis l'auteur...

— Cela suffit, reprit Trouillefou sans le laisser achever. Tu vas être pendu. Chose toute simple, messieurs les honnêtes bourgeois! comme vous traitez les nôtres chez vous, nous traitons les vôtres chez nous. La loi que vous faites aux truands, les truands vous la font. C'est votre faute si elle est méchante. Il faut bien qu'on voie de temps en temps une grimace d'honnête homme au dessus du collier de chanvre; cela rend la chose honorable. Allons, l'ami, partage gaîment tes guenilles à ces demoiselles. Je vais te faire pendre pour amuser les truands, et tu leur donneras ta bourse pour boire. Si tu as quelque momerie à faire, il y a là bas dans l'égrugeoir un très-bon Dieu-le-Père, en pierre, que nous avons volé à Saint-Pierre-aux-bœufs. Tu as quatre minutes pour lui jeter ton âme à la tête.

La harangue était formidable.

— Bien dit, sur mon âme! Clopin Trouillefou prêche comme un saint-père le pape,
s'écria l'empereur de Galilée en cassant son
pot pour étayer sa table.

— Messeigneurs les empereurs et rois, dit
Gringoire avec sang-froid (car je ne sais comment la fermeté lui était revenue, et il parlait
résolument), vous n'y pensez pas; je m'appelle
Pierre Gringoire, je suis le poëte dont on a
représenté ce matin une moralité, dans la
grand'salle du Palais.

— Ah! c'est toi, maître! dit Clopin. J'y étais,
par la tête-Dieu! Hé bien! camarade, est-ce
une raison, parce que tu nous as ennuyés ce
matin, pour ne pas être pendu ce soir?

J'aurai de la peine à m'en tirer, pensa Gringoire. Il tenta pourtant encore un effort.

— Je ne vois pas pourquoi, dit-il, les poëtes
ne sont pas rangés parmi les truands. Vagabond, Æsopus le fut; mendiant, Homerus le
fut; voleur, Mercurius l'était...

Clopin l'interrompit : — Je crois que tu
veux nous matagraboliser avec ton grimoire.
Pardieu, laisse-toi pendre, et pas tant de façons!

— Pardon, monseigneur le roi de Thunes,
répliqua Gringoire, disputant le terrain pied à

pied. Cela en vaut la peine....— Un moment !..
— Écoutez-moi... — Vous ne me condamne-
rez pas sans m'entendre...

Sa malheureuse voix, en effet, était couverte par le vacarme qui se faisait autour de
lui. Le petit garçon râclait son chaudron avec
plus de verve que jamais; et pour comble,
une vieille femme venait de poser sur le trépied ardent une poêle pleine de graisse, qui
glapissait au feu avec un bruit pareil aux cris
d'une troupe d'enfans qui poursuit un masque.

Cependant Clopin Trouillefou parut con-
férer un moment avec le duc d'Égypte et l'empereur de Galilée, lequel était complètement
ivre. Puis il cria aigrement : Silence donc !
et comme le chaudron et la poêle à frire ne
l'écoutaient pas et continuaient leur duo, il
sauta à bas de son tonneau, donna un coup
de pied dans le chaudron, qui roula à dix pas
avec l'enfant, un coup de pied dans la poêle,
dont toute la graisse se renversa dans le feu,
et il remonta gravement sur son trône, sans
se soucier des pleurs étouffés de l'enfant, ni
des grognemens de la vieille, dont le souper
s'en allait en belle flamme blanche.

Trouillefou fit un signe, et le duc, et l'empereur, et les archi-suppôts et les cagoux vinrent

se ranger autour de lui en un fer-à-cheval, dont
Gringoire, toujours rudement appréhendé
au corps, occupait le centre. C'était un demi-
cercle de haillons, de guenilles, de clinquant,
de fourches, de haches, de jambes avinées,
de gros bras nus, de figures sordides, éteintes
et hébétées. Au milieu de cette table ronde de
la gueuserie, Clopin Trouillefou, comme le
doge de ce sénat, comme le roi de cette pairie,
comme le pape de ce conclave, dominait, d'a-
bord de toute la hauteur de son tonneau, puis
de je ne sais quel air hautain, farouche et formidable qui faisait pétiller sa prunelle, et cor-
rigeait dans son sauvage profil le type bestial
de la race truande. On eût dit une hure parmi
des groins.

— Écoute, dit-il à Gringoire en caressant
son menton difforme avec sa main calleuse;
je ne vois pas pourquoi tu ne serais pas pendu.
Il est vrai que cela a l'air de te répugner; et
c'est tout simple, vous autres bourgeois, vous
n'y êtes pas habitués. Vous vous faites de la
chose une grosse idée. Après tout, nous ne te
voulons pas de mal. Voici un moyen de te tirer d'affaire pour le moment. Veux-tu être des
nôtres?

On peut juger de l'effet que fit cette proposition sur Gringoire, qui voyait la vie lui échapper, et commençait à lâcher prise. Il s'y rattacha énergiquemeut.

— Je le veux, certes, bellement, dit-il.

— Tu consens, reprit Clopin, à t'enrôler parmi les gens de la petite flambe?

— De la petite flambe, précisément, répondit Gringoire.

— Tu te reconnais membre de la franche bourgeoisie? reprit le roi de Thunes.

— De la franche bourgeoisie.

— Sujet du royaume d'argot?

— Du royaume d'argot.

— Truand?

— Truand.

— Dans l'âme?

— Dans l'âme.

— Je te fais remarquer, reprit le roi, que tu n'en seras pas moins pendu pour cela.

— Diable! dit le poëte.

— Seulement, continua Clopin imperturbable, tu seras pendu plus tard, avec plus de cérémonie, aux frais de la bonne ville de Paris, à un beau gibet de pierre, et par les honnêtes gens. C'est une consolation.

— Comme vous dites, répondit Gringoire.

— Il y a d'autres avantages. En qualité de

franc-bourgeois, tu n'auras à payer ni boues, ni pauvres, ni lanternes, à quoi sont sujets les bourgeois de Paris.

— Ainsi soit-il, dit le poëte. Je consens. Je suis truand, argotier, franc-bourgeois, petite flambe, tout ce que vous voudrez; et j'étais tout cela d'avance, monsieur le roi de Thunes, car je suis philosophe; *et omnia in philosophia, omnes in philosopho continentur,* comme vous savez.

Le roi de Thunes fronça le sourcil.

— Pour qui me prends-tu, l'ami? Quel argot de juif de Hongrie nous chantes-tu là? Je ne sais pas l'hébreu. Pour être bandit on n'est pas juif. Je ne vole même plus, je suis au dessus de cela, je tue. Coupe-gorge, oui; coupe-bourse, non.

Gringoire tâcha de glisser quelque excuse à travers ces brèves paroles que la colère saccadait de plus en plus. — Je vous demande pardon, monseigneur. Ce n'est pas de l'hébreu, c'est du latin.

— Je te dis, reprit Clopin avec emportement, que je ne suis pas juif, et que je te ferai pendre, ventre de synagogue! ainsi que ce petit marcandier de Judée qui est auprès de toi et que j'espère bien voir clouer un jour sur un comptoir, comme une pièce de fausse monnaie qu'il est!

En parlant ainsi, il désignait du doigt le petit juif hongrois barbu, qui avait accosté Gringoire de son *facitote caritatem*, et qui, ne comprenant pas d'autre langue, regardait avec surprise la mauvaise humeur du roi de Thunes déborder sur lui.

Enfin monseigneur Clopin se calma. — Maraud! dit-il à notre poëte, tu veux donc être truand?

— Sans doute, répondit le poëte.

— Ce n'est pas le tout de vouloir, dit le bourru Clopin; la bonne volonté ne met pas un oignon de plus dans la soupe, et n'est bonne que pour aller en paradis; or paradis et argot sont deux. Pour être reçu dans l'argot, il faut que tu prouves que tu es bon à quelque chose, et pour cela que tu fouilles le mannequin.

— Je fouillerai, dit Gringoire, tout ce qu'il vous plaira.

Clopin fit un signe. Quelques argotiers se détachèrent du cercle et revinrent un moment après. Ils apportaient deux poteaux terminés à leur extrémité inférieure par deux spatules en charpente, qui leur faisaient prendre aisément pied sur le sol; à l'extrémité supérieure des deux poteaux ils adaptèrent une solive transversale, et le tout constitua une fort jolie potence portative que Gringoire eut la satisfaction de voir se dresser devant lui en un clin d'œil. Rien n'y manquait, pas même la corde qui se balançait gracieusement au dessous de la traverse.

— Où veulent-ils en venir? se demanda Gringoire avec quelque inquiétude. Un bruit de sonnettes qu'il entendit au même moment mit fin à son anxiété; c'était un mannequin que les truands suspendaient par le cou à la corde, espèce d'épouvantail aux oiseaux, vêtu de rouge, et tellement chargé de grelots et de clochettes qu'on eût pu en harnacher trente mules castillanes. Ces mille sonnettes frissonnèrent quelque temps aux oscillations de la corde, puis s'éteignirent peu à peu, et se turent enfin, quand le mannequin eut été ramené à l'immobilité par cette loi du pendule qui a détrôné le clepsydre et le sablier.

Alors Clopin indiquant à Gringoire un vieil escabeau chancelant, placé au dessous du mannequin : — Monte là-dessus.

— Mort-diable, objecta Gringoire, je vais me rompre le cou. Votre escabelle boite comme un distique de Martial; elle a un pied hexamètre et un pied pentamètre.

— Monte, reprit Clopin.

Gringoire monta sur l'escabeau, et parvint, non sans quelques oscillations de la tête et des bras, à y retrouver son centre de gravité.

— Maintenant, poursuivit le roi de Thunes, tourne ton pied droit autour de ta jambe gauche et dresse-toi sur la pointe du pied gauche.

— Monseigneur, dit Gringoire, vous tenez donc absolument à ce que je me casse quelque membre?

Clopin hocha la tête.

— Ecoute, l'ami, tu parles trop. Voilà en deux mots de quoi il s'agit : tu vas te dresser sur la pointe du pied, comme je te le dis; de cette façon tu pourras atteindre jusqu'à la poche du mannequin; tu y fouilleras; tu en tireras une bourse qui s'y trouve; et si tu fais tout cela sans qu'on entende le bruit d'une sonnette, c'est bien; tu seras truand. Nous n'aurons plus qu'à te rouer de coups pendant huit jours.

— Ventre-Dieu! je n'aurai garde, dit Gringoire. Et si je fais chanter les sonnettes?

— Alors tu seras pendu. Comprends-tu?

— Je ne comprends pas du tout, répondit Gringoire.

— Écoute encore une fois. Tu vas fouiller le mannequin et lui prendre sa bourse ; si une seule sonnette bouge dans l'opération, tu seras pendu. Comprends-tu cela ?

— Bien, dit Gringoire ; je comprends cela. Après ?

— Si tu parviens à enlever la bourse sans qu'on entende les grelots, tu es truand, et tu seras roué de coups pendant huit jours consécutifs. Tu comprends sans doute, maintenant ?

— Non, monseigneur ; je ne comprends plus. Où est mon avantage ? pendu dans un cas, battu dans l'autre.

— Et truand, reprit Clopin, et truand, n'est-ce rien ? C'est dans ton intérêt que nous te battrons, afin de t'endurcir aux coups.

— Grand merci, répondit le poëte.

— Allons, dépêchons, dit le roi en frappant du pied sur son tonneau qui résonna comme une grosse caisse. Fouille le mannequin, et que cela finisse. Je t'avertis une dernière fois que, si j'entends un seul grelot, tu prendras la place du mannequin.

La bande des argotiers applaudit aux paroles de Clopin, et se rangea circulairement

autour de la potence, avec un rire tellement
impitoyable que Gringoire vit qu'il les amu-
sait trop pour n'avoir pas tout à craindre d'eux.
Il ne lui restait donc plus d'espoir, si ce n'est
la frêle chance de réussir dans la redoutable
opération qui lui était imposée; il se décida à la
risquer, mais ce ne fut pas sans avoir adressé
d'abord une fervente prière au mannequin
qu'il allait dévaliser et qui eût été plus facile à
attendrir que les truands. Cette myriade de
sonnettes avec leurs petites langues de cuivre
lui semblaient autant de gueules d'aspics ouvertes, prêtes à mordre et à siffler.

— Oh! disait-il tout bas, est-il possible que
ma vie dépende de la moindre des vibrations
du moindre de ces grelots? Oh! ajoutait-il les
mains jointes, sonnettes, ne sonnez pas! clochettes, ne clochez pas! grelots, ne grelottez
pas!

Il tenta encore un effort sur Trouillefou.

— Et s'il survient un coup de vent? lui demanda-t-il.

— Tu seras pendu, répondit l'autre sans
hésiter.

Voyant qu'il n'y avait ni répit, ni sursis, ni
faux-fuyant possible, il prit bravement son
parti; il tourna son pied droit autour de son

pied gauche, se dressa sur son pied gauche,
et étendit le bras...; mais au moment où il tou-
chait le mannequin, son corps qui n'avait
plus qu'un pied chancela sur l'escabeau qui
n'en avait que trois; il voulut machinalement
s'appuyer au mannequin, perdit l'équilibre, et
tomba lourdement sur la terre, tout assourdi
par la fatale vibration des mille sonnettes du
mannequin, qui, cédant à l'impulsion de sa
main, décrivit d'abord une rotation sur lui-
même, puis se balança majestueusement entre
les deux poteaux.

— Malédiction! cria-t-il en tombant, et il
resta comme mort la face contre terre.

Cependant il entendait le redoutable carillon au dessus de sa tête, et le rire diabolique
des truands, et la voix de Trouillefou, qui disait : — Relevez-moi le drôle, et pendez-le-
moi rudement.

Il se leva. On avait déjà décroché le mannequin pour lui faire place.

Les argotiers le firent monter sur l'escabeau.
Clopin vint à lui, lui passa la corde au cou
et lui frappant sur l'épaule : — Adieu! l'ami.
Tu ne peux plus échapper maintenant, quand
même tu digérerais avec les boyaux du pape.

Le mot *grâce* expira sur les lèvres de Gringoire. Il promena ses regards autour de lui; mais aucun espoir : tous riaient.

— Bellevigne-de-l'Étoile, dit le roi de Thunes à un énorme truand qui sortit des rangs, grimpe sur la traverse.

Bellevigne-de-l'Étoile monta lestement sur la solive transversale, et au bout d'un instant, Gringoire, en levant les yeux, le vit avec terreur accroupi sur la traverse au dessus de sa tête.

—Maintenant, reprit Clopin Trouillefou, dès que je frapperai des mains, Andry-le-Rouge, tu jetteras l'escabelle à terre d'un coup de genou; François Chante-Prune, tu te pendras aux pieds du maraud; et toi, Bellevigne, tu te jetteras sur ses épaules; et tous trois à la fois, entendez-vous ?

Gringoire frissonna.

— Y êtes-vous? dit Clopin Trouillefou aux trois argotiers prêts à se précipiter sur Gringoire. Le pauvre patient eut un moment d'attente horrible, pendant que Clopin repoussait tranquillement du bout du pied dans le feu quelques brins de sarment que la flamme n'avait pas gagnés. — Y êtes-vous? répéta-t-il, et il ouvrit ses mains pour frapper. Une seconde de plus, c'en était fait.

Mais il s'arrêta, comme averti par une idée subite. — Un instant, dit-il; j'oubliais!... Il est d'usage que nous ne pendions pas un homme sans demander s'il y a une femme qui en veut. — Camarade! c'est ta dernière ressource. Il faut que tu épouses une truande ou la corde.

Cette loi bohémienne, si bizarre qu'elle puisse sembler au lecteur, est aujourd'hui encore écrite toute au long dans la vieille législation anglaise. Voyez *Burington's Observations.*

Gringoire respira. C'était la seconde fois qu'il revenait à la vie depuis une demi-heure. Aussi n'osait-il trop s'y fier.

— Holà! cria Clopin remonté sur sa futaille, holà! femmes, femelles, y a-t-il parmi vous, depuis la sorcière jusqu'à sa chatte, une ribaude qui veuille de ce ribaud? Holà, Colette la Charonne! Élisabeth Trouvain! Simone Jodouyne! Marie Piédebou! Thonne-la-Longue! Bérarde Fanouel! Michelle Genaille! Claude Ronge-oreille! Mathurine Girorou! Holà! Isabeau-la-Thierrye! Venez et voyez! un homme pour rien! qui en veut?

Gringoire, dans ce misérable état, était
sans doute peu appétissant. Les truandes se
montrèrent médiocrement touchées de la proposition. Le malheureux les entendit répondre : — Non ! non ! pendez-le, il y aura du
plaisir pour toutes.

Trois cependant sortirent de la foule et vinrent le flairer. La première était une grosse
fille à face carrée. Elle examina attentive-
ment le pourpoint déplorable du philosophe. La souquenille était usée et plus trouée
qu'une poêle à griller des châtaignes. La fille
fit la grimace. — Vieux drapeau ! grommela-
t-elle, et s'adressant à Gringoire : — Voyons
ta cape ? — Je l'ai perdue, dit Gringoire.
— Ton chapeau ? — On me l'a pris. — Tes
souliers ? — Ils commencent à n'avoir plus de
semelles. — Ta bourse ? — Hélas ! bégaya Gringoire, je n'ai pas un denier parisis. — Laisse-
toi pendre, et dis merci ! répliqua la truande
en lui tournant le dos.

La seconde, vieille, noire, ridée, hideuse,
d'une laideur à faire tache dans la Cour des
Miracles, tourna autour de Gringoire. Il tremblait presque qu'elle ne voulût de lui. Mais
elle dit entre ses dents : — Il est trop maigre,
et s'éloigna.

La troisième était une jeune fille, assez fraîche, et pas trop laide. — Sauvez-moi, lui dit à voix basse le pauvre diable. Elle le considéra un moment d'un air de pitié, puis baissa les yeux, fit un pli à sa jupe, et resta indécise. Il suivait des yeux tous ses mouvemens; c'était la dernière lueur d'espoir.—Non, dit enfin la jeune fille, non! Guillaume Longuejoue me battrait. Elle rentra dans la foule.

— Camarade, dit Clopin, tu as du malheur.

Puis se levant debout sur son tonneau : — Personne n'en veut? cria-t il en contrefaisant l'accent d'un huissier priseur, à la grande gaîté de tous; personne n'en veut? une fois, deux fois, trois fois! Et se tournant vers la potence avec un signe de tête : — Adjugé!

Bellevigne-de-l'Étoile, Andry-le-Rouge, François Chante-Prune se rapprochèrent de Gringoire.

En ce moment un cri s'éleva parmi les argotiers : — *La Esmeralda! la Esmeralda!*

Gringoire tressaillit, et se tourna du côté d'où venait la clameur. La foule s'ouvrit, et donna passage à une pure et éblouissante figure. C'était la bohémienne.

— La Esmeralda! dit Gringoire, stupéfait, au milieu de ses émotions, de la brusque manière dont ce mot magique nouait tous les souvenirs de sa journée.

Cette rare créature paraissait exercer jusque dans la Cour des Miracles son empire de charme et de beauté. Argotiers et argotières se rangeaient doucement à son passage, et leurs brutales figures s'épanouissaient à son regard.

Elle s'approcha du patient avec son pas léger. Sa jolie Djali la suivait. Gringoire était plus mort que vif. Elle le considéra un moment en silence.

— Vous allez pendre cet homme? dit-elle gravement à Clopin.

— Oui, sœur, répondit le roi de Thunes, à moins que tu ne le prennes pour mari.

Elle fit sa jolie petite moue de la lèvre inférieure.

— Je le prends, dit-elle.

Gringoire ici crut fermement qu'il n'avait fait qu'un rêve depuis le matin, et que ceci en était la suite.

La peripétie en effet, quoique gracieuse, était violente.

On détacha le nœud-coulant, on fit descendre le poëte de l'escabeau. Il fut obligé de s'asseoir, tant la commotion était vive.

Le duc d'Égypte, sans prononcer une parole, apporta une cruche d'argile. La bohémienne la présenta à Gringoire. — Jetez-la à terre, lui dit-elle.

La cruche se brisa en quatre morceaux.

— Frère, dit alors le duc d'Égypte en leur imposant les mains sur le front, elle est ta femme; sœur, il est ton mari. Pour quatre ans. Allez.

VII.

Une nuit de noces.

––––––

Au bout de quelques instans, notre poëte
se trouva dans une petite chambre voûtée en
ogive, bien close, bien chaude, assis devant
une table qui ne paraissait pas demander
mieux que de faire quelques emprunts à un
garde-manger suspendu tout auprès, ayant
un bon lit en perspective, et tête à tête avec

une jolie fille. L'aventure tenait de l'enchantement. Il commençait à se prendre sérieuse-
ment pour un personnage de conte de fées ; de
temps en temps il jetait les yeux autour de lui
comme pour chercher si le char de feu attelé
de deux chimères ailées, qui avait seul pu le
transporter si rapidement du Tartare au paradis, était encore là. Par momens aussi il atta-
chait obstinément son regard aux trous de son
pourpoint, afin de se cramponner à la réalité
et de ne pas perdre terre tout-à-fait. Sa raison
balottée dans les espaces imaginaires ne tenait
plus qu'à ce fil.

La jeune fille ne paraissait faire aucune
attention à lui ; elle allait, venait, dérangeait
quelque escabelle, causait avec sa chèvre,
faisait sa moue çà et là. Enfin elle vint s'asseoir près de la table, et Gringoire put la considérer à l'aise.

Vous avez été enfant, lecteurs, et vous êtes
peut-être assez heureux pour l'être encore. Il
n'est pas que vous n'ayez plus d'une fois (et
pour mon compte j'y ai passé des journées en-
tières, les mieux employées de ma vie) suivi
de broussaille en broussaille, au bord d'une
eau vive, par un jour de soleil, quelque belle
demoiselle verte ou bleue, brisant son vol à

angles brusques et baisant le bout de toutes
les branches. Vous vous rappelez avec quelle
curiosité amoureuse votre pensée et votre regard s'attachaient à ce petit tourbillon sifflant
et bourdonnant, d'ailes de pourpre et d'azur,
au milieu duquel flottait une forme insaisis-
sable voilée par la rapidité même de son mouvement. L'être aérien qui se dessinait confusément à travers ce frémissement d'ailes vous
paraissait chimérique, imaginaire, impossible
à toucher, impossible à voir. Mais lorsqu'enfin
la demoiselle se reposait à la pointe d'un
roseau, et que vous pouviez examiner, en rete-
nant votre souffle, les longues ailes de gaze,
la longue robe d'émail, les deux globes de
cristal, quel étonnement n'éprouviez-vous pas,
et quelle peur de voir de nouveau la forme
s'en aller en ombre et l'être en chimère!
Rappelez-vous ces impressions, et vous vous
rendrez aisément compte de ce que ressentait
Gringoire en contemplant sous sa forme visible et palpable cette Esmeralda qu'il n'avait
entrevue jusque là qu'à travers un tourbillon
de danse, de chant et de tumulte.

Enfoncé de plus en plus dans sa rêverie, —
Voilà donc, se disait-il en la suivant vaguement
des yeux, ce que c'est que *la Esmeralda?* une

céleste créature! une danseuse des rues! tant et si peu! C'est elle qui a donné le coup de grâce à mon mystère ce matin, c'est elle qui me sauve la vie ce soir. Mon mauvais génie! mon bon ange! — Une jolie femme, sur ma parole! — et qui doit m'aimer à la folie pour m'avoir pris de la sorte. — A propos, dit-il en se levant tout à coup avec ce sentiment du vrai qui faisait le fond de son caractère et de sa philosophie, je ne sais trop comment cela se fait, mais je suis son mari!

Cette idée en tête et dans les yeux, il s'approcha de la jeune fille d'une façon si militaire et si galante qu'elle recula. — Que me voulez-vous donc? dit-elle.

— Pouvez-vous me le demander, adorable Esmeralda? répondit Gringoire avec un accent si passionné qu'il en était étonné lui-même en s'entendant parler.

L'égyptienne ouvrit ses grands yeux. — Je ne sais pas ce que vous voulez dire.

— Eh quoi! reprit Gringoire s'échauffant de plus en plus, et songeant qu'il n'avait affaire après tout qu'à une vertu de la Cour des Miracles, ne suis-je pas à toi, douce amie? n'es-tu pas à moi?

Et, tout ingénument, il lui prit la taille.

Le corsage de la bohémienne glissa dans ses mains comme la robe d'une anguille. Elle sauta d'un bout à l'autre bout de la cellule, se baissa, et se redressa, avec un petit poignard à la main, avant que Gringoire eût eu seulement le temps de voir d'où ce poignard sortait; irritée et fière, les lèvres gonflées, les narines ouvertes, les joues rouges comme une pomme d'api, les prunelles rayonnantes d'éclairs. En même temps la chevrette blanche se plaça devant elle, et présenta à Gringoire un front de bataille, hérissé de deux cornes jolies, dorées, et fort pointues. Tout cela se fit en un clin d'œil.

La demoiselle se faisait guêpe, et ne demandait pas mieux que de piquer.

Notre philosophe resta interdit, promenant tour à tour de la chèvre à la jeune fille des regards hébétés. — Sainte Vierge! dit-il enfin quand la surprise lui permit de parler, voilà deux luronnes.

La bohémienne rompit le silence de son côté : — Il faut que tu sois un drôle bien hardi!

— Pardon, mademoiselle, dit Gringoire en souriant. Mais pourquoi donc m'avez-vous pris pour mari?

— Fallait-il te laisser pendre ?

— Ainsi, reprit le poëte un peu désappointé dans ses espérances amoureuses, vous n'avez eu d'autre pensée en m'épousant que de me sauver du gibet ?

— Et quelle autre pensée veux-tu que j'aie eue ?

Gringoire se mordit les lèvres. — Allons, dit-il, je ne suis pas encore si triomphant en Cupido que je croyais. Mais, alors, à quoi bon avoir cassé cette pauvre cruche ?

Cependant le poignard de la Esmeralda et les cornes de la chèvre étaient toujours sur la défensive.

— Mademoiselle Esmeralda, dit le poëte, capitulons. Je ne suis pas clerc-greffier au Châtelet, et ne vous chicanerai pas de porter ainsi une dague dans Paris à la barbe des ordonnances et prohibitions de monsieur le prevôt. Vous n'ignorez pas pourtant que Noël Lescrivain a été condamné il y a huit jours en dix sous parisis pour avoir porté un braquemard. Or ce n'est pas mon affaire; et je viens au fait. Je vous jure sur ma part de paradis de ne pas vous approcher sans votre congé et permission; mais donnez-moi à souper.

Au fond, Gringoire, comme M. Despréaux,

était « très-peu voluptueux. » Il n'était pas de
cette espèce chevalière et mousquetaire, qui
prend les jeunes filles d'assaut. En matière
d'amour, comme en toute autre affaire, il était
volontiers pour les temporisations et les
moyens termes ; et un bon souper, en tête à
tête amiable, lui paraissait, surtout quand il
avait faim, un entr'acte excellent entre le prologue et le dénoument d'une aventure d'a-
mour.

L'égyptienne ne répondit pas. Elle fit sa petite moue dédaigneuse, dressa la tête comme
un oiseau, puis éclata de rire, et le poignard
mignon disparut comme il était venu, sans
que Gringoire pût voir où l'abeille cachait
son aiguillon.

Un moment après, il y avait sur la table un
pain de seigle, une tranche de lard, quelques
pommes ridées et un broc de cervoise. Gringoire se mit à manger avec emportement. A
entendre le cliquetis furieux de sa fourchette
de fer et de son assiette de faïence, on eût dit
que tout son amour s'était tourné en appétit.

La jeune fille assise devant lui le regardait
faire en silence, visiblement préoccupée d'une
autre pensée à laquelle elle souriait de temps

en temps, tandis que sa douce main caressait la tête intelligente de la chèvre mollement pressée entre ses genoux.

Une chandelle de cire jaune éclairait cette scène de voracité et de rêverie.

Cependant, les premiers bêlemens de son estomac apaisés, Gringoire sentit quelque fausse honte de voir qu'il ne restait plus qu'une pomme. — Vous ne mangez pas, mademoiselle Esmeralda?

Elle répondit par un signe de tête négatif, et son regard pensif alla se fixer à la voûte de la cellule.

De quoi diable est-elle occupée? pensa Gringoire, et regardant ce qu'elle regardait: — Il est impossible que ce soit la grimace de ce nain de pierre sculpté dans la clef de voûte qui absorbe ainsi son attention. Que diable! je puis soutenir la comparaison!

Il haussa la voix: — Mademoiselle!

Elle ne paraissait pas l'entendre.

Il reprit plus haut encore: — Mademoiselle Esmeralda! — Peine perdue. L'esprit de la jeune fille était ailleurs, et la voix de Gringoire n'avait pas la puissance de le rappeler. Heureusement la chèvre s'en mêla. Elle se mit à tirer doucement sa maîtresse par la manche.

— Que veux-tu, Djali ? dit vivement l'égyptienne comme réveillée en sursaut.

— Elle a faim, dit Gringoire, charmé d'entamer la conversation.

La Esmeralda se mit à émietter du pain,
que Djali mangeait gracieusement dans le
creux de sa main.

Du reste, Gringoire ne lui laissa pas le
temps de reprendre sa rêverie. Il hasarda une
question délicate.

— Vous ne voulez donc pas de moi pour
votre mari ?

La jeune fille le regarda fixement, et dit :
— Non.

— Pour votre amant ? reprit Gringoire.
Elle fit sa moue, et répondit : — Non.

— Pour votre ami ? poursuivit Gringoire.
Elle le regarda encore fixement, et dit après
un moment de réflexion : — Peut-être.

Ce *peut-être*, si cher aux philosophes, en-
hardit Gringoire.

— Savez-vous ce que c'est que l'amitié ? demanda-t-il.

— Oui, répondit l'égyptienne ; c'est être
frère et sœur, deux âmes qui se touchent sans
se confondre, les deux doigts de la main.

— Et l'amour ? poursuivit Gringoire.

— Oh ! l'amour ! dit-elle, et sa voix tremblait, et son œil rayonnait. C'est être deux et n'être qu'un. Un homme et une femme qui se fondent en un ange. C'est le ciel.

La danseuse des rues était, en parlant ainsi, d'une beauté qui frappait singulièrement Gringoire, et lui semblait en rapport parfait avec l'exaltation presque orientale de ses paroles. Ses lèvres roses et pures souriaient à demi ; son front candide et serein devenait trouble par momens sous sa pensée, comme un miroir sous une haleine ; et de ses longs cils noirs baissés s'échappait une sorte de lumière ineffable qui donnait à son profil cette suavité idéale que Raphaël retrouva depuis au point d'intersection mystique de la virginité, de la maternité et de la divinité.

Gringoire n'en poursuivit pas moins.

— Comment faut-il donc être pour vous plaire ?

— Il faut être homme.

— Et moi, dit-il, qu'est-ce que je suis donc ?

— Un homme a le casque en tête, l'épée au poing et des éperons d'or aux talons.

— Bon, dit Gringoire, sans le cheval point d'homme. — Aimez-vous quelqu'un ?

— D'amour?

— D'amour?

Elle resta un moment pensive, puis elle dit avec une expression particulière : Je saurai cela bientôt.

— Pourquoi pas ce soir? reprit alors tendrement le poëte. Pourquoi pas moi?

Elle lui jeta un coup d'œil grave.

— Je ne pourrai aimer qu'un homme qui pourra me protéger.

Gringoire rougit, et se le tint pour dit. Il était évident que la jeune fille faisait allusion au peu d'appui qu'il lui avait prêté dans la circonstance critique où elle s'était trouvée deux heures auparavant. Ce souvenir, effacé par ses autres aventures de la soirée, lui revint. Il se frappa le front.

— A propos, mademoiselle, j'aurais dû commencer par là. Pardonnez-moi mes folles distractions. Comment donc avez-vous fait pour échapper aux griffes de Quasimodo?

Cette question fit tressaillir la bohémienne.

— Oh! l'horrible bossu! dit-elle en se cachant le visage dans ses mains. Et elle frissonnait comme dans un grand froid.

— Horrible en effet, dit Gringoire qui ne

lâchait pas son idée; mais comment avez-vous
pu lui échapper?

La Esmeralda sourit, soupira, et garda le
silence.

— Savez-vous pourquoi il vous avait suivie?
reprit Gringoire, tâchant de revenir à sa question par un détour.

— Je ne sais pas, dit la jeune fille. Et elle
ajouta vivement : Mais vous qui me suiviez
aussi, pourquoi me suiviez-vous?

— En bonne foi, répondit Gringoire, je ne
sais pas non plus.

Il y eut un silence. Gringoire tailladait la
table avec son couteau. La jeune fille souriait,
et semblait regarder quelque chose à travers
le mur. Tout à coup elle se prit à chanter
d'une voix à peine articulée :

> Quando las pintadas aves
> Mudas estan, y la tierra...

Elle s'interrompit brusquement, et se mit à
caresser Djali.

— Vous avez là une jolie bête, dit Gringoire.

— C'est ma sœur, répondit-elle.

— Pourquoi vous appelle-t-on *la Esmeralda*? demanda le poëte.

—Je n'en sais rien.

— Mais encore?

Elle tira de son sein une espèce de petit sachet oblong suspendu à son cou par une chaîne de grains d'adrézarach ; ce sachet exhalait une forte odeur de camphre. Il était recouvert de soie verte, et portait à son centre une grosse verroterie verte, imitant l'émeraude.

— C'est peut-être à cause de cela, dit-elle.

Gringoire voulut prendre le sachet. Elle recula. — N'y touchez pas, c'est une amulette. Tu ferais mal au charme, ou le charme à toi. La curiosité du poëte était de plus en plus éveillée. — Qui vous l'a donnée?

Elle mit un doigt sur sa bouche, et cacha l'amulette dans son sein. Il essaya d'autres questions, mais elle répondait à peine.

—Que veut dire ce mot : *la Esmeralda?*

— Je ne sais pas, dit-elle.

—A quelle langue appartient-il?

— C'est de l'égyptien, je crois.

—Je m'en étais douté, dit Gringoire. Vous n'êtes pas de France?

— Je n'en sais rien.

— Avez-vous vos parens?

Elle se mit à chanter sur un vieil air :

> Mon père est oiseau,
> Ma mère est oiselle.
> Je passe l'eau sans nacelle,
> Je passe l'eau sans bateau.
> Ma mère est oiselle,
> Mon père est oiseau.

— C'est bon, dit Gringoire. A quel âge êtes-vous venue en France ?

— Toute petite.

— A Paris ?

— L'an dernier. Au moment où nous entrions par la porte papale, j'ai vu filer en l'air la fauvette de roseaux; c'était à la fin d'août; j'ai dit : l'hiver sera rude.

— Il l'a été, dit Gringoire, ravi de ce commencement de conversation; je l'ai passé à souffler dans mes doigts. Vous avez donc le don de prophétie?

Elle retomba dans son laconisme : — Non.

— Cet homme que vous nommez le duc d'Égypte, c'est le chef de votre tribu?

— Oui.

— C'est pourtant lui qui nous a mariés, observa timidement le poëte.

Elle fit sa jolie grimace habituelle. — Je ne sais seulement pas ton nom.

— Mon nom? si vous le voulez, le voici.
Pierre Gringoire.

— J'en sais un plus beau, dit-elle.

— Mauvaise! reprit le poëte. N'importe,
vous ne m'irriterez pas. Tenez, vous m'aimerez
peut-être en me connaissant mieux; et puis
vous m'avez conté votre histoire avec tant de
confiance, que je vous dois un peu la mienne.
Vous saurez donc que je m'appelle Pierre Gringoire, et que je suis fils du fermier du tabellionage de Gonesse. Mon père a été pendu par
les Bourguignons, et ma mère éventrée par
les Picards, lors du siége de Paris, il y a vingt
ans. A six ans donc, j'étais orphelin, n'ayant
pour semelle à mes pieds que le pavé de Paris.
Je ne sais comment j'ai franchi l'intervalle de
six ans à seize. Une fruitière me donnait une
prune par ci, un talmellier me jetait une croûte
par là; le soir, je me faisais ramasser par les
onze-vingts, qui me mettaient en prison, et
je trouvais là une botte de paille. Tout cela ne
m'a pas empêché de grandir et de maigrir,
comme vous voyez. L'hiver je me chauffais
au soleil, sous le porche de l'hôtel de Sens,
et je trouvais fort ridicule que le feu de la Saint-
Jean fût réservé pour la canicule. A seize ans,
j'ai voulu prendre un état. Successivement j'ai

tâté de tout. Je me suis fait soldat; mais je
n'étais pas assez brave. Je me suis fait moine,
mais je n'étais pas assez dévot; — et puis, je
bois mal. De désespoir, j'entrai apprenti parmi
les charpentiers de la grande coignée; mais
je n'étais pas assez fort. J'avais plus de penchant
pour être maître d'école; il est vrai que je ne
savais pas lire; mais ce n'est pas une raison. Je
m'aperçus, au bout d'un certain temps, qu'il me
manquait quelque chose pour tout; et voyant
que je n'étais bon à rien, je me fis de mon
plein gré poëte et compositeur de rhythmes.
C'est un état qu'on peut toujours prendre
quand on est vagabond, et cela vaut mieux
que de voler, comme me le conseillaient quelques jeunes fils brigandiniers de mes amis. Je
rencontrai par bonheur un beau jour dom
Claude Frollo, le révérend archidiacre de
Notre-Dame. Il prit intérêt à moi, et c'est à
lui que je dois d'être aujourd'hui un véritable
lettré, sachant le latin depuis les Offices de
Cicéro jusqu'au Mortuologe des pères célestins;
et n'étant barbare ni en scolastique, ni en
poétique, ni en rhythmique, ni même en hermétique, cette sophie des sophies. C'est moi
qui suis l'auteur du mystère qu'on a représenté aujourd'hui, avec grand triomphe et

grand concours de populace, en pleine grand'-
salle du Palais. J'ai fait aussi un livre qui aura
six cents pages sur la comète prodigieuse de
1465, dont un homme devint fou. J'ai eu encore
d'autres succès; étant un peu menuisier d'artillerie, j'ai travaillé à cette grosse bombarde de
Jean Maugue, que vous savez qui a crevé au
pont de Charenton, le jour où l'on en a fait
l'essai, et tué vingt-quatre curieux. Vous voyez
que je ne suis pas un méchant parti de mariage. Je sais bien des façons de tours fort avenans
que j'enseignerai à votre chèvre, par exemple,
à contrefaire l'évêque de Paris, ce maudit pha-
risien dont les moulins éclaboussent les passans
tout le long du Pont-aux-Meuniers. Et puis,
mon mystère me rapportera beaucoup d'argent monnoyé, si l'on me le paie. Enfin, je
suis à vos ordres, moi, et mon esprit, et ma
science, et mes lettres, prêt à vivre avec vous,
damoiselle, comme il vous plaira; chastement
ou joyeusement; mari et femme, si vous le
trouvez bon; frère et sœur, si vous le trouvez
mieux.

Gringoire se tut, attendant l'effet de sa harangue sur la jeune fille. Elle avait les yeux
fixés à terre.

— *Phœbus*, disait-elle à demi-voix. Puis se

tournant vers le poëte : *Phœbus*, qu'est-ce que cela veut dire?

Gringoire, sans trop comprendre quel rapport il pouvait y avoir entre son allocution et cette question, ne fut pas fâché de faire briller son érudition. Il répondit en se rengorgeant : C'est un mot latin qui veut dire *soleil*.

— Soleil! reprit-elle.

— C'est le nom d'un tel bel archer, qui était dieu, ajouta Gringoire.

— Dieu! répéta l'égyptienne, et il y avait dans son accent quelque chose de pensif et de passionné.

En ce moment un de ses bracelets se détacha et tomba. Gringoire se baissa vivement pour le ramasser; quand il se releva, la jeune fille et la chèvre avaient disparu. Il entendit le bruit d'un verrou. C'était une petite porte communiquant sans doute à une cellule voisine, qui se fermait en dehors.

— M'a-t-elle au moins laissé un lit? dit notre philosophe.

Il fit le tour de la cellule. Il n'y avait de meuble propre au sommeil qu'un assez long coffre de bois; et encore le couvercle en était-il sculpté; ce qui procura à Gringoire, quand il s'y étendit, une sensation à peu près pareille à celle qu'éprouverait Micromégas en se couchant tout de son long sur les Alpes.

—Allons! dit-il en s'y accommodant de son mieux, il faut se résigner. Mais voilà une étrange nuit de noces. C'est dommage; il y avait dans ce mariage à la cruche cassée quelque chose de naïf et d'antédiluvien qui me plaisait.

LIVRE TROISIÈME.

I.

Notre-Dame.

———

Sans doute, c'est encore aujourd'hui un majestueux et sublime édifice que l'église de Notre-Dame de Paris. Mais si belle qu'elle se soit
conservée en vieillissant, il est difficile de ne
pas soupirer, de ne pas s'indigner devant les
dégradations, les mutilations sans nombre que
simultanément le temps et les hommes ont

fait subir au vénérable monument, sans respect pour Charlemagne qui en avait posé la
première pierre, pour Philippe-Auguste qui
en avait posé la dernière.

Sur la face de cette vieille reine de nos cathédrales, à côté d'une ride on trouve toujours
une cicatrice. *Tempus edax, homo edacior;* ce
que je traduirais volontiers ainsi : le temps est
aveugle, l'homme est stupide.

Si nous avions le loisir d'examiner une à
une avec le lecteur les diverses traces de des-
truction imprimées à l'antique église, la part
du temps serait la moindre, la pire celle des
hommes, surtout des hommes de l'art. Il faut
bien que je dise *des hommes de l'art*, puisqu'il y a eu des individus qui ont pris la
qualité d'architectes dans les deux derniers
siècles.

Et d'abord, pour ne citer que quelques
exemples capitaux, il est, à coup sûr, peu de
plus belles pages architecturales que cette façade où, successivement et à la fois, les trois
portails creusés en ogive, le cordon brodé et
dentelé des vingt-huit niches royales, l'immense rosace centrale flanquée de ses deux
fenêtres latérales comme le prêtre du diacre
et du sous-diacre, la haute et frêle galerie d'ar-

cades à trèfle qui porte une lourde plate-forme
sur ses fines colonnettes, enfin les deux noires
et massives tours avec leurs auvens d'ardoise;
parties harmonieuses d'un tout magnifique,
superposées en cinq étages gigantesques; se développent à l'œil, en foule et sans trouble,
avec leurs innombrables détails de statuaire,
de sculpture et de ciselure, ralliés puissam-
ment à la tranquille grandeur de l'ensemble;
vaste symphonie en pierre, pour ainsi dire;
œuvre colossale d'un homme et d'un peuple,
tout ensemble une et complexe comme les
Iliades et les romanceros dont elle est sœur;
produit prodigieux de la cotisation de toutes
les forces d'une époque, où sur chaque pierre
ont voit saillir en cent façons la fantaisie de
l'ouvrier disciplinée par le génie de l'artiste;
sorte de création humaine, en un mot, puissante et féconde comme la création divine
dont elle semble avoir dérobé le double caractère : variété, éternité.

Et ce que nous disons ici de la façade, il
faut le dire de l'église entière; et ce que nous
disons de l'église cathédrale de Paris, il faut le
dire de toutes les églises de la chrétienté au
moyen âge. Tout se tient dans cet art venu
de lui-même, logique et bien proportionné.

Mesurer l'orteil du pied, c'est mesurer le
géant.

. Revenons à la façade de Notre-Dame, telle
qu'elle nous apparaît encore à présent, quand
nous allons pieusement admirer la grave et
puissante cathédrale, qui terrifie, au dire de
ses chroniqueurs: *quæ mole sua terrorem in-
cutit spectantibus.*

Trois choses importantes manquent aujour-
d'hui à cette façade : d'abord le degré de onze
marches qui l'exhaussait jadis au dessus du sol;
ensuite la série inférieure de statues qui occupait les niches des trois portails, et la série supérieure des vingt-huit plus anciens rois de
France, qui garnissait la galerie du premier
étage, à partir de Childebert jusqu'à Philippe-
Auguste, tenant en main « la pomme impériale. »

Le degré, c'est le temps qui l'a fait disparaître en élevant d'un progrès irrésistible et
lent le niveau du sol de la Cité; mais, tout en
faisant dévorer une à une, par cette marée
montante du pavé de Paris, les onze marches
qui ajoutaient à la hauteur majestueuse de l'é-
difice, le temps a rendu à l'église plus peut-
être qu'il ne lui a ôté, car c'est le temps qui a
répandu sur la façade cette sombre couleur

des siècles qui fait de la vieillesse des monumens l'âge de leur beauté.

Mais qui a jeté bas les deux rangs de statues? qui a laissé les niches vides? qui a taillé,
au beau milieu du portail central, cette ogive .
neuve et bâtarde? qui a osé y encadrer cette
fade et lourde porte de bois sculptée à la
Louis XV, à côté des arabesques de Biscornette? Les hommes, les architectes, les ar-
tistes de nos jours.

Et, si nous entrons dans l'intérieur de l'édifice, qui a renversé ce colosse de saint Christophe, proverbial parmi les statues au même
titre que la grand'salle du Palais parmi les
halles, que la flèche de Strasbourg parmi les
clochers? et ces myriades de statues qui peu-
plaient tous les entre-colonnemens de la nef et
du chœur, à genoux, en pied, équestres, hommes, femmes, enfans, rois, évêques; gendar-
mes, en pierre, en marbre, en or, en argent,
en cuivre, en cire même, qui les a brutale-
ment balayées? Ce n'est pas le temps.

Et qui a substitué au vieil autel gothique
splendidement encombré de châsses et de re-
liquaires ce lourd sarcophage de marbre à tête
d'anges et à nuages, lequel semble un échantillon dépareillé du Val-de-Grâce ou des Inva-

lides? Qui a bêtement scellé ce lourd anachro-
nisme de pierre dans le pavé carlovingien de
Hercandus? N'est-ce pas Louis XIV accom-
plissant le vœu de Louis XIII?

Et qui a mis de froides vitres blanches à la
place de ces vitraux « hauts en couleur » qui
faisaient hésiter l'œil émerveillé de nos pères
entre la rose du grand-portail et les ogives de
l'abside? Et que dirait un sous-chantre du seizième siècle, en voyant le beau badigeonnage
jaune dont nos vandales archevêques ont bár-
bouillé leur cathédrale? il se souviendrait
que c'était la couleur dont le bourreau bros-
sait les édifices *scélérés;* il se rappellerait l'hôtel du Petit-Bourbon, tout englué de jaune
aussi pour la trahison du connétable, « jaune
» après tout de si bonne trempe, dit Sauval,
» et si bien recommandé que plus d'un siècle
» n'a pu encore lui faire perdre sa couleur;» il
croirait que le lieu saint est devenu infâme, et
s'enfuirait.

Et si nous montons sur la cathédrale, sans
nous arrêter à mille barbaries de tout genre,
qu'a-t-on fait de ce charmant petit clocher qui
s'appuyait sur le point d'intersection de la
croisée, et qui, non moins frêle et non moins
hardi que sa voisine la flèche (détruite aussi)

de la Sainte-Chapelle, s'enfonçait dans le ciel plus avant que les tours, élancé, aigu, sonore, découpé à jour. Un architecte de bon goût (1787) l'a amputé, et a cru qu'il suffisait de masquer la plaie avec cette large emplâtre de plomb qui ressemble au couvercle d'une marmite.

C'est ainsi que l'art merveilleux du moyen âge a été traité presque en tout pays, surtout en France. On peut distinguer sur sa ruine trois sortes de lésions, qui toutes trois l'entament à différentes profondeurs : le temps d'abord, qui a insensiblement ébréché çà et là et rouillé partout sa surface; ensuite, les révolutions politiques et religieuses, lesquelles, aveugles et colères de leur nature, se sont ruées en tumulte sur lui, ont déchiré son riche habillement de sculptures et de ciselures, crevé ses rosaces, brisé ses colliers d'arabesques et de figurines, arraché ses statues, tantôt pour leur mitre, tantôt pour leur couronne; enfin, les modes, de plus en plus grotesques et sottes, qui depuis les anarchiques et splendides déviations de la *renaissance*, se sont succédé dans la décadence nécessaire de l'architecture. Les modes ont fait plus de mal que les révolutions. Elles ont tranché dans le vif,

elles ont attaqué la charpente osseuse de l'art;
elles ont coupé, taillé, désorganisé, tué l'édifice, dans la forme comme dans le symbole,
dans sa logique comme dans sa beauté. Et puis,
elles ont refait; prétention que n'avaient eue,
du moins, ni le temps, ni les révolutions. Elles
ont effrontément ajusté, de par *le bon goût*,
sur les blessures de l'architecture gothique,
leurs misérables colifichets d'un jour, leurs
rubans de marbre, leurs pompons de métal,
véritable lèpre d'oves, de volutes, d'entourne-
mens, de draperies, de guirlandes, de franges,
de flammes de pierre, de nuages de bronze,
d'amours replets, de chérubins bouffis, qui
commence à dévorer la face de l'art dans
l'oratoire de Catherine de Médicis, et le fait
expirer, deux siècles après, tourmenté et grimaçant, dans le boudoir de la Dubarry.

Ainsi, pour résumer les points que nous venons d'indiquer, trois sortes de ravages défi-
gurent aujourd'hui l'architecture gothique.
Rides et verrues à l'épiderme; c'est l'œuvre
du temps. Voies de fait, brutalités, contusions,
fractures; c'est l'œuvre des révolutions, depuis Luther jusqu'à Mirabeau. Mutilations,
amputations, dislocation de la membrure,
restaurations; c'est le travail grec, romain et

barbare des professeurs selon Vitruve et Vignole. Cet art magnifique que les Vandales avaient produit, les académies l'ont tué. Aux siècles, aux révolutions, qui dévastent du moins avec impartialité et grandeur, est venue s'adjoindre la nuée des architectes d'école, patentés, jurés et assermentés, dégradant avec le discernement et le choix du mauvais goût, substituant les chicorées de Louis XV aux dentelles gothiques, pour la plus grande gloire du Parthénon. C'est le coup de pied de l'âne au lion mourant. C'est le vieux chêne qui se couronne, et qui, pour comble, est piqué, mordu, déchiqueté par les chenilles.

Qu'il y a loin de là à l'époque où Robert Cenalis, comparant Notre-Dame de Paris à ce fameux temple de Diane à Ephèse, *tant réclamé par les anciens païens*, qui a immortalisé Erostrate, trouvait la cathédrale gauloise « plus excellente en longueur, largeur, hau-» teur et structure[1] ! »

Notre-Dame de Paris n'est point, du reste, ce qu'on peut appeler un monument complet, défini, classé. Ce n'est plus une église romane, ce n'est pas encore une église gothique. Cet

---

[1] *Histoire gallicane*, liv. II, périoche 3, f° 130, p. 1.

édifice n'est pas un type. Notre-Dame de Paris
n'a point, comme l'abbaye de Tournus, la
grave et massive carrure, la ronde et large
voûte, la nudité glaciale, la majestueuse sim-
plicité des édifices qui ont le plein-cintre pour
générateur. Elle n'est pas, comme la cathédrale de Bourges, le produit magnifique, léger, multiforme, touffu, hérissé, efflorescent
de l'ogive. Impossible de la ranger dans cette
antique famille d'églises sombres, mystérieuses,
basses et comme écrasées par le plein-cintre;
presque égyptiennes au plafond près; toutes
hiéroglyphiques, toutes sacerdotales, toutes
symboliques; plus chargées, dans leurs orne-
mens, de losanges et de zigzags que de fleurs,
de fleurs que d'animaux, d'animaux que
d'hommes; œuvre de l'architecte moins que
de l'évêque; première transformation de l'art,
toute empreinte de discipline théocratique et
militaire, qui prend racine dans le Bas-Empire
et s'arrête à Guillaume-le-Conquérant. Impossible de placer notre cathédrale dans cette autre
famille d'églises hautes, aériennes, riches de
vitraux et de sculptures; aiguës de forme,
hardies d'attitude; communales et bourgeoises
comme symboles politiques; libres, capri-
cieuses, effrénées, comme œuvres d'art; se-

conde transformation de l'architecture, non
plus hiéroglyphique, immuable et sacerdotale,
mais artiste, progressive et populaire, qui
commence au retour des croisades et finit à
Louis XI. Notre-Dame de Paris n'est pas de
pure race romaine, comme les premières, ni
de pure race arabe, comme les secondes.

C'est un édifice de la transition. L'architecte saxon achevait de dresser les premiers
piliers de la nef, lorsque l'ogive, qui arrivait de
la croisade, est venue se poser en conquérante
sur ces larges chapiteaux romans qui ne devaient porter que des pleins cintres. L'ogive,
maîtresse dès lors, a construit le reste de l'é-
glise. Cependant, inexpérimentée et timide à
son début, elle s'évase, s'élargit, se contient,
et n'ose s'élancer encore en flèches et en lan-
cettes, comme elle l'a fait plus tard dans tant
de merveilleuses cathédrales. On dirait qu'elle
se ressent du voisinage des lourds piliers romans.

D'ailleurs, ces édifices de la transition du
roman au gothique ne sont pas moins précieux à étudier que les types purs. Ils expri-
ment une nuance de l'art, qui serait perdue
sans eux. C'est la greffe de l'ogive sur le plein-
cintre.

Notre-Dame de Paris est, en particulier, un curieux échantillon de cette variété. Chaque face, chaque pierre du vénérable monument est une page non seulement de l'histoire du pays, mais encore de l'histoire de la science et de l'art. Ainsi, pour n'indiquer ici que les détails principaux, tandis que la petite Porte-Rouge atteint presque aux limites des délicatesses gothiques du quinzième siècle, les piliers de la nef, par leur volume et leur gravité, reculent jusqu'à l'abbaye carlovingienne de Saint-Germain-des Prés. On croirait qu'il y a six siècles entre cette porte et ces piliers. Il n'est pas jusqu'aux hermétiques qui ne trouvent dans les symboles du grand portail un abrégé satisfaisant de leur science dont l'église de Saint-Jacques-de-la-Boucherie était un hiéroglyphe si complet. Ainsi, l'abbaye romane, l'église philosophale, l'art gothique, l'art saxon, le lourd pilier rond, qui rappelle Grégoire VII, le symbolisme hermétique par lequel Nicolas Flamel préludait à Luther, l'unité papale, le schisme, Saint-Germain-des-Prés, Saint-Jacques-de-la-Boucherie; tout est fondu, combiné, amalgamé dans Notre-Dame. Cette église centrale et génératrice est parmi les vieilles églises de Paris une sorte de chimère; elle a la tête

de l'une, les membres de celle-là, la croupe
de l'autre, quelque chose de toutes.

Nous le répétons, ces constructions hybrides ne sont pas les moins intéressantes pour
l'artiste, pour l'antiquaire, pour l'historien:
Elles font sentir à quel point l'architecture est
chose primitive, en ce qu'elles démontrent (ce
que démontrent aussi les vestiges cyclopéens,
les pyramides d'Egypte, les gigantesques pa-
godes hindoues) que les plus grands produits
de l'architecture sont moins des œuvres indi-
viduelles que des œuvres sociales; plutôt l'en-
fantement des peuples en travail que le jet des
hommes de génie; le dépôt que laisse une
nation; les entassemens que font les siècles;
le résidu des évaporations successives de la
société humaine; en un mot, des espèces de
formations. Chaque flot du temps superpose
son alluvion, chaque race dépose sa couche
sur le monument; chaque individu apporte sa
pierre. Ainsi font les castors, ainsi font les
abeilles, ainsi font les hommes. Le grand symbole de l'architecture, Babel, est une ruche.

Les grands édifices, comme les grandes montagnes, sont l'ouvrage des siècles. Souvent l'art
se transforme qu'ils pendent encore ; *pendent
opera interrupta*; ils se continuent paisible-

ment selon l'art transformé. L'art nouveau prend le monument où il le trouve, s'y incruste, se l'assimile, le développe à sa fantaisie, et l'achève s'il peut. La chose s'accomplit sans trouble, sans effort, sans réaction, suivant une loi naturelle et tranquille. C'est une greffe qui survient, une sève qui circule, une végétation qui reprend. Certes, il y a matière à bien gros livres, et souvent histoire universelle de l'humanité, dans ces soudures successives de plusieurs arts à plusieurs hauteurs sur le même monument. L'homme, l'artiste, l'individu, s'effacent sur ces grandes masses sans nom d'auteur ; l'intelligence humaine s'y résume et s'y totalise. Le temps est l'architecte, le peuple est le maçon.

A n'envisager ici que l'architecture européenne chrétienne, cette sœur puînée des grandes maçonneries de l'Orient, elle apparaît aux yeux comme une immense formation divisée en trois zônes bien tranchées qui se superposent : la zône romane [1], la zône gothique, la zône de la renaissance, que nous appellerions volontiers gréco-romaine. La cou-

---

[1] C'est la même qui s'appelle aussi, selon les lieux, les climats et les espèces, lombarde, saxonne et byzan-

che romane, qui est la plus ancienne et la plus profonde, est occupée par le plein-cintre, qui reparaît, porté par la colonne grecque, dans la couche moderne et supérieure de la renaissance. L'ogive est entre deux. Les édifices qui appartiennent exclusivement à l'une de ces trois couches sont parfaitement distincts, uns et complets. C'est l'abbaye de Jumièges, c'est la cathédrale de Reims, c'est Sainte-Croix d'Orléans. Mais les trois zônes se mêlent et s'amalgament par les bords, comme les couleurs dans le spectre solaire. De là les monumens complexes, les édifices de nuance et de transition. L'un est roman par les pieds, gothique au milieu, gréco-romain par la tête. C'est qu'on a mis six cents ans à le bâtir. Cette variété est rare. Le donjon d'Étampes en est un échantillon. Mais les monumens de deux formations sont fréquens. C'est Notre-Dame de Paris, édifice ogival, qui s'enfonce par ses premiers piliers dans cette zône romane où sont plongés le portail de Saint-Denis et la nef de

tine. Ce sont quatre architectures sœurs et parallèles, ayant chacune leur caractère particulier, mais dérivant de même principe, le plein-cintre.

> *Facies non omnibus una,*
> *Nos diversa tamen, qualem, etc.*

Saint-Germain-des-Prés. C'est la charmante salle capitulaire demi-gothique de Bocherville, à laquelle la couche romane vient jusqu'à mi-corps. C'est la cathédrale de Rouen, qui serait entièrement gothique, si elle ne baignait par l'extrémité de sa flèche centrale dans la zône de la renaissance [1].

Du reste, toutes ces nuances, toutes ces différences n'affectent que la surface des édifices. C'est l'art qui a changé de peau. La constitution même de l'église chrétienne n'en est pas attaquée. C'est toujours la même charpente intérieure, la même disposition logique des parties. Quelle que soit l'enveloppe sculptée et brodée d'une cathédrale, on retrouve toujours dessous, au moins à l'état de germe et de rudiment, la basilique romaine. Elle se développe éternellement sur le sol selon la même loi. Ce sont imperturbablement deux nefs qui s'entrecoupent en croix, et dont l'extrémité supérieure, arrondie en abside, forme le chœur ; ce sont toujours des bas-côtés, pour les processions intérieures, pour les chapelles, sortes de promenoirs latéraux où la nef princi-

---

[1] Cette partie de la flèche, qui était en charpente, est précisément celle qui a été consumée par le feu du ciel en 1823.

pale se dégorge par les entrecolonnemens.
Cela posé, le nombre des chapelles, des portails, des clochers, des aiguilles, se modifie à
l'infini, suivant la fantaisie du siècle, du peuple, de l'art. Le service du culte une fois
pourvu et assuré, l'architecture fait ce que
bon lui semble. Statues, vitraux, rosaces,
arabesques, dentelures, chapiteaux, bas-reliefs,
elle combine toutes ces imaginations selon le
logarithme qui lui convient. De là la prodigieuse variété extérieure de ces édifices au
fond desquels réside tant d'ordre et d'unité.
Le tronc de l'arbre est immuable; la végétation est capricieuse.

II.

Paris à vol d'oiseau.

Nous venons d'essayer de réparer pour le
lecteur cette admirable église de Notre-Dame
de Paris. Nous avons indiqué sommairement
la plupart des beautés qu'elle avait au quinzième siècle et qui lui manquent aujourd'hui;
mais nous avons omis la principale, c'est la
vue du Paris qu'on découvrait alors du haut
de ses tours.

C'était en effet, quand, après avoir tâtonné long-temps dans la ténébreuse spirale qui perce perpendiculairement l'épaisse muraille des clochers, on débouchait enfin brusquement sur l'une des deux hautes plates-formes inondées de jour et d'air; c'était un beau tableau que celui qui se déroulait à la fois de toutes parts sous vos yeux; un spectacle *sui generis*, dont peuvent aisément se faire idée ceux de nos lecteurs qui ont eu le bonheur de voir une ville gothique, entière, complète, homogène, comme il en reste encore quelques-unes, Nuremberg en Bavière, Vittoria en Espagne; ou même de plus petits échantillons, pourvu qu'ils soient bien conservés, Vitré en Bretagne, Nordhausen en Prusse.

Le Paris d'il y a trois cent cinquante ans, le Paris du quinzième siècle était déjà une ville géante. Nous nous trompons en général, nous autres Parisiens, sur le terrain que nous croyons avoir gagné depuis. Paris, depuis Louis XI, ne s'est pas accru de beaucoup plus d'un tiers. Il a, certes, bien plus perdu en beauté qu'il n'a gagné en grandeur.

Paris est né, comme on sait, dans cette vieille île de la Cité qui a la forme d'un berceau. La grève de cette île fut sa première en-

ceinte, la Seine son premier fossé. Paris de-
meura plusieurs siècles à l'état d'île, avec deux
ponts, l'un au nord, l'autre au midi, et deux
têtes de ponts, qui étaient à la fois ses portes
et ses forteresses : le grand Châtelet sur la rive
droite, le petit Châtelet sur la rive gauche.
Puis, dès les rois de la première race, trop à
l'étroit dans son île, et ne pouvant plus s'y
retourner, Paris passa l'eau. Alors, au delà du
grand, au delà du petit Châtelet, une première
enceinte de murailles et de tours commença
à entamer la campagne des deux côtés de la
Seine. De cette ancienne clôture il restait encore au siècle dernier quelques vestiges; aujourd'hui il n'en reste que le souvenir et çà
et là une tradition, la porte Baudets ou Bau-
doyer, *porta Bagauda.* Peu à peu, le flot des
maisons, toujours poussé du cœur de la ville
au dehors, déborde, ronge, use et efface cette
enceinte. Philippe-Auguste lui fait une nouvelle digue. Il emprisonne Paris dans une
chaîne circulaire de grosses tours, hautes et
solides. Pendant plus d'un siècle, les maisons
se pressent, s'accumulent et haussent leur niveau dans ce bassin, comme l'eau dans un
réservoir. Elles commencent à devenir profondes; elles mettent étages sur étages; elles

montent les unes sur les autres; elles jaillissent
en hauteur comme toute sève comprimée, et
c'est à qui passera la tête par dessus ses voisines pour avoir un peu d'air. La rue de plus
en plus se creuse et se rétrécit; toute place se
comble et disparaît. Les maisons enfin sautent
par dessus le mur de Philippe-Auguste, et s'é-
parpillent joyeusement dans la plaine, sans
ordre et tout de travers, comme des échappées. Là, elles se carrent, se taillent des jardins
dans les champs, prennent leurs aises. Dès
1367, la ville se répand tellement dans le faubourg qu'il faut une nouvelle clôture, surtout
sur la rive droite : Charles V la bâtit. Mais une
ville comme Paris est dans une crue perpé-
tuelle. Il n'y a que ces villes-là qui deviennent
capitales. Ce sont des entonnoirs où viennent
aboutir tous les versans géographiques, politiques, moraux, intellectuels d'un pays, toutes les pentes naturelles d'un peuple; des puits
de civilisation, pour ainsi dire, et aussi des
égouts, où commerce, industrie, intelligence,
population, tout ce qui est sève, tout ce qui
est vie, tout ce qui est âme dans une nation,
filtre et s'amasse sans cesse, goutte à goutte,
siècle à siècle. L'enceinte de Charles V a donc
le sort de l'enceinte de Philippe-Auguste. Dès

la fin du quinzième siècle, elle est enjambée,
dépassée, et le faubourg court plus loin. Au
seizième, il semble qu'elle recule à vue d'œil et
s'enfonce de plus en plus dans la vieille ville,
tant une ville neuve s'épaissit déjà au dehors.
Ainsi, dès le quinzième siècle, pour nous arrêter là, Paris avait déjà usé les trois cercles
concentriques de murailles qui, du temps de
Julien-l'Apostat, étaient, pour ainsi dire, en
germe dans le grand Châtelet et le petit Châtelet. La puissante ville avait fait craquer successivement ses quatre ceintures de murs comme
un enfant qui grandit et qui crève ses vête-
mens de l'an passé. Sous Louis XI, on voyait,
par places, percer, dans cette mer de maisons,
quelques groupes de tours en ruine des anciennes enceintes, comme les pitons des collines dans une inondation, comme des archi-
pels du vieux Paris submergé sous le nouveau.

Depuis lors, Paris s'est encore transformé,
malheureusement pour nos yeux ; mais il
n'a franchi qu'une enceinte de plus, celle de
Louis XV, ce misérable mur de boue et de
crachat, digne du roi qui l'a bâti, digne du
poëte qui l'a chanté.

Le mur murant Paris, rend Paris murmurant.

Au quinzième siècle Paris était encore divisé en trois villes tout-à-fait distinctes et séparées, ayant chacune leur physionomie, leur spécialité, leurs mœurs, leurs coutumes, leurs privilèges, leur histoire : la Cité, l'Université, la Ville. La Cité, qui occupait l'île, était la plus ancienne, la moindre et la mère des deux autres, resserrée entre elles (qu'on nous passe la comparaison) comme une petite vieille entre deux grandes belles filles. L'Université couvrait la rive gauche de la Seine, depuis la Tournelle jusqu'à la Tour de Nesle, points qui correspondent, dans le Paris d'aujourd'hui, l'un à la Halle-aux-Vins, l'autre à la Monnaie. Son enceinte échancrait assez largement cette campagne où Julien avait bâti ses thermes. La montagne de Sainte-Geneviève y était renfermée. Le point culminant de cette courbe de murailles était la porte Papale, c'est-à-dire à peu près l'emplacement actuel du Panthéon. La Ville, qui était le plus grand des trois morceaux de Paris, avait la rive droite. Son quai, rompu toutefois ou interrompu en plusieurs endroits, courait le long de la Seine, de la Tour de Billy à la Tour du Bois, c'est-à-dire de l'endroit où est aujourd'hui le Grenier-d'Abondance à l'endroit où sont aujourd'hui les

Tuileries. Ces quatre points, où la Seine coupait l'enceinte de la capitale, la Tournelle et la tour de Nesle à gauche, la tour de Billy et la tour du Bois à droite, s'appelaient par excellence *les quatre tours de Paris*. La Ville entrait dans les terres plus profondément encore que l'Université. Le point culminant de la clôture de la Ville (celle de Charles V) était aux portes Saint-Denis et Saint-Martin, dont l'emplacement n'a pas changé.

Comme nous venons de le dire, chacune de ces trois grandes divisions de Paris était une ville, mais une ville trop spéciale pour être complète, une ville qui ne pouvait se passer des deux autres. Aussi trois aspects parfaitement à part. Dans la Cité abondaient les églises, dans la Ville les palais, dans l'Université les colléges. Pour négliger ici les originalités secondaires du vieux Paris et les caprices du droit de voirie, nous dirons d'un point de vue général, en ne prenant que les ensembles et les masses dans le chaos des juridictions communales, que l'île était à l'évêque, la rive droite au prevôt des marchands, la rive gauche au recteur. Le prevôt de Paris, officier royal et non municipal, sur le tout. La Cité avait Notre-Dame, la Ville le Louvre et l'Hôtel-de-Ville; l'Université la Sorbonne. La Ville avait les Halles, la Cité l'Hôtel-Dieu, l'Université le Pré-aux-Clercs. Le délit que les écoliers commettaient sur la rive gauche, dans leur Pré-aux-Clercs, on le jugeait dans l'île, au Palais de Justice, et on le punissait sur la rive droite, à Montfaucon; à moins que le recteur, sentant l'Université forte et le roi faible, n'intervînt. Car c'était un privilége des écoliers, d'être pendus chez eux.

(La plupart de ces priviléges, pour le noter en passant, et il y en avait de meilleurs que celui-ci, avaient été extorqués aux rois par révoltes et mutineries. C'est la marche immémoriale : le roi ne lâche que quand le peuple arrache. Il y a une vieille charte qui dit la chose naïvement, à propos de fidélité : — *Civibus fidelitas in reges, quæ tamen aliquoties seditionibus interrupta, multa peperit privilegia.*)

Au quinzième siècle, la Seine baignait cinq îles dans l'enceinte de Paris : l'île Louviers, où il y avait alors des arbres et où il n'y a plus que du bois ; l'île aux Vaches et l'île Notre-Dame, toutes deux désertes, à une masure près, toutes deux fief de l'évêque (au dix-septième siècle, de ces deux îles on en a fait une, qu'on a bâtie, et que nous appelons l'île Saint-

Louis); enfin la Cité, et à sa pointe l'îlot du Passeur-aux-Vaches qui s'est abîmé depuis sous le terre-plein du Pont-Neuf. La Cité alors avait cinq ponts : trois à droite, le pont Notre-Dame et le Pont-au-Change, en pierre, le Pont-aux-Meuniers, en bois; deux à gauche, le Petit-Pont, en pierre, le pont Saint-Michel, en bois; tous chargés de maisons. L'Université avait six portes, bâties par Philippe-Auguste, c'était, à partir de la Tournelle, la porte Saint-Victor, la porte Bordelle, la porte Papale, la porte Saint-Jacques, la porte Saint-Michel, la porte Saint-Germain. La Ville avait six portes, bâties par Charles V; c'était, à partir de la tour de Billy, la porte Saint-Antoine, la porte du Temple, la porte Saint-Martin, la porte Saint-Denis, la porte Montmartre, la porte Saint-Honoré. Toutes ces portes étaient fortes, et belles aussi, ce qui ne gâte pas la force. Un fossé large, profond, à courant vif dans les crues d'hiver, lavait le pied des murailles tout autour de Paris; la Seine fournissait l'eau. La nuit on fermait les portes, on barrait la rivière aux deux bouts de la ville avec de grosses chaînes de fer, et Paris dormait tranquille.

Vus à vol d'oiseau, ces trois bourgs, la Cité,

l'Université, la Ville, présentaient chacun à l'œil un tricot inextricable de rues bizarrement brouillées. Cependant, au premier aspect, on reconnaissait que ces trois fragmens de cité formaient un seul corps. On voyait tout de suite deux longues rues parallèles, sans rupture, sans perturbation, presque en ligne droite, qui traversaient à la fois les trois villes d'un bout à l'autre, du midi au nord, perpendiculairement à la Seine, les liaient, les mêlaient, infusaient, versaient, transvasaient sans relâche le peuple de l'une dans les murs de l'autre, et des trois n'en faisaient qu'une. La première de ces deux rues allait de la porte Saint-Jacques à la porte Saint-Martin; elle s'appelait rue Saint-Jacques dans l'Université, rue de la Juiverie dans la Cité, rue Saint-Martin dans la Ville; elle passait l'eau deux fois sous le nom de Petit-Pont et de pont Notre-Dame. La seconde, qui s'appelait rue de la Harpe sur la rive gauche, rue de la Barillerie dans l'île, rue Saint-Denis sur la rive droite, pont Saint-Michel sur un bras de la Seine, Pont-au-Change sur l'autre, allait de la porte Saint-Michel dans l'Université à la porte Saint-Denis dans la Ville. Du reste, sous tant de noms divers, ce n'étaient toujours que deux rues, mais les deux rues mères, les deux rues génératrices, les deux artères de Paris. Toutes les autres veines de la triple ville venaient y puiser ou s'y dégorger.

Indépendamment de ces deux rues principales, diamétrales, perçant Paris de part en part dans sa largeur, communes à la capitale entière, la Ville et l'Université avaient chacune leur grande rue particulière, qui courait dans le sens de leur longueur, parallèlement à la Seine, et en passant coupait à angle droit les deux rues *artérielles*. Ainsi, dans la Ville, on descendait en droite ligne de la porte Saint-Antoine à la porte Saint-Honoré; dans l'Université, de la porte Saint-Victor à la porte Saint-Germain. Ces deux grandes voies, croisées avec les deux premières, formaient le canevas sur lequel reposait, noué et serré en tous sens, le réseau dédaléen des rues de Paris. Dans le dessin inintelligible de ce réseau on distinguait en outre, en l'examinant avec attention, comme deux gerbes élargies l'une dans l'Université, l'autre dans la Ville, deux trousseaux de grosses rues qui allaient s'épanouissant des ponts aux portes.

Quelque chose de ce plan géométral subsiste encore aujourd'hui.

Maintenant sous quel aspect cet ensemble se présentait-il vu du haut des tours de Notre-Dame, en 1482 ? C'est ce que nous allons tâcher de dire.

Pour le spectateur qui arrivait essoufflé sur ce faîte, c'était d'abord un éblouissement de toits, de cheminées, de rues, de ponts, de places, de flèches, de clochers. Tout vous prenait aux yeux à la fois, le pignon taillé, la toiture aiguë, la tourelle suspendue aux angles des murs, la pyramide de pierre du onzième siècle, l'obélisque d'ardoise du quinzième, la tour ronde et nue du donjon, la tour carrée et brodée de l'église, le grand, le petit, le massif, l'aérien. Le regard se perdait long-temps à toute profondeur dans ce labyrinthe, où il n'y avait rien qui n'eût son originalité, sa raison, son génie, sa beauté, rien qui ne vînt de l'art, depuis la moindre maison à devanture peinte et sculptée, à charpente extérieure, à porte surbaissée, à étages en surplomb, jusqu'au royal Louvre, qui avait alors une colonnade de tours. Mais voici les principales masses qu'on distinguait lorsque l'œil commençait à se faire à ce tumulte d'édifices.

D'abord la Cité. L'île de la Cité, comme dit Sauval, qui, à travers son fatras, a quelquefois de ces bonnes fortunes de style, *l'île de la Cité est faite comme un grand navire enfoncé dans la vase et échoué au fil de l'eau vers le milieu de la Seine.* Nous venons d'expliquer qu'au quinzième siècle ce navire était amarré aux deux rives du fleuve par cinq ponts. Cette forme de vaisseau avait aussi frappé les scribes héraldiques, car c'est de là, et non du siége des Normands, que vient, selon Favyn et Pasquier, le navire qui blasonne le vieil écusson de Paris. Pour qui sait le déchiffrer, le blason est une algèbre, le blason est une langue. L'histoire entière de la seconde moitié du moyen âge est écrite dans le blason, comme l'histoire de la première moitié dans le symbolisme des églises romanes. Ce sont les hiéroglyphes de la féodalité après ceux de la théocratie.

La Cité donc s'offrait d'abord aux yeux avec sa poupe au levant et sa proue au couchant. Tourné vers la proue, on avait devant soi un innombrable troupeau de vieux toits, sur lesquels s'arrondissait largement le chevet plombé de la Sainte-Chapelle, pareil à une croupe d'éléphant chargée de sa tour. Seulement ici cette tour était la flèche la plus hardie, la plus ouvrée, la plus menuisée, la plus déchiquetée

qui ait jamais laissé voir le ciel à travers son
cône de dentelle. Devant Notre-Dame, au plus
près, trois rues se dégorgeaient dans le parvis, belle place à vieilles maisons. Sur le côté
sud de cette place se penchait la façade ridée
et rechignée de l'Hôtel-Dieu, et son toit qui
semble couvert de pustules et de verrues.
Puis, à droite, à gauche, à l'orient, à l'occident, dans cette enceinte si étroite pourtant
de la Cité se dressaient les clochers de ses
vingt-une églises, de toute date, de toute
forme, de toute grandeur, depuis la basse et
vermoulue campanule romane de Saint-Denis-
du-Pas (*carcer Glaucini*) jusqu'aux fines aiguilles de Saint-Pierre-aux-Bœufs et de Saint-
Landry. Derrière Notre-Dame se déroulaient,
au nord, le cloître avec ses galeries gothiques;
au sud, le palais demi-roman de l'évêque; au
levant, la pointe déserte du Terrain. Dans cet
entassement de maisons, l'œil distinguait encore, à ces hautes mitres de pierre percées à
jour qui couronnaient alors sur le toit même
les fenêtres les plus élevées des palais, l'hôtel
donné par la ville, sous Charles VI, à Juvénal
des Ursins; un peu plus loin, les baraques
goudronnées du marché Palus; ailleurs encore, l'abside neuve de Saint-Germain-le-

Vieux, rallongée en 1458 avec un bout de la rue aux Febves; et puis, par places, un carrefour encombré de peuple, un pilori dressé à un coin de rue, une arrière-cour déserte avec une de ces diaphanes tourelles de l'escalier comme on en faisait au quinzième siècle, comme on en voit encore une, rue des Bourdonnais. Enfin, à droite de la Sainte-Chapelle, vers le couchant, le Palais de Justice asseyait au bord de l'eau son groupe de tours. Les futaies des jardins du roi qui couvraient la pointe occidentale de la Cité masquaient l'îlot du Passeur. Quant à l'eau, du haut des tours de Notre-Dame on ne la voyait guère des deux côtés de la Cité : la Seine disparaissait sous les ponts, les ponts sous les maisons.

Et quand le regard passait ces ponts, dont les toits verdissaient à l'œil, moisis avant l'âge par les vapeurs de l'eau, s'il se dirigeait à gauche, vers l'Université, le premier édifice qui le frappait, c'était une grosse et basse gerbe de tours, le petit Châtelet, dont le porche béant dévorait le bout du Petit-Pont; puis, si votre vue parcourait la rive du levant au couchant, de la Tournelle à la tour de Nesle, c'était un long cordon de maisons à solives sculptées, à vitres de couleur, surplom-

bant d'étage en étage sur le pavé, un interminable zigzag de pignons bourgeois, coupé
fréquemment par la bouche d'une rue, et de
temps en temps aussi par la face ou par le
coude d'un grand hôtel de pierre, se carrant
à son aise, cours et jardins, ailes et corps de
logis, parmi cette populace de maisons ser-
rées et étriquées, comme un grand seigneur
dans un tas de manans. Il y avait cinq ou six
de ces hôtels sur le quai, depuis le logis de
Lorraine, qui partageait avec les Bernardins
le grand enclos voisin de la Tournelle, jusqu'à l'hôtel de Nesle, dont la tour principale
bornait Paris, et dont les toits pointus étaient
en possession pendant trois mois de l'année
d'échancrer de leurs triangles noirs le disque
écarlate du soleil couchant.

Ce côté de la Seine, du reste, était le moins
marchand des deux; les écoliers y faisaient
plus de bruit et de foule que les artisans, et il
n'y avait, à proprement parler, de quai que
du pont Saint-Michel à la tour de Nesle. Le
reste du bord de la Seine était tantôt une
grève nue, comme au delà des Bernardins,
tantôt un entassement de maisons qui avaient
le pied dans l'eau, comme entre les deux
ponts.

Il y avait grand vacarme de blanchisseuses ; elles criaient, parlaient, chantaient du matin au soir le long du bord, et y battaient fort le linge, comme de nos jours. Ce n'est pas la moindre gaîté de Paris.

L'Université faisait un bloc à l'œil. D'un bout à l'autre c'était un tout homogène et compacte. Ces mille toits, drus, anguleux, adhérens, composés presque tous du même élément géométrique, offraient, vus de haut, l'aspect d'une cristallisation de la même substance. Le capricieux ravin des rues ne coupait pas ce pâté de maisons en tranches trop disproportionnées. Les quarante-deux colléges y étaient disséminés d'une manière assez égale, et il y en avait partout. Les faîtes variés et amusans de ces beaux édifices étaient le produit du même art que les simples toits qu'ils dépassaient, et n'étaient en définitive qu'une multiplication au carré ou au cube de la même figure géométrique. Ils compliquaient donc l'ensemble sans le troubler, le complétaient sans le charger. La géométrie est une harmonie. Quelques beaux hôtels faisaient aussi çà et là de magnifiques saillies sur les greniers pittoresques de la rive gauche ; le logis de Nevers, le logis de Rome, le logis de Reims, qui

ont disparu ; l'hôtel de Cluny, qui subsiste encore pour la consolation de l'artiste, et dont
on a si bêtement découronné la tour il y a quelques années. Près de Cluny, ce palais romain,
à.belles arches cintrées, c'était les Thermes
de Julien. Il y avait aussi force abbayes d'une
beauté plus dévote, d'une grandeur plus grave
que les hôtels, mais non moins belles, non
moins grandes. Celles qui éveillaient d'abord
l'œil, c'étaient les Bernardins avec leurs trois
clochers; Sainte-Geneviève, dont la tour carrée,
qui existe encore, fait tant regretter le reste;
la Sorbonne, moitié collège, moitié monastère, dont il survit une si admirable nef; le
beau cloître quadrilatéral des Mathurins, son
voisin le cloître de Saint-Benoît, les Corde-
liers avec leurs trois énormes pignons juxta-
posés; les Augustins, dont la gracieuse aiguille
faisait, après la tour de Nesle, la deuxième
dentelure de ce côté de Paris, à partir de l'occident. Les collèges, qui sont en effet l'anneau
intermédiaire du cloître au monde, tenaient
le milieu dans la série monumentale entre les
hôtels et les abbayes avec une sévérité pleine
d'élégance, une sculpture moins évaporée que
les palais, une architecture moins sérieuse que
les couvens. Il ne reste malheureusement

presque rien de ces monumens où l'art gothique entrecoupait avec tant de précision la
richesse et l'économie. Les églises (et elles
étaient nombreuses et splendides dans l'Université ; et elles s'échelonnaient là aussi dans
tous les âges de l'architecture, depuis les
pleins-cintres de Saint-Julien jusqu'aux ogives
de Saint-Severin), les églises dominaient le
tout ; et, comme une harmonie de plus dans
cette masse d'harmonies, elles perçaient à
chaque instant la découpure multiple des pignons de flèches tailladées, de clochers à jour,
d'aiguilles déliées dont la ligne n'était aussi
qu'une magnifique exagération de l'angle aigu
des toits.

Le sol de l'université était montueux. La
montagne Sainte-Geneviève y faisait au sud-
est une ampoule énorme ; et c'était une chose
à voir du haut de Notre-Dame que cette foule
de rues étroites et tortues (aujourd'hui *le pays
latin*), ces grappes de maisons qui, répandues
en tout sens du sommet de cette éminence,
se précipitaient en désordre, et presque à pic,
sur ses flancs jusqu'au bord de l'eau, ayant
l'air, les unes de tomber, les autres de re-
grimper, toutes de se retenir les unes aux
autres. Un flux continuel de mille points noirs

qui s'entrecroisaient sur le pavé faisait tout remuer aux yeux : c'était le peuple vu ainsi de haut et de loin.

Enfin, dans les intervalles de ces toits, de ces flèches, de ces accidens d'édifices sans nombre qui pliaient, tordaient et dentelaient d'une manière si bizarre la ligne extrême de l'Université, on entrevoyait, d'espace en espace, un gros pan de mur moussu, une épaisse tour ronde, une porte de ville crénelée, figurant la forteresse : c'était la clôture de Philippe-Auguste. Au delà verdoyaient les prés, au delà s'enfuyaient les routes, le long desquelles traînaient encore quelques maisons de faubourg, d'autant plus rares qu'elles s'éloignaient plus. Quelques-uns de ces faubourgs avaient de l'importance : c'était d'abord, à partir de la Tournelle, le bourg Saint-Victor avec son pont d'une arche sur la Bièvre, son abbaye, où on lisait l'épitaphe de Louis-le-Gros, *epitaphium Ludovici Grossi*, et son église à flèche octogone flanquée de quatre clochetons du onzième siècle (on en peut voir une pareille à Étampes; elle n'est pas encore abattue); puis le bourg Saint-Marceau, qui avait déjà trois églises et un couvent; puis, en laissant à gauche le moulin des Gobelins et ses quatre murs

blancs, c'était le faubourg Saint-Jacques avec la
belle croix sculptée de son carrefour; l'église de
Saint-Jacques du Haut-Pas, qui était alors gothique, pointue et charmante; Saint-Magloire,
belle nef du quatorzième siècle, dont Napoléon fit un grenier à foin; Notre-Dame-des-
Champs, où il y avait des mosaïques byzan-
tines. Enfin, après avoir laissé en plein champ
le monastère des Chartreux, riche édifice contemporain du Palais de Justice, avec ses petits jardins à compartimens et les ruines mal
hantées de Vauvert, l'œil tombait, à l'occident, sur les trois aiguilles romanes de Saint-
Germain-des-Prés. Le bourg Saint-Germain,
déjà une grosse commune, faisait quinze ou
vingt rues derrière; le clocher aigu de Saint-
Sulpice marquait un des coins du bourg. Tout
à côté on distinguait l'enceinte quadrilatérale
de la Foire Saint-Germain, où est aujourd'hui
le marché; puis le pilori de l'abbé, jolie petite tour ronde, bien coiffée d'un cône de
plomb; la tuilerie était plus loin, et la rue
du Four, qui menait au four banal, et le
moulin sur sa butte, et la maladerie, maisonnette isolée et mal vue. Mais ce qui attirait
surtout le regard, et le fixait long-temps sur
ce point, c'était l'Abbaye elle-même. Il est cer-

tain que ce monastère, qui avait une grande
mine et comme église et comme seigneurie, ce
palais abbatial, où les évêques de Paris s'esti-
maient heureux de coucher une nuit, ce réfec-
toire, auquel l'architecte avait donné l'air, la
beauté et la splendide rosace d'une cathédrale,
cette élégante chapelle de la Vierge, ce dortoir
monumental, ces vastes jardins, cette herse,
ce pont-levis, cette enveloppe de crénaux qui
entaillait aux yeux la verdure des prés d'alen-
tour, ces cours où reluisaient des hommes
d'armes mêlés à des chapes d'or, le tout
groupé et rallié autour des trois hautes flèches
à pleins-cintres, bien assises sur une abside
gothique, faisaient une magnifique figure à
l'horizon.

Quand enfin, après avoir long-temps considéré l'Université, vous vous tourniez vers
la rive droite, vers la Ville, le spectacle chan-
geait brusquement de caractère. La Ville, en
effet, beaucoup plus grande que l'Université,
était aussi moins une. Au premier aspect, on
la voyait se diviser en plusieurs masses singulièrement distinctes. D'abord, au levant, dans
cette partie de la ville qui reçoit encore aujourd'hui son nom du marais où Camulogène
embourba César, c'était un entassement de

palais. Le pâté venait jusqu'au bord de l'eau.
Quatre hôtels presque adhérens, Jouy, Sens,
Barbeau, le logis de la Reine, miraient dans
la Seine leurs combles d'ardoise coupés de
sveltes tourelles. Ces quatre édifices emplis-
saient l'espace de la rue des Nonaindières à
l'abbaye des Célestins, dont l'aiguille relevait
gracieusement leur ligne de pignons et de créneaux. Quelques masures verdâtres penchées
sur l'eau devant ces somptueux hôtels, n'empê-
chaient pas de voir les beaux angles de leurs
façades, leurs larges fenêtres carrées à croisées
de pierre, leurs porches ogives surchargés
de statues, les vives arêtes de leurs murs toujours nettement coupés, et tous ces charmans
hasards d'architecture qui font que l'art gothique a l'air de recommencer ses combinai-
sons à chaque monument. Derrière ces palais
courait dans toutes les directions, tantôt re-
fendue, palissadée et crénelée comme une ci-
tadelle, tantôt voilée de grands arbres comme
une chartreuse, l'enceinte immense et multiforme de ce miraculeux hôtel de Saint-Pol
où le roi de France avait de quoi loger super-
bement vingt-deux princes de la qualité du
dauphin et du duc de Bourgogne avec leurs
domestiques et leurs suites, sans compter les

grands seigneurs, et l'empereur quand il venait voir Paris, et les lions qui avaient leur
hôtel à part dans l'hôtel royal. Disons ici
qu'un appartement de prince ne se composait
pas alors de moins de onze salles, depuis la
chambre de parade jusqu'au priez-Dieu, sans
parler des galeries, des bains, des étuves et
autres « lieux superflus » dont chaque appartement était pourvu ; sans parler des jardins
particuliers de chaque hôte du roi ; sans parler des cuisines, des celliers, des offices, des
réfectoires généraux de la maison ; des basses-
cours où il y avait vingt-deux laboratoires généraux, depuis la fourille jusqu'à l'échanson-
nerie ; des jeux de mille sortes, le mail, la
paume, la bague ; des volières, des poisson-
neries, des ménageries, des écuries, des éta-
bles, des bibliothèques, des arsenaux et des
fonderies. Voilà ce que c'était alors qu'un palais de roi, un Louvre, un hôtel Saint-Pol.
Une cité dans la cité.

De la tour où nous nous sommes placés,
l'hôtel Saint-Pol, presque à demi caché par les
quatre grands logis dont nous venons de parler, était encore fort considérable et fort merveilleux à voir. On y distinguait très-bien,
quoique habilement soudés au bâtiment prin-

cipal par de longues galeries à vitraux et à colonnettes, les trois hôtels que Charles V avait
amalgamés à son palais : l'hôtel du Petit-Muce,
avec la balustrade en dentelle qui ourlait gracieusement son toit; l'hôtel de l'abbé de Saint-
Maur, ayant le relief d'un château-fort, une
grosse tour, des machicoulis, des meurtrières, des moinaux de fer, et sur la large porte
saxonne l'écusson de l'abbé entre les deux en-
tailles du pont-levis; l'hôtel du comte d'Etam-
pes, dont le donjon, ruiné à son sommet,
s'arrondissait aux yeux, ébréché comme une
crête de coq; çà et là, trois ou quatre vieux
chênes faisant touffe ensemble comme d'é-
normes choux-fleurs; des ébats de cygnes dans
les claires eaux des viviers, toutes plissées
d'ombre et de lumière; force cours dont on
voyait des bouts pittoresques; l'hôtel des Lions
avec ses ogives basses sur de courts piliers
saxons, ses herses de fer et son rugissement
perpétuel; tout à travers cet ensemble la flèche
écaillée de l'Ave-Maria; à gauche, le logis du
prévôt de Paris, flanqué de quatre tourelles
finement évidées; au milieu, au fond, l'hôtel
Saint-Pol, proprement dit, avec ses façades
multipliées, ses enrichissemens successifs depuis Charles V, les excroissances hybrides

dont la fantaisie des architectes l'avait chargé
depuis deux siècles, avec toutes les absides
de ses chapelles, tous les pignons de ses galeries, mille girouettes aux quatre vents, et ses
deux hautes tours contiguës dont le toit co-
nique, entouré de créneaux à sa base, avait
l'air de ces chapeaux pointus dont le bord est
relevé.

En continuant de monter les étages de cet
amphithéâtre de palais développé au loin sur
le sol, après avoir franchi un ravin profond
creusé dans les toits de la Ville, lequel marquait le passage de la rue Saint-Antoine,
l'œil arrivait au logis d'Angoulême, vaste
construction de plusieurs époques où il y
avait des parties toutes neuves et très blanches, qui ne se fondaient guère mieux dans
l'ensemble qu'une pièce rouge à un pourpoint bleu. Cependant le toit singulièrement
aigu et élevé du palais moderne, hérissé de
gouttières ciselées, couvert de lames de plomb
où se roulaient en mille arabesques fantasques
d'étincelantes incrustations de cuivre doré, ce
toit si curieusement damasquiné s'élançait avec
grâce du milieu des brunes ruines de l'ancien
édifice, dont les vieilles grosses tours, bom-
bées par l'âge comme des futailles, s'affaissant

sur elles-mêmes de vétusté et se déchirant du
haut en bas, ressemblaient à de gros ventres
déboutonnés. Derrière, s'élevait la forêt d'aiguilles du palais des Tournelles. Pas de coup
d'œil au monde, ni à Chambord, ni à l'Al-
hambra, plus magique, plus aérien, plus pres-
tigieux que cette futaie de flèches, de clochetons, de cheminées, de girouettes, de spira-
les, de vis, de lanternes trouées par le jour qui
semblaient frappées à l'emporte-pièce, de pa-
villons, de tourelles en fuseaux, ou comme
on disait alors de tournelles, toutes diverses
de formes, de hauteur et d'attitude. On eût dit
un gigantesque échiquier de pierre.

A droite des Tournelles, cette botte d'énormes tours d'un noir d'encre, entrant les unes
dans les autres, et ficelées pour ainsi dire par
un fossé circulaire; ce donjon beaucoup plus
percé de meurtrières que de fenêtres, ce pont-
levis toujours dressé, cette herse toujours
tombée, c'est la Bastille; ces espèces de becs
noirs qui sortent d'entre les créneaux et que
vous prenez de loin pour des gouttières, ce
sont des canons.

Sous leur boulet, au pied du formidable
édifice, voici la porte Sainte-Antoine, enfouie
entre ses deux tours.

Au delà des Tournelles, jusqu'à la muraille
de Charles V, se déroulait avec de riches compartimens de verdure et de fleurs, un tapis
velouté de cultures et de parcs royaux, au milieu desquels on reconnaissait à son labyrinthe d'arbres et d'allées le fameux jardin Dédalus que Louis XI avait donné à Coictier.
L'observatoire du docteur s'élevait au dessus
du dédale comme une grosse colonne isolée
ayant une maisonnette pour chapiteau. Il s'est
fait dans cette officine de terribles astrologies.

Là est aujourd'hui la place Royale.

Comme nous venons de le dire, le quartier
de Palais dont nous avons tâché de donner quelque idée au lecteur, en n'indiquant néanmoins
que les sommités, emplissait l'angle que l'enceinte de Charles V faisait avec la Seine à l'orient.
Le centre de la Ville était occupé par un mon-
ceau de maisons à peuple. C'étaient là en effet
que se dégorgeaient les trois ponts de la Cité
sur la rive droite, et les ponts font des maisons
avant des palais. Cet amas d'habitations bourgeoises, pressées comme les alvéoles dans la
ruche, avait sa beauté. Il en est des toits
d'une capitale comme des vagues d'une mer,
cela est grand. D'abord les rues, croisées et
brouillées, faisaient dans le bloc cent figures

amusantes; autour des halles c'était comme
une étoile à mille raies. Les rues Saint-Denis
et Saint-Martin, avec leurs innombrables ra-
mifications, montaient l'une auprès de l'autre
comme deux gros arbres qui mêlent leurs
branches; et puis, des lignes tortues, les rues
de la Plâtrerie, de la Verrerie, de la Tixeran-
derie, etc. serpentaient sur le tout. Il y avait
aussi de beaux édifices qui perçaient l'ondu-
lation pétrifiée de cette mer de pignons. C'é-
tait, à la tête du Pont-aux-Changeurs, derrière
lequel on voyait mousser la Seine sous les
roues du Pont-aux-Meuniers; c'était le Châtelet, non plus tour romaine comme sous Julien-l'apostat, mais tour féodale du treizième
siècle, et d'une pierre si dure, que le pic en
trois heures n'en levait pas l'épaisseur du
poing; c'était le riche clocher carré de Saint-
Jacques-de-la-Boucherie, avec ses angles tout
émoussés de sculptures, déjà admirable quoiqu'il ne fût pas achevé au quinzième siècle.
(Il lui manquait en particulier ces quatre
monstres qui, aujourd'hui encore, perchés
aux encoignures de son toit, ont l'air de quatre sphynx qui donnent à deviner au nouveau
Paris l'énigme de l'ancien. Rault, le sculpteur,
ne les posa qu'en 1526, et il eut vingt francs

pour sa peine.) C'était la Maison-aux-Piliers,
ouverte sur cette place de Grève dont nous
avons donné quelque idée au lecteur; c'était
Saint-Gervais, qu'un portail *de bon goût* a
gâté depuis; Saint-Méry, dont les vieilles ogives étaient presque encore des pleins-cintres;
Saint-Jean, dont la magnifique aiguille était
proverbiale; c'étaient vingt autres monumens
qui ne dédaignaient pas d'enfouir leurs merveilles dans ce chaos de rues noires, étroites
et profondes. Ajoutez les croix de pierre sculptées, plus prodiguées encore dans les carrefours que les gibets; le cimetière des Innocens, dont on apercevait au loin, par dessus
les toits, l'enceinte architecturale; le pilori
des Halles, dont on voyait le faîte entre deux
cheminées de la rue de la Cossenerie; l'échelle
de la Croix-du-Trahoir dans son carrefour
toujours noir de peuple; les masures circu-
laires de la Halle-au-Blé; les tronçons de l'ancienne clôture de Philippe-Auguste, qu'on
distinguait çà et là, noyés dans les maisons,
tours rongées de lierre, portes ruinées, pans
de murs croulans et déformés; le quai avec ses
mille boutiques et ses écorcheries saignantes;
la Seine chargée de bateaux, du Port-au-Foin
au For-l'Évêque, et vous aurez une image

confuse de ce qu'était en 1482 le trapèze central de la Ville.

Avec ces deux quartiers, l'un d'hôtels, l'autre de maisons, le troisième élément de l'aspect qu'offrait la Ville, c'était une longue zône d'abbayes qui la bordait dans presque tout son pourtour, du levant au couchant, et, en arrière de l'enceinte de fortifications qui fermait Paris, lui faisait une seconde enceinte intérieure de couvens et de chapelles. Ainsi, immédiatement à côté du parc des Tournelles, entre la rue Saint-Antoine et la vieille rue du Temple, il y avait Sainte-Catherine avec son immense culture, qui n'était bornée que par la muraille de Paris. Entre la vieille et la nouvelle rue du Temple, il y avait le Temple, sinistre faisceau de tours, haut, debout et isolé au milieu d'un vaste enclos crénelé. Entre la rue Neuve du Temple et la rue Saint-Martin, c'était l'abbaye de Saint-Martin, au milieu de ses jardins, superbe église fortifiée, dont la ceinture de tours, dont la tiare de clochers, ne le cédaient en force et en splendeur qu'à Saint-Germain-des-Prés. Entre les deux rues Saint-Martin et Saint-Denis, se développait l'enclos de la Trinité. Enfin, entre la rue Saint-Denis et la rue Montorgueil, les Filles-

Dieu. A côté, on distinguait les toits pourris et l'enceinte dépavée de la Cour des Miracles. C'était le seul anneau profane qui se mêlât à cette chaîne de couvens.

Enfin, le quatrième compartiment qui se dessinait de lui-même dans l'agglomération des toits de là rive droite, ce qui occupait l'angle occidental de la clôture et le bord de l'eau en aval, c'était un nouveau nœud de palais et d'hôtels serré au pied du Louvre. Le vieux Louvre de Philippe-Auguste, cet édifice démesuré dont la grosse tour ralliait vingt-trois maîtresses tours autour d'elle, sans compter les tourelles, semblait de loin enchâssé dans les combles gothiques de l'hôtel d'Alençon et du Petit-Bourbon. Cette hydre de tours, gardienne géante de Paris, avec ses vingt-quatre têtes toujours dressées, avec ses croupes monstrueuses, plombées ou écaillées d'ardoises, et toutes ruisselantes de reflets métalliques, terminait d'une manière surprenante la configuration de la Ville au couchant.

Ainsi, un immense pâté, ce que les Romains appelaient *insula*, de maisons bourgeoises, flanqué à droite et à gauche de deux blocs de palais, couronnés, l'un par le Louvre, l'autre par les Tournelles, bordé au nord d'une lon-

gue ceinture d'abbayes et d'enclos cultivés, le
tout amalgamé et fondu au regard; sur ces
mille édifices dont les toits de tuiles et d'ardoises découpaient les uns sur les autres tant
de chaînes bizarres, les clochers tatoués, gauf-
frés et guillochés des quarante-quatre églises de
la rive droite; des myriades de rues au travers;
pour limite, d'un côté, une clôture de hautes
murailles à tours carrées (celle de l'Université
était à tours rondes); de l'autre, la Seine coupée de ponts et charriant force bateaux; voilà
la Ville au quinzième siècle.

Au delà des murailles, quelques faubourgs
se pressaient aux portes, mais moins nom-
breux et plus épars que ceux de l'Université.
C'était, derrière la Bastille, vingt masures
pelotonnées autour des curieuses sculptures
de la Croix-Faubin et des arcs-boutans de
l'abbaye Saint-Antoine-des-Champs; puis Po-
pincourt, perdu dans les blés; puis la Courtille, joyeux village de cabarets; le bourg
Saint-Laurent avec son église dont le clocher,
de loin, semblait s'ajouter aux tours pointues
de la porte Saint-Martin; le faubourg Saint-
Denis avec le vaste enclos de Saint-Ladre; hors
de la porte Montmartre, la Grange-Batelière,
ceinte de murailles blanches; derrière elle,

avec ses pentes de craie, Montmartre qui avait
alors presque autant d'églises que de moulins,
et qui n'a gardé que les moulins, car la société
ne demande plus maintenant que le pain du
corps. Enfin, au delà du Louvre on voyait
s'allonger dans les prés le faubourg Saint-Honoré, déjà fort considérable alors, et verdoyer
la Petite-Bretagne, et se dérouler le Marché-
aux-Pourceaux, au centre duquel s'arrondissait l'horrible fourneau à bouillir les faux-mon-
noyeurs. Entre la Courtille et Saint-Laurent,
votre œil avait déjà remarqué au couronnement d'une hauteur accroupie sur des plaines
désertes, une espèce d'édifice qui ressemblait
de loin à une colonnade en ruine debout sur
un soubassement déchaussé. Ce n'était ni un
Parthénon, ni un temple de Jupiter Olympien ;
c'était Montfaucon.

Maintenant, si le dénombrement de tant
d'édifices, quelque sommaire que nous l'ayons
voulu faire, n'a pas pulvérisé, à mesure que
nous la construisions, dans l'esprit du lecteur,
l'image générale du vieux Paris, nous la ré-
sumerons en quelques mots. Au centre, l'île
de la Cité, ressemblant par sa forme à une
énorme tortue et faisant sortir ses ponts écail-
lés de tuiles, comme des pattes, de dessous sa

grise carapace de toits. A gauche, le trapèze
monolithe, ferme, dense, hérissé, de l'Université ; à droite, le vaste demi-cercle de la
Ville, beaucoup plus mêlé de jardins et de
monumens. Les trois blocs, Cité, Université,
Ville, marbrés de rues sans nombre. Tout au
travers, la Seine, la « nourricière Seine »
comme dit le P. Du Breul, obstruée d'îles, de
ponts et de bateaux. Tout autour une plaine
immense, rapiécée de mille sortes de cultures,
semée de beaux villages ; à gauche, Issy, Van-
vres, Vaugirard, Montrouge, Gentilly avec sa
tour ronde et sa tour carrée, etc.; à droite,
vingt autres, depuis Conflans jusqu'à la Ville-
l'Evêque. A l'horizon, un ourlet de collines
disposées en cercle comme le rebord du bassin.
Enfin, au loin, à l'orient, Vincennes et ses
sept tours quadrangulaires; au sud, Bicêtre
et ses tourelles pointues ; au septentrion, Saint-
Denis et son aiguille ; à l'occident, Saint-Cloud
et son donjon. Voilà le Paris que voyaient du
haut des tours de Notre-Dame les corbeaux
qui vivaient en 1482.

C'est pourtant de cette ville que Voltaire a
dit qu'*avant Louis XIV, elle ne possédait que
quatre beaux monumens :* le dôme de la Sorbonne, le Val-de-Grâce, le Louvre moderne,

et je ne sais plus le quatrième, le Luxembourg, peut-être. Heureusement Voltaire n'en a pas moins fait *Candide*, et n'en est pas moins, de tous les hommes qui se sont succédé dans la longue série de l'humanité, celui qui a le mieux eu le rire diabolique. Cela prouve d'ailleurs qu'on peut être un beau génie et ne rien comprendre à un art dont on n'est pas. Molière ne croyait-il pas faire beaucoup d'honneur à Raphaël et à Michel-Ange, en les appelant : *ces Mignards de leur âge.*

Revenons à Paris et au quinzième siècle.

Ce n'était pas alors seulement une belle ville; c'était une ville homogène, un produit architectural et historique du moyen âge, une chronique de pierre. C'était une cité formée de deux couches seulement, la couche romane et la couche gothique, car la couche romaine avait disparu depuis long-temps, excepté aux Thermes de Julien, où elle perçait encore la croûte épaisse du moyen âge. Quant à la couche celtique, on n'en trouvait même plus d'échantillons en creusant des puits.

Cinquante ans plus tard, lorsque la renaissance vint mêler à cette unité si sévère et pourtant si variée le luxe éblouissant de ses fantaisies et de ses systèmes, ses débauches de

pleins-cintres romains, de colonnes grecques
et de surbaissemens gothiques, sa sculpture
si tendre et si idéale, son goût particulier d'a-
rabesques et d'acanthes, son paganisme architectural contemporain de Luther, Paris fut
peut-être plus beau encore, quoique moins
harmonieux à l'œil et à la pensée. Mais ce
splendide moment dura peu, la renaissance
ne fut pas impartiale; elle ne se contenta pas
d'édifier, elle voulut jeter bas : il est vrai qu'elle
avait besoin de place. Aussi le Paris gothique
ne fut-il complet qu'une minute. On achevait
à peine Saint-Jacques-de-la-Boucherie qu'on
commençait la démolition du vieux Louvre.

Depuis, la grande ville a été se déformant
de jour en jour. Le Paris gothique, sous lequel
s'effaçait le Paris roman, s'est effacé à son tour;
mais peut-on dire quel Paris l'a remplacé?

Il y a le Paris de Catherine de Médicis, aux
Tuileries; le Paris de Henri II, à l'Hôtel-de-
Ville : deux édifices encore d'un grand goût;
le Paris de Henri IV, à la place Royale : façades
de briques à coins de pierre et à toits d'ardoise,
des maisons tricolores; le Paris de Louis XIII,
au Val-de-Grâce : une architecture écrasée et
trapue, des voûtes en anse de panier, je ne
sais quoi de ventru dans la colonne et de bossu

dans le dôme; le Paris de Louis XIV, aux In-
valides : grand, riche, doré et froid; le Paris
de Louis XV, à Saint-Sulpice : des volutes,
des nœuds de rubans, des nuages, des vermi-
celles et des chicorées, le tout en pierre; le
Paris de Louis XVI, au Panthéon : saint Pierre
de Rome mal copié (l'édifice s'est tassé gau-
chement, ce qui n'en a pas raccommodé les
lignes); le Paris de la république, à l'école de
médecine : un pauvre goût grec et romain
qui ressemble au Colisée ou au Parthénon
comme la constitution de l'an IV aux lois de
Minos; on l'appelle en architecture *le goût
messidor;* le Paris de Napoléon, à la place
Vendôme : celui-là est sublime, une colonne
de bronze faite avec des canons; le Paris de la
restauration, à la Bourse : une colonnade fort
blanche supportant une architrave fort lisse,
le tout est carré et a coûté vingt millions.

A chacun de ces monumens caractéristiques
se rattache par une similitude de goût, de façon et d'attitude, une certaine quantité de
maisons éparses dans les divers quartiers et
que l'œil du connaisseur distingue et date aisément. Quand on sait voir, on retrouve l'esprit d'un siècle et la physionomie d'un roi
jusque dans un marteau de porte.

Le Paris actuel n'a donc aucune physionomie générale. C'est une collection d'échantillons de plusieurs siècles, et les plus beaux ont
disparu. La capitale ne s'accroît qu'en maisons, et quelles maisons! Du train dont va
Paris, il se renouvellera tous les cinquante
ans. Aussi la signification historique de son
architecture s'efface-t-elle tous les jours. Les
monumens y deviennent de plus en plus rares,
et il semble qu'on les voie s'engloutir peu à
peu, noyés dans les maisons. Nos pères avaient
un Paris de pierre; nos fils auront un Paris de
plâtre.

Quant aux monumens modernes du Paris
neuf, nous nous dispenserons volontiers d'en
parler. Ce n'est pas que nous ne les admirions
comme il convient. La Sainte-Geneviève de
M. Soufflot est certainement le plus beau gâteau de Savoie qu'on ait jamais fait en pierre.
Le palais de la légion-d'honneur est aussi un
morceau de pâtisserie fort distingué. Le dôme
de la Halle-au-Blé est une casquette de jockey
anglais sur une grande échelle. Les tours de
Saint-Sulpice sont deux grosses clarinettes,
et c'est une forme comme une autre; le télé-
graphe, tortu et grimaçant, fait un aimable
accident sur leur toiture. Saint-Roch a un por-

tail qui n'est comparable, pour la magnifi-
cence, qu'à Saint-Thomas-d'Aquin. Il a aussi
un calvaire en ronde-bosse dans une cave et
un soleil de bois doré. Ce sont là des choses
tout-à-fait merveilleuses. La lanterne du labyrinthe du Jardin des Plantes est aussi fort ingénieuse. Quant au palais de la Bourse, qui
est grec par sa colonnade, romain par le plein-
cintre de ses portes et fenêtres, de la renaissance par sa grande voûte surbaissée, c'est in-
dubitablement un monument très-correct et
très-pur : la preuve, c'est qu'il est couronné
d'un attique comme on n'en voyait pas à
Athènes, belle ligne droite, gracieusement
coupée çà et là par des tuyaux de poêle. Ajoutons que s'il est de règle que l'architecture
d'un édifice soit adaptée à sa destination de
telle façon que cette destination se dénonce
d'elle-même au seul aspect de l'édifice, on ne
saurait trop s'émerveiller d'un monument qui
peut être indifféremment un palais de roi,
une chambre des communes, un hôtel-de-
ville, un collége, un manége, une académie,
un entrepôt, un tribunal, un musée, une ca-
serne, un sépulcre, un temple, un théâtre.
En attendant c'est une Bourse. Un monument
doit en outre être approprié au climat. Celui-

ci est évidemment construit exprès pour notre
ciel froid et pluvieux. Il a un toit presque plat
comme en Orient, ce qui fait que l'hiver,
quand il a neigé, on balaye le toit, et il est
certain qu'un toit est fait pour être balayé.
Quant à cette destination dont nous parlions
tout-à-l'heure, il la remplit à merveille; il est
Bourse en France comme il eût été temple en
Grèce. Il est vrai que l'architecte a eu assez
de peine à cacher le cadran de l'horloge, qui
eût détruit la pureté des belles lignes de la
façade; mais en revanche on a cette colonnade qui circule autour du monument, et
sous laquelle, dans les grands jours de solennité religieuse, peut se développer majestueusement la théorie des agens de change et
des courtiers de commerce.

Ce sont là sans aucun doute de très-super-
bes monumens. Joignons-y force belles rues,
amusantes et variées comme la rue de Rivoli,
et je ne désespère pas que Paris, vu à vol de
ballon, ne présente un jour aux yeux cette
richesse de lignes, cette opulence de détails,
cette diversité d'aspects, ce je ne sais quoi de
grandiose dans le simple et d'inattendu dans
le beau qui caractérise un damier.

Toutefois, si admirable que vous semble le

Paris d'à présent, refaites le Paris du quinzième siècle, reconstruisez-le dans votre pensée ; regardez le jour à travers cette haie surprenante d'aiguilles, de tours et de clochers ; répandez au milieu de l'immense ville, déchirez à la pointe des îles, plissez aux arches des ponts la Seine avec ses larges flaques vertes et jaunes, plus changeante qu'une robe de serpent ; détachez nettement sur un horizon d'azur le profil gothique de ce vieux Paris ; faites-en flotter le contour dans une brume d'hiver qui s'accroche à ses innombrables cheminées ; noyez-le dans une nuit profonde, et regardez le jeu bizarre des ténèbres et des lumières dans ce sombre labyrinthe d'édifices ; jetez-y un rayon de lune qui le dessine vaguement et fasse sortir du brouillard les grandes têtes des tours ; ou reprenez cette noire silhouette, ravivez d'ombre les mille angles aigus des flèches et des pignons, et faites la saillir, plus dentelée qu'une mâchoire de requin, sur le ciel de cuivre du couchant. — Et puis, comparez.

Et si vous voulez recevoir de la vieille ville une impression que la moderne ne saurait plus vous donner, montez, un matin de grande fête, au soleil levant de Pâques ou de la Pentecôte,

montez sur quelque point élevé d'où vous do-
minez la capitale entière; et assistez à l'éveil
des carillons. Voyez, à un signal parti du ciel,
car c'est le soleil qui le donne, ces mille églises
tressaillir à la fois. Ce sont d'abord des tinte-
mens épars, allant d'une église à l'autre,
comme lorsque des musiciens s'avertissent
qu'on va commencer. Puis, tout-à-coup, voyez,
car il semble qu'en certains instans l'oreille
aussi a sa vue, voyez s'élever au même moment de chaque clocher comme une colonne
de bruit, comme une fumée d'harmonie. D'a-
bord, la vibration de chaque cloche monte
droite, pure, et pour ainsi dire isolée des autres, dans le ciel splendide du matin; puis,
peu à peu, en grossissant, elles se fondent,
elles se mêlent, elles s'effacent l'une dans
l'autre, elles s'amalgament dans un magnifique concert. Ce n'est plus qu'une masse de
vibrations sonores qui se dégage sans cesse
des innombrables clochers, qui flotte, ondule,
bondit, tourbillonne sur la ville, et prolonge
bien au delà de l'horizon le cercle assourdissant de ses oscillations. Cependant cette mer
d'harmonie n'est point un chaos. Si grosse et
si profonde qu'elle soit, elle n'a point perdu sa
transparence : vous y voyez serpenter à part

chaque groupe de notes qui s'échappe des sonneries; vous y pouvez suivre le dialogue, tour
à tour grave et criard, de la crecelle et du
bourdon; vous y voyez sauteler les octaves
d'un clocher à l'autre; vous les regardez s'é-
lancer ailées, légères et sifflantes, de la cloche
d'argent, tomber cassées et boiteuses de la
cloche de bois; vous admirez au milieu d'elles
la riche gamme qui descend et remonte sans
cesse les sept cloches de Saint-Eustache; vous
voyez courir tout au travers des notes claires
et rapides qui font trois ou quatre zigzags lumineux, et s'évanouissent comme des éclairs.
Là bas, c'est l'abbaye Saint-Martin, chanteuse
aigre et fêlée; ici, la voix sinistre et bourrue
de la Bastille; à l'autre bout, la grosse tour
du Louvre, avec sa basse-taille. Le royal
carillon du Palais jette sans relâche de tous
côtés des trilles resplendissantes, sur lesquelles tombent à temps égaux les lourdes coup-
petées du beffroi de Notre-Dame, qui les font
étinceler comme l'enclume sous le marteau.
Par intervalles vous voyez passer des sons de
toute forme qui viennent de la triple volée de
Saint-Germain-des-Prés. Puis encore, de temps
en temps cette masse de bruits sublimes s'entr'ouvre et donne passage à la strette de l'Ave-

Maria, qui éclate et pétille comme une aigrette d'étoiles. Au dessous, au plus profond du concert, vous distinguez confusément le chant intérieur des églises qui transpire à travers les pores vibrans de leurs voûtes. — Certes, c'est là un opéra qui vaut la peine d'être écouté. D'ordinaire, la rumeur qui s'échappe de Paris le jour, c'est la ville qui parle ; la nuit, c'est la ville qui respire : ici, c'est la ville qui chante. Prêtez donc l'oreille à ce tutti des clochers ; répandez sur l'ensemble le murmure d'un demi-million d'hommes, la plainte éternelle du fleuve, les souffles infinis du vent, le quatuor grave et lointain des quatre forêts disposées sur les collines de l'horizon comme d'immenses buffets d'orgue ; éteignez-y, ainsi que dans une demi-teinte, tout ce que le carillon central aurait de trop rauque et de trop aigu, et dites si vous connaissez au monde quelque chose de plus riche, de plus joyeux, de plus doré, de plus éblouissant que ce tumulte de cloches et de sonneries ; que cette fournaise de musique ; que ces dix mille voix d'airain chantant à la fois dans des flûtes de pierre hautes de trois cents pieds ; que cette cité qui n'est plus qu'un orchestre ; que cette symphonie qui fait le bruit d'une tempête.

III.

Les bonnes âmes.

Il y avait seize ans, à l'époque où se passe
cette histoire, que par un beau matin de dimanche de la Quasimodo une créature vivante
avait été déposée, après la messe, dans l'église
de Notre-Dame, sur le bois de lit scellé dans
le parvis, à main gauche, vis-à-vis ce *grand
image* de saint Christophe, que la figure

sculptée en pierre de messire Antoine des
Essarts, chevalier, regardait à genoux depuis 1413 lorsqu'on s'est avisé de jeter bas
et le saint et le fidèle. C'est sur ce bois de lit
qu'il était d'usage d'exposer les enfans trouvés
à la charité publique. Les prenait là qui voulait. Devant le bois de lit était un bassin de
cuivre pour les aumônes.

L'espèce d'être vivant qui gisait sur cette
planche le matin de la Quasimodo, en l'an du
seigneur 1467, paraissait exciter à un haut
degré la curiosité du groupe assez considérable qui s'était amassé autour du bois de lit.
Le groupe était formé en grande partie de
personnes du beau sexe. Ce n'était presque
que des vieilles femmes.

Au premier rang et les plus inclinées sur le
lit, on en remarquait quatre qu'à leur cagoule
grise, sorte de soutane, on devinait attachées
à quelque confrérie dévote. Je ne vois point
pourquoi l'histoire ne transmettrait pas à la
postérité les noms de ces quatre discrètes et
vénérables damoiselles. C'étaient Agnès la
Hermé, Jehanne de la Tarme, Henriette la
Gaultière, Gauchère la Violette, toutes quatre
veuves, toutes quatre bonnes-femmes de la
chapelle Étienne Haudry, sorties de leur mai-

son, avec la permission de leur maîtresse et
conformément aux statuts de Pierre d'Ailly,
pour venir entendre le sermon.

Du reste, si ces braves haudriettes obser-
vaient pour le moment les statuts de Pierre
d'Ailly, elles violaient, certes, à cœur joie
ceux de Michel de Brache et du cardinal de
Pise, qui leur prescrivaient si inhumainement
le silence.

— Qu'est-ce que c'est que cela, ma sœur?
disait Agnès à Gauchère, en considérant la
petite créature exposée qui glapissait et se
tordait sur le lit de bois, effrayée de tant de
regards.

— Qu'est-ce que nous allons devenir, disait
Jehanne, si c'est comme cela qu'ils font les
enfans à présent?.

— Je ne me connais pas en enfans, reprenait Agnès, mais ce doit être un péché de regarder celui-ci.

— Ce n'est pas un enfant, Agnès.

— C'est un singe manqué, observait Gauchère.

— C'est un miracle, reprenait Henriette la
Gaultière.

— Alors, remarquait Agnès, c'est le troisième depuis le dimanche du *Lætare*; car il

n'y a pas huit jours que nous avons eu le
miracle du moqueur de pèlerins puni divine-
ment par Notre-Dame d'Aubervilliers, et c'é-
tait le second miracle du mois.

— C'est un vrai monstre d'abomination
que ce soi-disant enfant trouvé, reprenait
Jéhanne.

— Il braille à faire sourd un chantre, poursuivait Gauchère. — Tais-toi donc, petit
hurleur !

— Dire que c'est monsieur de Reims qui
envoie cette énormité à monsieur de Paris !
ajoutait la Gaultière en joignant les mains.

— J'imagine, disait Agnès la Herme, que
c'est une bête, un animal, le produit d'un juif
avec une truie ; quelque chose enfin qui n'est
pas chrétien, et qu'il faut jeter à l'eau ou au
feu.

— J'espère bien, reprenait la Gaultière,
qu'il ne sera postulé par personne.

— Ah ! mon Dieu ! s'écriait Agnès, ces pauvres
nourrices qui sont là dans le logis des enfans-
trouvés qui fait le bas de la ruelle, en descendant à la rivière, tout à côté de monseigneur l'évêque ! si on allait leur apporter ce petit monstre à allaiter ! j'aimerais mieux donner
à téter à un vampire.

— Est-elle innocente, cette pauvre la Herme! reprenait Jehanne; vous ne voyez pas, ma sœur, que ce petit monstre a au moins quatre ans, et qu'il aurait moins appétit de votre tétine que d'un tournebroche.

En effet, ce n'était pas un nouveau-né que « ce petit monstre. » (Nous serions fort empêchés nous-mêmes de le qualifier autrement.) C'était une petite masse fort anguleuse et fort remuante, emprisonnée dans un sac de toile imprimé au chiffre de messire Guillaume Chartier, pour lors évêque de Paris, avec une tête qui sortait. Cette tête était chose assez difforme; on n'y voyait qu'une forêt de cheveux roux, un œil, une bouche et des dents. L'œil pleurait, la bouche criait et les dents ne paraissaient demander qu'à mordre. Le tout se débattait dans le sac, au grand ébahissement de la foule qui grossissait et se renouvelait sans cesse à l'entour.

Dame Aloïse de Gondelaurier, une femme riche et noble qui tenait une jolie fille d'environ six ans à la main, et qui traînait un long voile à la corne d'or de sa coiffe, s'arrêta en passant devant le lit, et considéra un moment la malheureuse créature, pendant que sa charmante petite fille Fleur-de-Lys de Gondelaurier, toute vêtue de soie et de velours, épelait avec son joli doigt l'écriteau permanent accroché au bois de lit : ENFANS TROUVÉS.

— En vérité, dit la dame en se détournant avec dégoût, je croyais qu'on n'exposait ici que des enfans.

Elle tourna le dos, en jetant dans le bassin un florin d'argent qui retentit parmi les liards, et fit ouvrir de grands yeux aux pauvres bonnes-femmes de la chapelle Étienne-Haudry.

Un moment après le grave et savant Robert Mistricolle, protonotaire du roi, passa avec un énorme missel sous un bras, et sa femme sous l'autre (damoiselle Guillemette-la-Mairesse), ayant de la sorte à ses côtés ses deux régulateurs, spirituel et temporel.

— Enfant trouvé ! dit-il après avoir examiné l'objet, trouvé apparemment sur le parapet du fleuve Phlégéto !

— On ne lui voit qu'un œil, observa damoiselle Guillemette ; il a sur l'autre une verrue.

—Ce n'est pas une verrue, reprit maître Robert Mistricolle, c'est un œuf qui renferme un autre démon tout pareil, lequel porte un autre petit œuf qui contient un autre diable, et ainsi de suite.

— Comment savez-vous cela ? demanda Guillemette-la-Mairesse.

— Je le sais pertinémment, répondit le protonotaire.

— Monsieur le protonotaire, demanda Gauchère, que pronostiquez-vous de ce prétendu enfant trouvé ?

— Les plus grands malheurs, répondit Mistricolle.

— Ah! mon dieu! dit une vieille dans l'auditoire, avec cela qu'il y a eu une considérable pestilence l'an passé, et qu'on dit que les Anglais vont débarquer en compagnie à Harefleu.

— Cela empêchera peut-être la reine de venir à Paris au mois de septembre, reprit une autre; la marchandise va déjà si mal!

— Je suis d'avis, s'écria Jehanne de la Tarme, qu'il vaudrait mieux, pour les manans de Paris, que ce petit magicien-là fût couché sur un fagot que sur une planche.

— Un beau fagot flambant! ajouta la vieille.

— Cela serait plus prudent, dit Mistricolle.

Depuis quelques momens un jeune prêtre écoutait le raisonnement des haudriettes et les sentences du protonotaire. C'était une figure sévère, un front large, un regard pro-

fond. Il écarta silencieusement la foule, examina le *petit magicien*, et étendit la main sur
lui. Il était temps, car toutes les dévotes se
léchaient déjà les barbes du *beau fagot flam-*
bant.

— J'adopte cet enfant, dit le prêtre.

Il le prit dans sa soutane, et l'emporta.
L'assistance le suivit d'un œil effaré. Un moment après il avait disparu par la Porte-Rouge
qui conduisait alors de l'église au cloître.

Quand la première surprise fut passée,
Jehanne de la Tarme se pencha à l'oreille de
La Gaultière.

— Je vous avais bien dit, ma sœur, que ce
jeune clerc monsieur Claude Frollo est un sorcier.

IV.

Claude Frollo.

———

En effet, Claude Frollo n'était pas un personnage vulgaire.

Il appartenait à l'une de ces familles moyennes qu'on appelait indifféremment, dans le langage impertinent du siècle dernier, haute bourgeoisie ou petite noblesse. Cette famille avait hérité des frères Paclet le fief de Tirechappe, qui relevait de l'évêque de Paris, et dont les vingt-une maisons avaient été au treizième siècle l'objet de tant de plaidoiries pardevant l'official. Comme possesseur de ce fief, Claude Frollo était un des *sept vingt-un* seigneurs prétendant censive dans Paris et ses faubourgs; et l'on a pu voir long-temps son nom inscrit en cette qualité, entre l'hôtel de Tancarville, appartenant à maître François Le Rez, et le collége de Tours, dans le cartulaire déposé à Saint-Martin-des-Champs.

Claude Frollo avait été destiné dès l'enfance par ses parens à l'état ecclésiastique. On lui avait appris à lire dans du latin; il avait été élevé à baisser les yeux et à parler bas. Tout enfant, son père l'avait cloîtré au collége de Torchi en l'Université. C'est là qu'il avait grandi, sur le missel et le lexicon.

C'était d'ailleurs un enfant triste, grave, sérieux, qui étudiait ardemment et apprenait vite; il ne jetait pas grand cri dans les récréations, se mêlait peu aux bacchanales de la rue du Fouarre, ne savait ce que c'était que *dare alapas et capillos laniare*, et n'avait fait aucune figure dans cette mutinerie de 1463 que les annalistes enregistrent gravement sous le titre de : « Sixième Trouble de l'université. »

Il lui arrivait rarement de railler les pauvres
écoliers de Montaigu pour les *cappettes* dont ils
tiraient leur nom, ou les boursiers du collége de Dormans pour leur tonsure rase et
leur surtout tri-parti de drap pers, bleu et
violet, *azurini coloris et bruni*, comme dit la
charte du cardinal des Quatre-Couronnes.

En revanche, il était assidu aux grandes et
petites écoles de la rue Saint-Jean de Beauvais.
Le premier écolier que l'abbé de Saint-Pierre-
de-Val, au moment de commencer sa lecture
de droit canon, apercevait toujours collé
vis-à-vis de sa chaire à un pilier de l'école
Saint-Vendregesile, c'était Claude Frollo, armé
de son écritoire de corne, mâchant sa plume,
griffonnant sur son genou usé, et l'hiver, souf-
flant dans ses doigs. Le premier auditeur que
messire Miles d'Isliers, docteur en décret,
voyait arriver chaque lundi matin, tout essoufflé à l'ouverture des portes de l'école du
Chef-Saint-Denis, c'était Claude Frollo. Aussi,
à seize ans, le jeune clerc eût pu tenir tête,
en théologie mystique, à un père de l'église;
en théologie canonique, à un père du con-
ciles; en théologie scolastique, à un docteur
de Sorbonne.

La théologie dépassée, il s'était précipité

dans le décret. Du *Maître des Sentences* il était
tombé aux *Capitulaires de Charlemagne;*
et successivement il avait dévoré, dans son
appétit de science, décretales sur décretales,
celles de Théodore, évêque d'Hispale, celles
de Bouchard, évêque de Worms, celles d'Yves,
évêque de Chartres, puis le décret de Gratien
qui succéda aux capitulaires de Charlemagne;
puis le recueil de Grégoire IX; puis l'épître
Super speculâ d'Honorius III. Il se fit claire, il
se fit familière cette vaste et tumultueuse période du droit civil et du droit canon en lutte
et en travail dans le chaos du moyen âge, période que l'évêque Théodore ouvre en 618 et
que ferme en 1227 le pape Grégoire.

Le décret digéré, il se jeta sur la médecine,
sur les arts libéraux. Il étudia la science des
herbes, la science des onguens; il devint ex-
pert aux fièvres et aux contusions, aux navru-
res et aux aposthumes. Jacques d'Espars l'eût
reçu médecin physicien; Richard Hellain, médecin chirurgien. Il parcourut également tous
les degrés de la licence, maîtrise et doctorerie
des arts. Il étudia les langues, le latin, le grec,
l'hébreu, triple sanctuaire alors bien peu fré-
quenté. C'était une véritable fièvre d'acquérir
et de thésauriser en fait de science. A dix-huit

ans, les quatre facultés y avaient passé; il
semblait au jeune homme que la vie avait un
but unique : savoir.

Ce fut vers cette époque environ que l'été
excessif de 1466 fit éclater cette grande peste
qui enleva plus de quarante mille créatures
dans la vicomté de Paris, et entr'autres, dit
Jean de Troyes, « maître Arnoul, astrologien
» du roi, qui était fort homme de bien, sage et
» plaisant. » Le bruit se répandit dans l'Université que la rue Tirechappe était en particulier dévastée par la maladie. C'est là que ré-
sidaient, au milieu de leur fief, les parens de
Claude. Le jeune écolier courut fort alarmé à
la maison paternelle. Quand il y entra, son
père et sa mère étaient morts de la veille. Un
tout jeune frère qu'il avait au maillot, vivait
encore et criait abandonné dans son berceau.
C'était tout ce qu'il restait à Claude de sa famille; le jeune homme prit l'enfant sous son
bras, et sortit pensif. Jusque là il n'avait vécu
que dans la science : il commençait à vivre
dans la vie.

Cette catastrophe fut une crise dans l'existence de Claude. Orphelin, aîné, chef de famille à dix-neuf ans, il se sentit rudement
rappelé des rêveries de l'école aux réalités de

ce monde. Alors, ému de pitié, il se prit de
passion et de dévouement pour cet enfant, son
frère; chose étrange et douce qu'une affection
humaine, à lui qui n'avait encore aimé que
des livres.

Cette affection se développa à un point
singulier : dans une âme aussi neuve, ce fut
comme un premier amour. Séparé depuis l'enfance de ses parens, qu'il avait à peine connus,
cloîtré et comme muré dans ses livres, avide
avant tout d'étudier et d'apprendre, exclusivement attentif jusqu'alors à son intelligence
qui se dilatait dans la science, à son imagination qui grandissait dans les lettres, le pauvre
écolier n'avait pas encore eu le temps de sentir
la place de son cœur. Ce jeune frère, sans
père ni mère, ce petit enfant, qui lui tombait
brusquement du ciel sur les bras, fit de lui
un homme nouveau. Il s'aperçut qu'il y avait
autre chose dans le monde que les spécula-
tions de la Sorbonne et les vers d'Homerus;
que l'homme avait besoin d'affections; que la
vie sans tendresse et sans amour n'était qu'un
rouage sec, criard et déchirant. Seulement il
se figura, car il était dans l'âge où les illusions
ne sont encore remplacées que par des illusions, que les affections de sang et de famille

étaient les seules nécessaires, et qu'un petit frère à aimer suffisait pour remplir toute une existence.

Il se jeta donc dans l'amour de son petit Jehan avec la passion d'un caractère déjà profond, ardent, concentré. Cette pauvre frêle créature, jolie, blonde, rose et frisée, cet orphelin sans autre appui qu'un orphelin, le remuait jusqu'au fond des entrailles; et, grave penseur qu'il était, il se mit à réfléchir sur Jehan avec une miséricorde infinie. Il en prit souci et soin comme de quelque chose de très fragile et de très recommandé. Il fut à l'enfant plus qu'un frère : il lui devint une mère.

Le petit Jehan avait perdu sa mère, qu'il tétait encore; Claude le mit en nourrice. Outre le fief de Tirechappe, il avait eu en héritage de son père le fief du Moulin, qui relevait de la tour carrée de Gentilly : c'était un moulin sur une colline, près du château de Winchestre (Bicêtre). Il y avait la meunière qui nourrissait un bel enfant; ce n'était pas loin de l'Université. Claude lui porta lui-même son petit Jehan.

Dès lors, se sentant un fardeau à traîner, il prit la vie très au sérieux. La pensée de son petit frère devint non-seulement la récréation,

mais encore le but de ses études. Il résolut de
se consacrer tout entier à un avenir dont il
répondait devant Dieu, et de n'avoir jamais
d'autre épouse, d'autre enfant que le bonheur
et la fortune de son frère. Il se rattacha donc
plus que jamais à sa vocation cléricale. Son
mérite, sa science, sa qualité de vassal immédiat de l'évêque de Paris, lui ouvraient
toutes grandes les portes de l'église. A vingt
ans, par dispense spéciale du Saint-Siége, il
était prêtre, et desservait, comme le plus jeune
des chapelains de Notre-Dame, l'autel qu'on
appelle, à cause de la messe tardive qui s'y
dit, *altare pigrorum*.

Là, plus que jamais plongé dans ses chers
livres, qu'il ne quittait que pour courir une
heure au fief du Moulin, ce mélange de savoir
et d'austérité, si rare à son âge, l'avait rendu
promptement le respect et l'admiration du
cloître. Du cloître, sa réputation de savant
avait été au peuple, où elle avait un peu
tourné, chose fréquente alors, au renom de
sorcier.

C'est au moment où il revenait, le jour de
la Quasimodo, de dire sa messe des paresseux
à leur autel, qui était à côté de la porte du
chœur tendant à la nef, à droite, proche

l'image de la Vierge, que son attention avait été éveillée par le groupe de vieilles glapissant autour du lit des enfans trouvés.

C'est alors qu'il s'était approché de la malheureuse petite créature si haïe et si menacée. Cette détresse, cette difformité, cet abandon, la pensée de son jeune frère, la chimère qui frappa tout-à-coup son esprit que, s'il mourait, son cher petit Jehan pourrait bien aussi, lui, être jeté misérablement sur la planche des enfans trouvés, tout cela lui était venu au cœur à la fois : une grande pitié s'était remuée en lui, et il avait emporté l'enfant.

Quand il tira cet enfant du sac, il le trouva bien difforme en effet. Le pauvre petit diable avait une verrue sur l'œil gauche, la tête dans les épaules, la colonne vertébrale arquée, le sternum proéminent, les jambes torses; mais il paraissait vivace; et, quoiqu'il fût impossible de savoir quelle langue il bégayait, son cri annonçait quelque force et quelque santé. La compassion de Claude s'accrut de cette laideur; et il fit vœu dans son cœur d'élever cet enfant pour l'amour de son frère, afin que, quelles que fussent dans l'avenir les fautes du petit Jehan, il eût par devers lui cette charité faite à son intention. C'était une sorte de placement

de bonnes œuvres qu'il effectuait sur la tête
de son jeune frère; c'était une pacotille de
bonnes actions qu'il voulait lui amasser d'a-
vance, pour le cas où le petit drôle un jour se
trouverait à court de cette monnaie, la seule
qui soit reçue au péage du paradis.

Il baptisa son enfant adoptif, et le nomma
Quasimodo, soit qu'il voulût marquer par là
le jour où il l'avait trouvé, soit qu'il voulût
caractériser par ce nom à quel point la pauvre
petite créature était incomplète et à peine
ébauchée. En effet, Quasimodo, borgne,
bossu, cagneux, n'était guère qu'un *à peu près*.

V.

Immanis pecoris custos, immanior ipse.

Or, en 1482, Quasimodo avait grandi. Il
était devenu, depuis plusieurs années, sonneur
de cloches de Notre-Dame, grâce à son père
adoptif Claude Frollo, lequel était devenu archidiacre de Josas, grâce à son suzerain messire Louis de Beaumont, lequel était devenu
évêque de Paris en 1472, à la mort de Guil-

laume Chartier, grâce à son patron Olivier le
Daim, barbier du roi Louis XI par la grâce
de Dieu.

Quasimodo était donc carillonneur de Notre-Dame.

Avec le temps, il s'était formé, je ne sais
quel lien intime qui unissait le sonneur à l'é-
glise. Séparé à jamais du monde par la double
fatalité de sa naissance inconnue et de sa nature difforme, emprisonné dès l'enfance dans
ce double cercle infranchissable, le pauvre
malheureux s'était accoutumé à ne rien voir
dans ce monde au delà des religieuses murailles
qui l'avaient recueilli à leur ombre. Notre-
Dame avait été successivement pour lui, selon
qu'il grandissait et se développait, l'œuf, le
nid, la maison, la patrie, l'univers.

Et il est sûr qu'il y avait une sorte d'harmonie mystérieuse et préexistante entre cette
créature et cet édifice. Lorsque, tout petit encore, il se traînait tortueusement et par soubresauts sous les ténèbres de ses voûtes, il
semblait, avec sa face humaine et sa membrure bestiale, le reptile naturel de cette dalle
humide et sombre sur laquelle l'ombre des
chapiteaux romans projetait tant de formes
bizarres.

Plus tard, la première fois qu'il s'accrocha
machinalement à la corde des tours, et qu'il
s'y pendit, et qu'il mit la cloche en branle,
cela fit à Claude, son père adoptif, l'effet d'un
enfant dont la langue se délie et qui commence
à parler.

C'est ainsi que peu à peu, se développant
toujours dans le sens de la cathédrale, y vivant, y dormant, n'en sortant presque jamais,
en subissant à toute heure la pression mystérieuse, il arriva à lui ressembler, à s'y incrus-
ter, pour ainsi dire, à en faire partie inté-
grante. Ses angles saillans s'emboitaient (qu'on
nous passe cette figure) aux angles rentrans
de l'édifice, et il en semblait non-seulement
l'habitant, mais encore le contenu naturel.
On pourrait presque dire qu'il en avait pris la
forme, comme le colimaçon prend la forme
de sa coquille. C'était sa demeure, son trou,
son enveloppe. Il y avait entre la vieille église
et lui une sympathie instinctive si profonde,
tant d'affinités magnétiques, tant d'affinités
matérielles, qu'il y adhérait en quelque sorte
comme la tortue à son écaille. La rugueuse
cathédrale était sa carapace.

Il est inutile d'avertir le lecteur de ne pas
prendre au pied de la lettre les figures que

nous sommes obligés d'employer ici pour
exprimer cet accouplement singulier, sym-
métrique, immédiat, presque co-substantiel,
d'un homme et d'un édifice. Il est inutile de
dire également à quel point il s'était faite familière toute la cathédrale, dans une si longue
et si intime cohabitation. Cette demeure lui
était propre. Elle n'avait pas de profondeur
que Quasimodo n'eût pénétrée, pas de hauteur qu'il n'eût escaladée. Il lui arrivait bien
des fois de gravir la façade à plusieurs éléva-
tions et s'aidant seulement des aspérités de la
sculpture. Les tours sur la surface extérieure
desquelles on le voyait souvent ramper comme
un lézard qui glisse sur un mur à pic, ces
deux géantes jumelles, si hautes, si mena-
çantes, si redoutables, n'avaient pour lui ni
vertige, ni terreur, ni secousses d'étourdisse-
ment. A les voir si douces sous sa main, si fa-
ciles à escalader, on eût dit qu'il les avait ap-
privoisées. A force de sauter, de grimper, de
s'ébattre au milieu des abîmes de la gigantesque cathédrale, il était devenu en quelque
façon singe et chamois, comme l'enfant ca-
labrois qui nage avant de marcher, et joue,
tout petit, avec la mer.

Du reste, non seulement son corps semblait

s'être façonné selon la cathédrale, mais encore
son esprit. Dans quel état était cette âme?
quel pli avait-elle contracté, quelle forme
avait-elle prise sous cette enveloppe nouée,
dans cette vie sauvage? c'est ce qu'il serait
difficile de déterminer. Quasimodo était né
borgne, bossu, boiteux. C'est à grande peine
et à grande patience que Claude Frollo était
parvenu à lui apprendre à parler. Mais une
fatalité était attachée au pauvre enfant trouvé.
Sonneur de Notre-Dame à quatorze ans, une
nouvelle infirmité était venue le parfaire; les
cloches lui avaient brisé le tympan : il était
devenu sourd. La seule porte que la nature
lui eût laissée toute grande ouverte sur le
monde s'était brusquement fermée à jamais.
En se fermant, elle intercepta l'unique rayon
de joie et de lumière qui pénétrât encore dans
l'âme de Quasimodo. Cette âme tomba dans
une nuit profonde. La mélancolie du misérable devint incurable et complète comme sa
difformité. Ajoutons que sa surdité le rendit
en quelque façon muet. Car, pour ne pas donner à rire aux autres, du moment où il se vit
sourd, il se détermina résolument à un silence
qu'il ne rompait guères que lorsqu'il était
seul. Il lia volontairement cette langue que

Claude Frollo avait eu tant de peine à délier.
De là il advenait que, quand la nécessité le
contraignait de parler, sa langue était engour-
die, maladroite et comme une porte dont les
gonds sont rouillés.

Si maintenant nous essayions de pénétrer
jusqu'à l'âme de Quasimodo à travers cette
écorce épaisse et dure; si nous pouvions son-
der les profondeurs de cette organisation mal-
faite; s'il nous était donné de regarder avec
un flambeau derrière ces organes sans transparence, d'explorer l'intérieur ténébreux de
cette créature opaque, d'en élucider les recoins
obscurs, les culs-de-sacs absurdes, et de jeter
tout à coup une vive lumière sur la psyché
enchaînée au fond de cet antre, nous trouve-
rions sans doute la malheureuse dans quelque attitude pauvre, rabougrie et rachitique,
comme ces prisonniers des plombs de Venise
qui vieillissaient ployés en deux dans une
boîte de pierre trop basse et trop courte.

Il est certain que l'esprit s'atrophie dans un
corps manqué. Quasimodo sentait à peine se
mouvoir aveuglément au dedans de lui une
âme faite à son image Les impressions des objets subissaient une réfraction considérable,
avant d'arriver à sa pensée. Son cerveau était

un milieu particulier : les idées qui le traversaient en sortaient toutes tordues. La réflexion
qui provenait de cette réfraction était nécessairement divergente et déviée.

De là mille illusions d'optique, mille aber-
rations de jugement, mille écarts où divaguait
sa pensée, tantôt folle, tantôt idiote.

Le premier effet de cette fatale organisation, c'était de troubler le regard qu'il jetait
sur les choses. Il n'en recevait presque aucune
perception immédiate. Le monde extérieur lui
semblait beaucoup plus loin qu'à nous.

Le second effet de son malheur, c'était de le
rendre méchant.

Il était méchant en effet, parce qu'il était
sauvage; il était sauvage, parce qu'il était laid.
Il y avait une logique dans sa nature comme
dans la nôtre.

Sa force, si extraordinairement développée,
était une cause de plus de méchanceté. *Malus
puer robustus*, dit Hobbes.

D'ailleurs, il faut lui rendre cette justice :
la méchanceté n'était peut-être pas innée en
lui. Dès ses premiers pas parmi les hommes,
il s'était senti, puis il s'était vu conspué, flétri,
repoussé. La parole humaine pour lui, c'était
toujours une raillerie ou une malédiction.

En grandissant, il n'avait trouvé que la haine
autour de lui. Il l'avait prise. Il avait gagné la
méchanceté générale. Il avait ramassé l'arme
dont on l'avait blessé.

Après tout, il ne tournait qu'à regret sa face
du côté des hommes; sa cathédrale lui suffisait. Elle était peuplée de figures de marbre,
rois, saints, évêques, qui du moins ne lui éclataient pas de rire au nez et n'avaient pour lui
qu'un regard tranquille et bienveillant. Les
autres statues, celles des monstres et des démons, n'avaient pas de haine pour lui Quasimodo. Il leur ressemblait trop pour cela. Elles
raillaient bien plutôt les autres hommes. Les
saints étaient ses amis, et le bénissaient; les
monstres étaient ses amis, et le gardaient.
Aussi avait-il de longs épanchemens avec eux.
Aussi passait-il quelquefois des heures entiè-
res, accroupi devant une de ces statues, à
causer solitairement avec elle. Si quelqu'un
survenait, il s'enfuyait comme un amant sur-
pris dans sa sérénade.

Et la cathédrale ne lui était pas seulement
la société, mais encore l'univers, mais encore toute la nature. Il ne rêvait pas d'autres
espaliers que les vitraux toujours en fleur,
d'autre ombrage que celui de ces feuillages de

pierre, qui s'épanouissent chargés d'oiseaux
dans la touffe de chapiteaux saxons, d'autres
montagnes que les tours colossales de l'église,
d'autre océan que Paris qui bruissait à leurs
pieds.

Ce qu'il aimait avant tout dans l'édifice ma-
ternel, ce qui réveillait son âme, et lui faisait
ouvrir ses pauvres ailes qu'elle tenait si misérablement reployées dans sa caverne, ce qui le
rendait parfois heureux, c'était les cloches. Il
les aimait, les caressait, leur parlait, les comprenait. Depuis le carillon de l'aiguille de la
croisée jusqu'à la grosse cloche du portail, il
les avait toutes en tendresse. Le clocher de la
croisée, les deux tours, étaient pour lui
comme trois grandes cages, dont les oiseaux,
élevés par lui, ne chantaient que pour lui.
C'était pourtant ces mêmes cloches qui l'avaient
rendu sourd; mais les mères aiment souvent le
mieux l'enfant qui les a fait le plus souffrir.

Il est vrai que leur voix était la seule qu'il
pût entendre encore. A ce titre, la grosse cloche était sa bien-aimée. C'est elle qu'il préférait
dans cette famille de filles bruyantes qui se
trémoussait autour de lui, les jours de fête.
Cette grande cloche s'appelait Marie. Elle était
seule dans la tour méridionale avec sa sœur

Jacqueline, cloche de moindre taille, enfer-
mée dans une cage moins grande à côté de la
sienne. Cette Jacqueline était ainsi nommée
du nom de la femme de Jean Montagu, lequel
l'avait donnée à l'église; ce qui ne l'avait pas
empêché d'aller figurer sans tête à Montfaucon. Dans la deuxième tour il y avait six autres
cloches, et enfin les six plus petites habitaient
le clocher sur la croisée avec la cloche de bois,
qu'on ne sonnait que depuis l'après-dîner du
jeudi absolut, jusqu'au matin de la veille de
Pâques. Quasimodo avait donc quinze cloches
dans son sérail; mais la grosse Marie était la
favorite.

On ne saurait se faire une idée de sa joie les
jours de grande volée. Au moment où l'archidiacre l'avait lâché et lui avait dit : Allez, il mon-
tait la vis du clocher plus vite qu'un autre ne
l'eût descendue. Il entrait tout essoufflé dans
la chambre aérienne de la grosse cloche ; il la
considérait un moment avec recueillement et
amour ; puis il lui adressait doucement la parole ; il la flattait de la main, comme un bon
cheval qui va faire une longue course. Il la
plaignait de la peine qu'elle allait avoir. Après
ces premières caresses, il criait à ses aides,
placés à l'étage inférieur de la tour, de com-

mencer. Ceux-ci se pendaient aux câbles, le cabestan criait, et l'énorme capsule de métal s'é-
branlait lentement. Quasimodo, palpitant, la
suivait du regard. Le premier choc du battant
et de la paroi d'airain faisait frissonner la charpente sur laquelle il était monté. Quasimodo
vibrait avec la cloche. Vah! criait-il avec un
éclat de rire insensé. Cependant le mouvement
du bourdon s'accélérait, et à mesure qu'il parcourait un angle plus ouvert, l'œil de Quasimodo s'ouvrait aussi de plus en plus phosphori-
que et flamboyant. Enfin la grande volée commençait; toute la tour tremblait; charpentes,
plombs, pierres de taille, tout grondait à la
fois, depuis les pilotis de la fondation jusqu'aux
trèfles du couronnement. Quasimodo alors
bouillait à grosse écume; il allait, venait; il
tremblait avec la tour de la tête aux pieds. La
cloche déchaînée et furieuse présentait alternativement aux deux parois de la tour sa
gueule de bronze, d'où s'échappait ce souffle
de tempête qu'on entend à quatre lieues. Quasimodo se plaçait devant cette gueule ouverte;
il s'accroupissait, se relevait avec les retours
de la cloche, aspirait ce souffle renversant,
regardait tour à tour la place profonde qui
fourmillait à deux cents pieds au dessous de

lui, et l'énorme langue de cuivre qui venait
de seconde en seconde lui hurler dans l'oreille.
C'était la seule parole qu'il entendît, le seul
son qui troublât pour lui le silence universel.
Il s'y dilatait comme un oiseau au soleil. Tout
à coup la frénésie de la cloche le gagnait; son
regard devenait extraordinaire; il attendait le
bourdon au passage, comme l'araignée attend
la mouche, et se jetait brusquement sur lui
à corps perdu. Alors, suspendu sur l'abîme,
lancé dans le balancement formidable de la
cloche, il saisissait le monstre d'airain aux
oreillettes, l'étreignait de ses deux genoux,
l'éperonnait de ses deux talons, et redoublait
de tout le choc et de tout le poids de son corps
la furie de la volée. Cependant la tour vacillait, lui, criait et grinçait des dents, ses cheveux roux se hérissaient, sa poitrine faisait le
bruit d'un soufflet de forge, son œil jetait des
flammes, la cloche monstrueuse hennissait
toute haletante sous lui; et alors ce n'était
plus ni le bourdon de Notre-Dame ni Quasimodo : c'était un rêve, un tourbillon, une
tempête; le vertige à cheval sur le bruit; un
esprit cramponné à une croupe volante; un
étrange centaure moitié homme, moitié cloche; une espèce d'Astolphe horrible, emporté

sur un prodigieux hippogriffe de bronze vivant.

La présence de cet être extraordinaire faisait circuler dans toute la cathédrale je ne sais quel souffle de vie. Il semblait qu'il s'échappât de lui, du moins au dire des superstitions grossissantes de la foule, une émanation mystérieuse qui animait toutes les pierres de Notre-Dame et faisait palpiter les profondes entrailles de la vieille église. Il suffisait qu'on le sût là pour que l'on crût voir vivre et remuer les mille statues des galeries et des portails. Et de fait, la cathédrale semblait une créature docile et obéissante sous sa main; elle attendait sa volonté pour élever sa grosse voix; elle était possédée et remplie de Quasimodo comme d'un génie familier. On eût dit qu'il faisait respirer l'immense édifice. Il y était partout en effet, il se multipliait sur tous les points du monument. Tantôt on apercevait avec effroi au plus haut d'une des tours un nain bizarre qui grimpait, serpentait, rampait à quatre pates, descendait en dehors sur l'abîme, sautelait de saillie en saillie, et allait fouiller dans le ventre de quelque gorgone sculptée : c'était Quasimodo dénichant des corbeaux. Tantôt on se heurtait dans un coin obscur de l'église à une sorte de chimère vivante, accroupie et renfrognée : c'était Quasimodo pensant. Tantôt on avisait sous un clocher une tête énorme et un paquet de membres désordonnés se balançant avec fureur au bout d'une corde : c'était Quasimodo sonnant les vêpres ou l'angelus. Souvent la nuit on voyait errer une forme hideuse sur la frêle balustrade découpée en dentelle qui couronne les tours et borde le pourtour de l'abside : c'était encore le bossu de Notre-Dame. Alors, disaient les voisines, toute l'église prenait quelque chose de fantastique, de surnaturel, d'horrible; des yeux et des bouches s'y ouvraient çà et là; on entendait aboyer les chiens, les guivres, les tarasques de pierre qui veillent jour et nuit, le cou tendu et la gueule ouverte autour de la monstrueuse cathédrale. Et si c'était une nuit de Noël, tandis que la grosse cloche, qui semblait râler, appelait les fidèles à la messe ardente de minuit, il y avait un tel air répandu sur la sombre façade qu'on eût dit que le grand portail dévorait la foule et que la rosace la regardait. Et tout cela venait de Quasimodo. L'Égypte l'eût pris pour le dieu de ce temple; le moyen âge l'en croyait le démon : il en était l'âme.

A tel point que, pour ceux qui savent que Quasimodo a existé, Notre-Dame est aujour-d'hui déserte, inanimée, morte. On sent qu'il y a quelque chose de disparu. Ce corps immense est vide; c'est un squelette; l'esprit l'a quitté, on en voit la place, et voilà tout. C'est comme un crâne où il y a encore des trous pour les yeux; mais plus de regard.

VI.

Le Chien et son Maître.

————

Il y avait pourtant une créature humaine
que Quasimodo exceptait de sa malice et de
sa haine pour les autres, et qu'il aimait autant, plus peut-être que sa cathédrale; c'était
Claude Frollo.

La chose était simple. Claude Frollo l'avait
recueilli, l'avait adopté, l'avait nourri, l'avait

élevé. Tout petit, c'est dans les jambes de
Claude Frollo qu'il avait coutume de se réfu-
gier quand les chiens et les enfans aboyaient
après lui. Claude Frollo lui avait appris à parler, à lire, à écrire. Claude Frollo enfin l'avait
fait sonneur de cloches. Or, donner la grosse
cloche en mariage à Quasimodo, c'était donner Juliette à Roméo.

Aussi la reconnaissance de Quasimodo était-
elle profonde, passionnée, sans bornes ; et
quoique le visage de son père adoptif fût souvent brumeux et sévère, quoique sa parole fût
habituellement brève, dure, impérieuse, jamais cette reconnaissance ne s'était démentie
un seul instant. L'archidiacre avait en Quasimodo l'esclave le plus soumis, le valet le plus
docile, le dogue le plus vigilant. Quand le pauvre sonneur de cloches était devenu sourd, il
s'était établi entre lui et Claude Frollo une
langue de signes, mystérieuse et comprise
d'eux seuls. De cette façon l'archidiacre était
le seul être humain avec lequel Quasimodo
eût conservé communication. Il n'était en
rapport dans ce monde qu'avec deux choses :
Notre-Dame et Claude Frollo.

Rien de comparable à l'empire de l'archidiacre sur le sonneur, à l'attachement du son-

neur pour l'archidiacre. Il eût suffi d'un signe
de Claude, et de l'idée de lui faire plaisir,
pour que Quasimodo se précipitât du haut des
tours de Notre-Dame. C'était une chose remarquable que toute cette force physique,
arrivée chez Quasimodo à un développement
si extraordinaire, et mise aveuglément par lui
à la disposition d'un autre. Il y avait là sans
doute dévouement filial, attachement domes-
tique; il y avait aussi fascination d'un esprit
par un autre esprit. C'était une pauvre, gauche et maladroite organisation qui se tenait la
tête basse et les yeux supplians devant une
intelligence haute et profonde, puissante et
supérieure. Enfin, et par dessus tout, c'é-
tait reconnaissance. Reconnaissance tellement
poussée à sa limite extrême que nous ne sau-
rions à quoi la comparer. Cette vertu n'est
pas de celles dont les plus beaux exemples
sont parmi les hommes. Nous dirons donc que
Quasimodo aimait l'archidiacre comme jamais
chien, jamais cheval, jamais éléphant n'a aimé
son maître.

VII.

Suite de Claude Frollo.

En 1482, Quasimodo avait environ vingt ans, Claude Frollo environ trente-six. L'un avait grandi, l'autre avait vieilli.

Claude Frollo n'était plus le simple écolier du collège Torchi; le tendre protecteur d'un petit enfant; le jeune et rêveur philosophe qui savait beaucoup de choses et qui en ignorait beaucoup. C'était un prêtre austère, grave, morose; un chargé d'âmes; monsieur l'archidiacre de Josas, le second acolyte de l'évêque, ayant sur les bras les deux décanats de Montlhéry et de Châteaufort, et cent soixante-quatorze curés ruraux. C'était un personnage imposant et sombre, devant lequel tremblaient les enfans de chœur en aube et en jaquette, les machicos, les confrères de saint Augustin, les clercs matutinels de Notre-Dame, quand il passait lentement sous les hautes ogives du chœur, majestueux, pensif, les bras croisés, et la tête tellement ployée sur la poitrine qu'on ne voyait de sa face que son grand front chauve.

Dom Claude Frollo n'avait abandonné, du reste, ni la science ni l'éducation de son jeune frère, ces deux occupations de sa vie. Mais avec le temps il s'était mêlé quelque amertume à ces choses si douces. A la longue, dit Paul-Diacre, le meilleur lard rancit. Le petit Jehan Frollo, surnommé *du Moulin* à cause du lieu où il avait été nourri, n'avait pas grandi dans la direction que Claude avait voulu lui imprimer. Le grand frère comptait sur un élève pieux, docile, docte, honorable. Or le petit frère, comme ces jeunes arbres qui trompent

l'effort du jardinier, et se tournent opiniâtré-
ment du côté d'où leur vient l'air et le soleil,
le petit frère ne croissait et ne multipliait, ne
poussait de belles branches touffues et luxu-
riantes que du côté de la paresse, de l'ignorance
et de la débauche. C'était un vrai diable, fort
désordonné, ce qui faisait froncer le sourcil à
dom Claude, mais fort drôle et fort subtil, ce
qui faisait sourire le grand frère. Claude l'avait
confié à ce même collège de Torchi où il avait
passé ses premières années dans l'étude et le
recueillement ; et c'était une douleur pour lui
que ce sanctuaire autrefois édifié du nom de
Frollo en fût scandalisé aujourd'hui. Il en
faisait quelquefois à Jehan de fort sévères et
de fort longs sermons, que celui-ci essuyait
intrépidement. Après tout, le jeune vaurien
avait bon cœur, comme cela se voit dans
toutes les comédies. Mais le sermon passé, il
n'en reprenait pas moins tranquillement le
cours de ses séditions et de ses énormités.
Tantôt c'était un *béjaune* (on appelait ainsi
les nouveaux débarqués à l'Université) qu'il
avait houspillé pour sa bien-venue ; tradition
précieuse qui s'est soigneusement perpétuée
jusqu'à nos jours. Tantôt il avait donné le
branle à une bande d'écoliers, lesquels s'é-

taient classiquement jetés sur un cabaret,
quasi classicò excitati, puis avaient battu le
tavernier « avec bâtons offensifs, » et joyeusement pillé la taverne jusqu'à effondrer les
muids de vin dans la cave. Et puis, c'était un
beau rapport en latin que le sous-moniteur de
Torchi apportait piteusement à dom Claude
avec cette douloureuse emargination : *Rixa ;
prima causa vinum optimum potatum.* Enfin
on disait, horreur dans un enfant de seize
ans, que ses débordemens allaient souventes-
fois jusqu'à la rue de Glatigny.

De tout cela Claude contristé et découragé
dans ses affections humaines, s'était jeté avec
plus d'emportement dans les bras de la science,
cette sœur qui du moins ne vous rit pas au
nez, et vous paie toujours, bien qu'en monnaie
quelquefois un peu creuse, les soins qu'on lui
a rendus. Il devint donc de plus en plus savant, et en même temps, par une conséquence
naturelle, de plus en plus rigide comme prêtre,
de plus en plus triste comme homme. Il y a,
pour chacun de nous, de certains parallé-
lismes entre notre intelligence, nos mœurs et
notre caractère, qui se développent sans dis-
continuité, et ne se rompent qu'aux grandes
perturbations de la vie.

Comme Claude Frollo avait parcouru dès sa jeunesse le cercle presque entier des connaissances humaines, positives, extérieures et licites, force lui fut, à moins de s'arrêter *ubi defuit orbis*, force lui fut d'aller plus loin et de chercher d'autres alimens à l'activité insatiable de son intelligence. L'antique symbole du serpent qui se mord la queue convient surtout à la science. Il paraît que Claude Frollo l'avait éprouvé. Plusieurs personnes graves affirmaient qu'après avoir épuisé le *fas* du savoir humain, il avait osé pénétrer dans le *nefas*. Il avait, disait-on, goûté successivement toutes les pommes de l'arbre de l'intelligence, et, faim ou dégoût, il avait fini par mordre au fruit défendu. Il avait pris place tour à tour, comme nos lecteurs l'ont vu, aux conférences des théologiens en Sorbonne, aux assemblées des artiens à l'image Saint-Hilaire, aux disputes des décrétistes à l'image Saint-Martin, aux congrégations des médecins au bénitier de Notre-Dame, *ad cupam Nostræ-Dominæ*. Tous les mets permis et approuvés que ces quatre grandes cuisines appelées les quatre facultés pouvaient élaborer et servir à une intelligence, il les avait dévorés; et la satiété lui en était venue avant que sa faim fût apaisée. Alors il avait creusé plus avant, plus bas, dessous toute cette science finie, matérielle, limitée; il avait risqué peut-être son âme, et s'était assis dans la caverne à cette table mystérieuse des alchimistes, des astrologues, des hermétiques, dont Averroës, Guillaume de Paris et Nicolas Flamel tiennent le bout dans le moyen âge, et qui se prolonge dans l'Orient, aux clartés du chandelier à sept branches, jusqu'à Salomon, Pythagore et Zoroastre.

C'était du moins ce que l'on supposait, à tort ou à raison.

Il est certain que l'archidiacre visitait souvent le cimetière des Saints-Innocens, où son père et sa mère avaient été enterrés, il est vrai, avec les autres victimes de la peste de 1466; mais qu'il paraissait beaucoup moins dévot à la croix de leur fosse qu'aux figures étranges dont était chargé le tombeau de Nicolas Flamel et de Claude Pernelle, construit tout à côté!

Il est certain qu'on l'avait vu souvent longer la rue des Lombards, et entrer furtivement dans une petite maison qui faisait le coin de la rue des Écrivains et de la rue Marivaulx. C'était la maison que Nicolas Flamel avait bâtie,

où il était mort vers 1417, et qui, toujours déserte depuis lors, commençait déjà à tomber
en ruine; tant les hermétiques et les souffleurs
de tous les pays en avaient usé les murs, rien
qu'en y gravant leurs noms. Quelques voisins
même affirmaient avoir vu une fois, par un
soupirail, l'archidiacre Claude creusant, remuant et bêchant la terre dans ces deux
caves, dont les jambes étrières avaient été bar-
bouillées de vers et d'hiéroglyphes sans nombre par Nicolas Flamel lui-même. On supposait
que Flamel avait enfoui la pierre philosophale
dans ces caves; et les alchimistes, pendant
deux siècles, depuis Magistri jusqu'au père
Pacifique, n'ont cessé d'en tourmenter le sol
que lorsque la maison, si cruellement fouillée
et retournée, a fini par s'en aller en poussière
sous leurs pieds.

Il est certain encore que l'archidiacre s'était
épris d'une passion singulière pour le portail
symbolique de Notre-Dame, cette page de grimoire écrite en pierre par l'évêque Guillaume
de Paris, lequel a sans doute été damné pour
avoir attaché un si infernal frontispice au saint
poëme que chante éternellement le reste de
l'édifice. L'archidiacre Claude passait aussi
pour avoir approfondi le colosse de Saint-

Christophe, et cette longue statue énigma-
tique qui se dressait alors à l'entrée du parvis,
et que le peuple appelait dans ses dérisions
Monsieur Legris. Mais, ce que tout le monde
avait pu remarquer, c'était les interminables
heures qu'il employait souvent, assis sur le
parapet du parvis, à contempler les sculptures
du portail, examinant tantôt les vierges folles
avec leurs lampes renversées, tantôt les vierges sages avec leurs lampes droites; d'autres
fois, calculant l'angle du regard de ce corbeau
qui tient au portail de gauche et qui regarde
dans l'église un point mystérieux où est certainement cachée la pierre philosophale, si
elle n'est pas dans la cave de Nicolas Flamel.
C'était, disons-le en passant, une destinée singulière pour l'église Notre-Dame à cette époque
que d'être ainsi aimée à deux degrés différens,
et avec tant de dévotion, par deux êtres aussi
dissemblables que Claude et Quasimodo. Aimée
par l'un, sorte de demi-homme instinctif et
sauvage, pour sa beauté, pour sa stature,
pour les harmonies qui se dégagent de son
magnifique ensemble; aimée par l'autre, imagination savante et passionnée, pour sa signification, pour son mythe, pour le sens qu'elle
renferme, pour le symbole épars sous les

sculptures de sa façade comme le premier
texte sous le second dans un palimpseste, en
un mot, pour l'énigme qu'elle propose éternellement à l'intelligence.

Il est certain enfin que l'archidiacre s'était
accommodé dans celle des deux tours qui regarde sur la Grève, tout à côté de la cage aux
cloches, une petite cellule fort secrète où nul
n'entrait, pas même l'évêque, disait-on, sans
son congé. Cette cellule avait été jadis pratiquée, presque au sommet de la tour, parmi
les nids de corbeaux, par l'évêque Hugo de
Besançon [1], qui y avait maléficié dans son
temps. Ce que renfermait cette cellule, nul
ne le savait; mais on avait vu souvent des
grèves du Terrain, la nuit, à une petite lucarne qu'elle avait sur le derrière de la tour,
paraître, disparaître et reparaître à intervalles
courts et égaux, une clarté rouge, intermit-
tente, bizarre, qui semblait suivre les aspira-
tions haletantes d'un soufflet, et venir plutôt
d'une flamme que d'une lumière. Dans l'ombre, à cette hauteur, cela faisait un effet singulier; et les bonnes femmes disaient: Voilà
l'archidiacre qui souffle! l'enfer pétille là-haut.

Il n'y avait pas dans tout cela, après tout,

[1] *Hugo II de Bisuncio*, 1326-1332.

grandes preuves de sorcellerie, mais c'était
bien toujours autant de fumée qu'il en fallait
pour supposer du feu; et l'archidiacre avait
un renom assez formidable. Nous devons dire
pourtant que les sciences d'Égypte, que la né-
cromancie, que la magie, même la plus blanche
et la plus innocente, n'avaient pas d'ennemi
plus acharné, pas de dénonciateur plus impitoyable par devant messieurs de l'officialité
de Notre-Dame. Que ce fût sincère horreur ou
jeu joué du larron qui crie *au voleur!* cela
n'empêchait pas l'archidiacre d'être considéré
par les doctes têtes du chapitre comme une
âme aventurée dans le vestibule de l'enfer,
perdue dans les antres de la cabale, tâtonnant
dans les ténèbres des sciences occultes. Le
peuple ne s'y méprenait pas non plus : chez
quiconque avait un peu de sagacité, Quasimodo passait pour le démon, Claude Frollo
pour le sorcier. Il était évident que le sonneur
devait servir l'archidiacre pendant un temps
donné, au bout duquel il emporterait son
âme en guise de paiement. Aussi l'archidiacre
était-il, malgré l'austérité excessive de sa vie,
en mauvaise odeur parmi les bonnes âmes; et
il n'y avait pas nez de dévote si inexpérimentée qui ne le flairât magicien.

Et si, en vieillissant, il s'était formé des abîmes dans sa science, il s'en était aussi formé dans son cœur. C'est du moins ce qu'on était fondé à croire en examinant cette figure sur laquelle on ne voyait reluire son âme qu'à travers un sombre nuage. D'où lui venait ce large front chauve, cette tête toujours penchée, cette poitrine toujours soulevée de soupirs? Quelle secrète pensée faisait sourire sa bouche avec tant d'amertume au même moment où ses sourcils froncés se rapprochaient comme deux taureaux qui vont lutter? Pourquoi son reste de cheveux étaient-ils déjà gris? Quel était ce feu intérieur qui éclatait parfois dans son regard, au point que son œil ressemblait à un trou percé dans la paroi d'une fournaise?

Ces symptômes d'une violente préoccupation morale avaient surtout acquis un haut degré d'intensité à l'époque où se passe cette histoire. Plus d'une fois un enfant de chœur s'était enfui effrayé de le trouver seul dans l'église, tant son regard était étrange et éclatant. Plus d'une fois, dans le chœur, à l'heure des offices, son voisin de stalle l'avait entendu mêler au plain-chant *ad omnem tonum* des parenthèses inintelligibles. Plus d'une fois la

buandière du Terrain, chargée de « laver le
» chapitre, » avait observé, non sans effroi,
des marques d'ongles et de doigts crispés dans
le surplis de monsieur l'archidiacre de Josas.

D'ailleurs il redoublait de sévérité et n'avait
jamais été plus exemplaire. Par état comme
par caractère, il s'était toujours tenu éloigné
des femmes ; il semblait les haïr plus que jamais. Le seul frémissement d'une cotte-hardie
de soie faisait tomber son capuchon sur ses
yeux. Il était sur ce point tellement jaloux
d'austérité et de réserve, que lorsque la dame
de Beaujeu, fille du roi, vint, au mois de dé-
cembre 1481, visiter le cloître de Notre-Dame,
il s'opposa gravement à son entrée, rappelant
à l'évêque le statut du Livre Noir, daté de la
vigile Saint-Barthélemy 1334, qui interdit l'accès du cloître à toute femme « quelconque,
» vieille ou jeune, maîtresse ou chambrière. »
Sur quoi l'évêque avait été contraint de lui
citer l'ordonnance du légat Odo, qui excepte
certaines grandes dames, *aliquæ magnates mu-
lieres, quæ sine scandalo evitari non possunt.*
Et encore l'archidiacre protesta-t-il, objectant
que l'ordonnance du légat, laquelle remontait
à 1207, était antérieure de cent vingt-sept ans
au Livre Noir, et par conséquent abrogée de

fait par lui. Et il avait refusé de paraître devant la princesse.

On remarquait en outre que son horreur pour les égyptiennes et les zingari semblait redoubler depuis quelque temps. Il avait sollicité de l'évêque un édit qui fît expresse défense aux bohémiennes de venir danser et tambouriner sur la place du parvis; et il compulsait depuis le même temps les archives moisies de l'official, afin de réunir les cas de sorciers et de sorcières condamnés au feu ou à la corde pour complicité de maléfices avec des boucs, des truies ou des chèvres.

LIVRE QUATRIÈME.

I.

Coup d'œil impartial sur l'ancienne magistrature.

———

C'ÉTAIT un fort heureux personnage, en l'an de grâce 1482, que noble homme Robert d'Estouteville, chevalier, sieur de Beyne, baron d'Ivry et Saint-Andry en la Marche, conseiller et chambellan du roi, et garde de la prevôté de Paris. Il y avait déjà près de dix-sept ans qu'il avait reçu du roi, le 7 novembre 1465,

l'année de la comète [1], cette belle charge de
prevôt de Paris, qui était réputée plutôt seigneurie qu'office : *Dignitas*, dit Joannes Lœm-
nœus, *quæ cum non exigua potestate poli-
tiam concernente, atque prærogativis multis
et juribus conjuncta est.* La chose était merveilleuse en 82 qu'un gentilhomme ayant com-
mission du roi et dont les lettres d'institution
remontaient à l'époque du mariage de la fille
naturelle de Louis XI avec monsieur le bâtard
de Bourbon. Le même jour où Robert d'Estouteville avait remplacé Jacques de Villiers
dans la prevôté de Paris, maître Jean Dauvet
remplaçait messire Hélye de Thorrettes dans
la première présidence de la cour de parlement, Jean Jouvenel des Ursins supplantait
Pierre de Morvilliers dans l'office de chancelier
de France, Regnault des Dormans désappoin-
tait Pierre Puy de la charge de maître des re-
quêtes ordinaire de l'hôtel du roi. Or sur combien de têtes la présidence, la chancellerie et
la maîtrise s'étaient-elles promenées depuis
que Robert d'Estouteville avait la prevôté de
Paris ! Elle lui avait été *baillée en garde,*

[1] Cette comète, contre laquelle le pape Calixte or-
donna des prières publiques, est la même qui reparaîtra
en 1835.

disaient les lettres patentes ; et certes, il la
gardait bien. Il s'y était cramponné, il s'y était
incorporé, il s'y était identifié si bien, qu'il
avait échappé à cette furie de changement qui
possédait Louis XI, roi défiant, taquin et
travailleur, qui tenait à entretenir, par des
institutions et des révocations fréquentes, l'é-
lasticité de son pouvoir. Il y a plus : le brave
chevalier avait obtenu pour son fils la survi-
vance de sa charge, et il y avait déjà deux ans
que le nom de noble homme Jacques d'Estouteville, écuyer, figurait à côté du sien en tête du
registre de l'ordinaire de la prevôté de Paris.
Rare, certes, et insigne faveur ! Il est vrai que
Robert d'Estouteville était un bon soldat, qu'il
avait loyalement levé le pennon contre *la ligue
du bien public*, et qu'il avait offert à la reine
un très-merveilleux cerf en confitures le jour
de son entrée à Paris en 14.. Il avait de plus
la bonne amitié de messire Tristan l'Hermite,
prevôt des maréchaux de l'hôtel du roi. C'était
donc une très douce et plaisante existence
que celle de messire Robert. D'abord, de fort
bons gages, auxquels se rattachaient, et pendaient comme des grappes de plus à sa vigne,
les revenus des greffes civil et criminel de la
prevôté, plus les revenus civils et criminels

des auditoires d'Embas du Châtelet, sans compter quelque petit péage au pont de Mante et
de Corbeil, et les profits du tru sur l'esgrin de
Paris, sur les mouleurs de bûches et les mesu-
reurs de sel. Ajoutez à cela le plaisir d'étaler
dans les chevauchées de la ville et de faire res-
sortir sur les robes mi-parties rouge et tanné
des échevins et des quarteniers son bel habit
de guerre que vous pouvez encore admirer
aujourd'hui sculpté sur son tombeau, à l'abbaye de Valmont en Normandie, et son mo-
rion tout bosselé à Monthléry. Et puis, n'é-
tait-ce rien que d'avoir toute suprématie sur
les sergens de la douzaine, le concierge et
guette-du Châtelet, les deux auditeurs du Châtelet, *auditores Castelleti*, les seize commissai-
res des seize quartiers, le geôlier du Châtelet,
les quatre sergens fieffés, les cent vingt sergens
à cheval, les cent vingt sergens à verge, le
chevalier du guet avec son guet, son sous-
guet, son contre-guet et son arrière-guet?
n'était-ce rien que d'exercer haute et basse
justice, droit de tourner, de pendre et de traîner, sans compter la menue juridiction en
premier ressort (*in prima instantia*, comme
disent les chartes), sur cette vicomté de Paris,
si glorieusement apanagée de sept nobles bail-

liages? Peut-on rien imaginer de plus suave
que de rendre arrêts et jugemens, comme
faisait quotidiennement messire Robert d'Estouteville, dans le Grand-Châtelet, sous les ogives larges et écrasées de Philippe-Auguste? et
d'aller, comme il avait coutume chaque soir,
en cette charmante maison sise rue Galilée,
dans le pourpris du Palais-Royal, qu'il tenait
du chef de sa femme madame Ambroise de
Loré, se reposer de la fatigue d'avoir envoyé
quelque pauvre diable passer la nuit de son
côté dans « cette petite logette de la rue de
» l'Escorcherie, en laquelle les prevôts et
» échevins de Paris soulaient faire leur pri-
» son; contenant icelle onze pieds de long,
» sept pieds et quatre pouces de lez et onze
» pieds de haut? [1] »

Et non-seulement messire Robert d'Estouteville avait sa justice particulière de prevôt et
vicomte de Paris; mais encore il avait part,
coup d'œil et coup de dent dans la grande justice du roi. Il n'y avait pas de tête un peu
haute qui ne lui eût passé par les mains avant
d'écheoir au bourreau. C'est lui qui avait été
querir à la Bastille Saint-Antoine, pour le mener aux Halles; M. de Nemours, pour le me-

[1] Comptes du domaine. 1383.

ner en Grève, M. de Saint-Pol, lequel rechi-
gnait et se récriait, à la grande joie de monsieur le prevôt qui n'aimait pas monsieur le
connétable.

En voilà, certes, plus qu'il n'en fallait pour
faire une vie heureuse et illustre, et pour mé-
riter un jour une page notable dans cette in-
téressante histoire des prevôts de Paris, où
l'on apprend que Oudard de Villeneuve avait
une maison rue des Boucheries, que Guillaume de Hangest acheta la grande et petite
Savoie, que Guillaume Thiboust donna aux
religieuses de Sainte-Geneviève ses maisons de
la rue Clopin, que Hugues Aubriot demeurait
à l'hôtel du Porc-Épic, et autres faits domestiques.

Toutefois, avec tant de motifs de prendre
la vie en patience et en joie, messire Robert
d'Estouteville s'était éveillé le matin du 7 janvier 1482, fort bourru et de massacrante humeur. D'où venait cette humeur ? c'est ce qu'il
n'aurait pu dire lui-même. Était-ce que le ciel
était gris ? que la boucle de son vieux cein-
turon de Montlhéry était mal serrée, et
sanglait trop militairement son embonpoint de
prevôt ? qu'il avait vu passer dans la rue sous
sa fenêtre des ribauds lui faisant nargue, al-

lant quatre de bande, pourpoint sans chemise, chapeau sans fond, bissac et bouteille au côté ? Était-ce pressentiment vague des trois cent soixante-dix livres seize sols huit deniers que le futur roi Charles VIII devait, l'année suivante, retrancher des revenus de la prevôté ? Le lecteur peut choisir; quant à nous, nous inclinerions à croire tout simplement qu'il était de mauvaise humeur parce qu'il était de mauvaise humeur.

D'ailleurs, c'était un lendemain de fête, jour d'ennui pour tout le monde, et surtout pour le magistrat chargé de balayer toutes les ordures, au propre et au figuré, que fait une fête à Paris. Et puis, il devait tenir séance au Grand-Châtelet. Or nous avons remarqué que les juges s'arrangent en général de manière à ce que leur jour d'audience soit aussi leur jour d'humeur, afin d'avoir toujours quelqu'un sur qui s'en décharger commodément, de par le roi, la loi et justice.

Cependant l'audience avait commencé sans lui. Ses lieutenans, au civil, au criminel et au particulier, faisaient sa besogne, selon l'usage; et dès huit heures du matin, quelques dizaines de bourgeois et de bourgeoises, entassés et foulés dans un coin obscur de l'au-

ditoire d'embas du Châtelet, entre une forte
barrière de chêne et le mur, assistaient avec
béatitude au spectacle varié et réjouissant de
la justice civile et criminelle, rendue par maître Florian Barbedienne, auditeur au Châtelet, lieutenant de M. le prevôt, un peu pêle-
mêle et tout-à-fait au hasard.

La salle était petite, basse, voûtée. Une table fleurdelisée était au fond, avec un grand
fauteuil de bois de chêne sculpté, qui était au
prevôt et vide, et un escabeau à gauche pour
l'auditeur, maître Florian. Au dessous se tenait
le greffier, griffonnant. En face était le peuple;
et devant la porte, et devant la table, force
sergens de la prevôté, en hoquetons de camelot violet à croix blanches. Deux sergens du
Parloir-aux-Bourgeois, vêtus de leurs jacquet-
tes de la Toussaint, mi-parties rouge et bleu,
faisaient sentinelle devant une porte basse fermée, qu'on apercevait au fond derrière la table. Une seule fenêtre ogive, étroitement en-
caissée dans l'épaisse muraille, éclairait d'un
rayon blême de janvier deux grotesques figures : le capricieux démon de pierre sculpté en
cul-de-lampe dans la clef de la voûte, et le juge
assis au fond de la salle sur les fleurs-de-lis.

En effet, figurez-vous à la table prevôtale,

entre deux liasses de procès, accroupi sur ses coudes, le pied sur la queue de sa robe de drap brun plain, la face dans sa fourrure d'agneau blanc, dont ses sourcils semblaient détachés, rouge, revêche, clignant de l'œil, portant avec majesté la graisse de ses joues, lesquelles se rejoignaient sous son menton, maître Florian Barbedienne, auditeur au Châtelet.

Or l'auditeur était sourd. Léger défaut pour un auditeur. Maître Florian n'en jugeait pas moins sans appel et très-congrument. Il est certain qu'il suffit qu'un juge ait l'air d'écouter; et le vénérable auditeur remplissait d'autant mieux cette condition, la seule essentielle en bonne justice, que son attention ne pouvait être distraite par aucun bruit.

Du reste, il avait dans l'auditoire un impitoyable contrôleur de ses faits et gestes dans la personne de notre ami Jehan Frollo du Moulin, ce petit écolier d'hier, ce *piéton* qu'on était toujours sûr de rencontrer partout dans Paris, excepté devant la chaire des professeurs.

— Tiens, disait-il tout bas à son compagnon Robin Poussepain, qui ricanait à côté de lui, tandis qu'il commentait les scènes qui se déroulaient sous leurs yeux, voilà Jehanneton

du Buisson. La belle fille du Cagnard-au-Mar-
ché-Neuf! — Sur mon âme, il la condamne, le
vieux! il n'a donc pas plus d'yeux que d'oreilles.
Quinze sols quatre deniers parisis, pour avoir
porté deux patenôtres! C'est un peu cher.
Lex duri carminis. — Qu'est celui-là? Robin
Chief-de-Ville, haubergier! — Pour avoir été
passé et reçu maître audit métier? — C'est
son denier d'entrée. — Hé! deux gentilshom-
mes parmi ces marauds! Aiglet de Soins, Hu-
tin de Mailly. Deux écuyers, *corpus-Christi!*
Ah! ils ont joué aux dés. Quand verrai-je ici
notre recteur! Cent livres parisis d'amende
envers le roi! Le Barbedienne frappe comme
un sourd, — qu'il est! — Je veux être mon
frère l'archidiacre, si cela m'empêche de jouer;
de jouer le jour, de jouer la nuit, de vivre
au jeu, de mourir au jeu, et de jouer mon
âme après ma chemise! — Sainte Vierge, que
de filles! l'une après l'autre, mes brebis! Ambroise Lécuyère! Isabeau-la-Paynette! Be-
rarde Gironin! Je les connais toutes, par Dieu!
à l'amende! à l'amende! Voilà qui vous apprendra à porter des ceintures dorées! dix
sols parisis, coquettes! — Oh! le vieux museau de juge, sourd et imbécile! Oh! Florian
le lourdaud! Oh! Barbedienne le butor! le

voilà à table! il mange du plaideur, il mange du
procès, il mange, il mâche, il se gave, il s'emplit.
Amendes, épaves, taxes, frais, loyaux coûts,
salaires, dommages et intérêts, gehenne, prison et geôle et ceps avec dépens, lui sont ca-
michons de Noël et massepains de la Saint-Jean!
Regarde-le, le porc! — Allons! bon! encore
une femme amoureuse! Thibaud-la-Thibaude,
ni plus, ni moins! — Pour être sortie de la
rue Glatigny! — Quel est ce fils? Gieffroy Ma-
bonne, gendarme cranequinier à main. Il a
maugréé le nom du Père. — A l'amende, la
Thibaude! à l'amende le Gieffroy! à l'amende
tous les deux! Le vieux sourd! il a dû brouil-
ler les deux affaires! Dix contre un, qu'il fait
payer le juron à la fille et l'amour au gendarme! — Attention, Robin Poussepain! Que
vont-ils introduire? Voilà bien des sergens!
par Jupiter! tous les levriers de la meute y
sont. Ce doit être la grosse pièce de la chasse.
Un sanglier. — C'en est un, Robin! c'en est
un. — Et un beau encore! — *Hercle!* c'est
notre prince d'hier, notre pape des fous, notre sonneur de cloches, notre borgne, notre
bossu, notre grimace! C'est Quasimodo!... —

Ce n'était rien moins.

C'était Quasimodo, sanglé, cerclé, ficelé,

garrotté et sous bonne garde. L'escouade de
sergens qui l'environnait était assistée du chevalier du guet en personne, portant brodées
les armes de France sur la poitrine et les armes de la ville sur le dos. Il n'y avait rien du
reste dans Quasimodo, à part sa difformité,
qui pût justifier cet appareil de hallebardes et
d'arquebuses; il était sombre, silencieux et
tranquille. A peine son œil unique jetait-il de
temps à autre sur les liens qui le chargeaient
un regard sournois et colère.

Il promena ce même regard autour de lui,
mais si éteint et si endormi que les femmes ne
se le montraient du doigt que pour en rire.

Cependant maître Florian l'auditeur feuil-
leta avec attention le dossier de la plainte
dressée contre Quasimodo, que lui présenta
le greffier, et, ce coup d'œil jeté, parut se recueillir un instant. Grâce à cette précaution
qu'il avait toujours soin de prendre au moment de procéder à un interrogatoire, il savait d'avance les noms, qualités, délits du pré-
venu, faisait des répliques prévues à des réponses prévues, et parvenait à se tirer de toutes les sinuosités de l'interrogatoire, sans
trop laisser deviner sa surdité. Le dossier du
procès était pour lui le chien de l'aveugle. S'il

arrivait par hasard que son infirmité se trahît
çà et là par quelque apostrophe incohérente
ou quelque question inintelligible, cela passait pour profondeur parmi les uns, et pour
imbécillité parmi les autres. Dans les deux
cas, l'honneur de la magistrature ne recevait
aucune atteinte; car il vaut encore mieux
qu'un juge soit réputé imbécile ou profond,
que sourd. Il mettait donc grand soin à dissimuler sa surdité aux yeux de tous, et il y
réussissait d'ordinaire si bien qu'il était arrivé à se faire illusion à lui-même. Ce qui est
du reste plus facile qu'on ne le croit. Tous
les bossus vont tête haute, tous les bègues pé-
rorent, tous les sourds parlent bas. Quant à
lui, il se croyait tout au plus l'oreille un peu
rebelle. C'était la seule concession qu'il fît sur
ce point à l'opinion publique, dans ses momens de franchise et d'examen de conscience.

Ayant donc bien ruminé l'affaire de Quasimodo, il renversa sa tête en arrière et ferma
les yeux à demi, pour plus de majesté et d'impartialité, si bien qu'il était tout à la fois en
ce moment sourd et aveugle. Double condition sans laquelle il n'est pas de juge parfait. C'est dans cette magistrale attitude qu'il
commença l'interrogatoire.

— Votre nom?

Or voici un cas qui n'avait été « prévu par la loi, » celui où un sourd aurait à interroger un sourd.

Quasimodo, que rien n'avertissait de la question à lui adressée, continua de regarder le juge fixement et ne répondit pas. Le juge, sourd et que rien n'avertissait de la surdité de l'accusé, crut qu'il avait répondu, comme faisaient en général tous les accusés, et poursuivit avec son aplomb mécanique et stupide.

— C'est bien : Votre âge?

Quasimodo ne répondit pas davantage à cette question. Le juge la crut satisfaite, et continua :

— Maintenant, votre état?

Toujours même silence. L'auditoire cependant commençait à chuchoter et à s'entre-regarder.

— Il suffit, reprit l'imperturbable auditeur, quand il supposa que l'accusé avait consommé sa troisième réponse. Vous êtes accusé, par devant nous : *primo*, de trouble nocturne; *secundo*, de voie de fait déshonnête sur la personne d'une femme folle, *in præjudicium meretricis; tertio*, de rébellion et déloyauté envers les archers de l'ordonnance du roi, notre

sire. Expliquez-vous sur tous ces points. —
Greffier, avez-vous écrit ce que l'accusé a dit
jusqu'ici ?

A cette question malencontreuse, un éclat
de rire s'éleva, du greffe à l'auditoire, si violent, si fou, si contagieux, si universel que
force fut bien aux deux sourds de s'en apercevoir. Quasimodo se retourna en haussant
sa bosse avec dédain; tandis que maître Florian, étonné comme lui, et supposant que
le rire des spectateurs avait été provoqué
par quelque réplique irrévérente de l'accusé,
rendue visible pour lui par ce haussement d'é-
paules, l'apostropha avec indignation :

— Vous avez fait là, drôle, une réponse
qui mériterait la hart! savez-vous à qui vous
parlez?

Cette sortie n'était pas propre à arrêter l'explosion de la gaieté générale. Elle parut à tous
si hétéroclite et si cornue que le fou rire gagna jusqu'aux sergens du Parloir-aux-Bourgeois, espèce de valets de pique chez qui la
stupidité était d'uniforme. Quasimodo seul
conserva son sérieux, par la bonne raison
qu'il ne comprenait rien à ce qui se passait
autour de lui. Le juge, de plus en plus irrité,
crut devoir continuer sur le même ton, espé-

rant par là frapper l'accusé d'une terreur qui
réagirait sur l'auditoire et le ramenerait au
respect.

— C'est donc à dire, maître pervers et ra-
pinier que vous êtes, que vous vous permet-
tez de manquer à l'auditeur du Châtelet, au
magistrat commis à la police populaire de Paris, chargé de faire recherche des crimes, délits et mauvais trains; de contrôler tous mé-
tiers et interdire le monopole; d'entretenir les
pavés; d'empêcher les regratiers de poulailles,
volailles et sauvagine; de faire mesurer la bû-
che et autres sortes de bois; de purger la ville
des boues et l'air des maladies contagieuses;
de vaquer continuellement au fait du public,
en un mot, sans gages ni espérances de sa-
laire! Savez-vous que je m'appelle Florian Barbedienne, propre lieutenant de monsieur le
prevôt, et de plus commissaire, enquesteur,
contrerolleur et examinateur avec égal pouvoir en prevôté, bailliage, conservation et pré-
sidial!...

Il n'y a pas de raison pour qu'un sourd qui
parle à un sourd s'arrête. Dieu sait où et quand
aurait pris terre maître Florian, ainsi lancé à
toutes rames dans la haute éloquence, si la
porte basse du fond ne s'était ouverte tout à

coup et n'avait donné passage à monsieur le
prevôt en personne.

A son entrée, maître Florian ne resta pas
court, mais faisant un demi-tour sur ses talons, et pointant brusquement sur le prevôt la
harangue dont il foudroyait Quasimodo le moment d'auparavant : — Monseigneur, dit-il, je
requiers telle peine qu'il vous plaira contre
l'accusé ci-présent, pour grave et mirifique
manquement à justice.

Et il se rassit tout essoufflé, essuyant de
grosses gouttes de sueur qui tombaient de son
front et trempaient comme larmes les parche-
mins étalés devant lui. Messire Robert d'Estouteville fronça le sourcil, et fit à Quasimodo
un geste d'attention tellement impérieux et
significatif que le sourd en comprit quelque
chose.

Le prevôt lui adressa la parole avec sévérité :—Qu'est-ce que tu as donc fait pour être
ici, maraud?

Le pauvre diable, supposant que le prevôt
lui demandait son nom, rompit le silence qu'il
gardait habituellement, et répondit avec une
voix rauque et gutturale : — Quasimodo.

La réponse coïncidait si peu avec la question que le fou rire recommença à circuler,

et que messire Robert s'écria rouge de colère :
— Te railles-tu aussi de moi, drôle fieffé ?

— Sonneur de cloches à Notre-Dame, répondit Quasimodo, croyant qu'il s'agissait d'expliquer au juge qui il était.

— Sonneur de cloches! reprit le prevôt, qui s'était éveillé le matin d'assez mauvaise humeur, comme nous l'avons dit, pour que sa fureur n'eût pas besoin d'être attisée par de si étranges réponses. Sonneur de cloches! Je te ferai faire sur le dos un carillon de houssines par les carrefours de Paris. Entends-tu, maraud ?

— Si c'est mon âge que vous voulez savoir, dit Quasimodo, je crois que j'aurai vingt ans à la Saint-Martin.

Pour le coup c'était trop fort; le prevôt n'y put tenir.

— Ah! tu nargues la prevôté, misérable! Messieurs les sergens à verge, vous me menerez ce drôle au pilori de la Grève, vous le battrez et vous le tournerez une heure. Il me le paiera, tête-Dieu! et je veux qu'il soit fait un cri du présent jugement, avec assistance de quatre trompettes-jurés, dans les sept châtellenies de la vicomté de Paris.

Le greffier se mit à rédiger incontinent le jugement.

— Ventre-Dieu! que voilà qui est bien jugé! s'écria de son coin le petit écolier Jehan Frollo du Moulin.

Le prévôt se retourna, et fixa de nouveau sur Quasimodo ses yeux étincelans. — Je crois que le drôle a dit *ventre-Dieu!* Greffier, ajoutez douze deniers parisis d'amende pour jurement, et que la fabrique de Saint-Eustache en aura la moitié. J'ai une dévotion particulière à Saint-Eustache.

En quelques minutes, le jugement fut dressé. La teneur en était simple et brève. La coutume de la prevôté et vicomté de Paris n'avait pas encore été travaillée par le président Thibaut Baillet et par Roger Barmne, l'avocat du roi; elle n'était pas obstruée alors par cette haute futaie de chicanes et de procédures que les deux jurisconsultes y plantèrent au commencement du seizième siècle. Tout y était clair, expéditif, explicite. On y cheminait droit au but, et l'on apercevait tout de suite au bout de chaque sentier, sans broussailles et sans détour, la roue, le gibet ou le pilori. On savait du moins où l'on allait.

Le greffier présenta la sentence au prevôt qui y apposa son sceau, et sortit pour continuer sa tournée dans les auditoires, avec une disposi-

tion d'esprit qui dut peupler, ce jour-là, toutes
les geôles de Paris. Jehan Frollo et Robin Poussepain riaient sous cape. Quasimodo regardait
le tout d'un air indifférent et étonné.

Cependant le greffier, au moment où maître
Florian Barbedienne lisait à son tour le jugement pour le signer, se sentit ému de pitié
pour le pauvre diable de condamné, et, dans
l'espoir d'obtenir quelque diminution de
peine, il s'approcha le plus près qu'il put de
l'oreille de l'auditeur, et lui dit en lui mon-
trant Quasimodo : Cet homme est sourd.

Il espérait que cette communauté d'infirmité éveillerait l'intérêt de maître Florian en
faveur du condamné. Mais d'abord, nous avons
déjà observé que maître Florian ne se souciait
pas qu'on s'aperçût de sa surdité. Ensuite, il
avait l'oreille si dure qu'il n'entendit pas un
mot de ce que lui dit le greffier; pourtant, il
voulut avoir l'air d'entendre, et répondit : —
Ah ! ah ! c'est différent ; je ne savais pas cela.
Une heure de pilori de plus, en ce cas.

Et il signa la sentence ainsi modifiée.

— C'est bien fait, dit Robin Poussepain,
qui gardait une dent à Quasimodo; cela lui
apprendra à rudoyer les gens.

II.

Le Trou-aux-Rats.

———

Que le lecteur nous permette de le ramener à la place de Grève, que nous avons quittée hier avec Gringoire pour suivre la Esmeralda.

Il est dix heures du matin; tout y sent le lendemain de fête. Le pavé est couvert de débris; rubans, chiffons, plumes des panaches, gouttes de cire des flambeaux, miettes de la ripaille publique. Bon nombre de bourgeois *flanent*, comme nous disons, çà et là, remuant du pied les tisons éteints du feu de joie, s'extasiant devant la Maison-aux-Piliers, au souvenir des belles tentures de la veille, et regardant aujourd'hui les clous, dernier plaisir. Les vendeurs de cidre et de cervoise roulent leur barique à travers les groupes. Quelques passans affairés vont et viennent. Les marchands causent et s'appellent du seuil des boutiques. La fête, les ambassadeurs, Coppenole, le pape des fous, sont dans toutes les bouches; c'est à qui glosera le mieux et rira le plus. Et cependant quatre sergens à cheval, qui viennent de se poster aux quatre côtés du pilori, ont déjà concentré autour d'eux une bonne portion du *populaire* épars sur la place qui se condamne à l'immobilité et à l'ennui, dans l'espoir d'une petite exécution.

Si maintenant le lecteur, après avoir contemplé cette scène vive et criarde qui se joue sur tous les points de la place, porte ses regards vers cette antique maison demi-gothique, demi-romane, de la Tour-Roland qui fait le coin du quai au couchant, il pourra remarquer à l'angle de la façade un gros bréviaire public à riches enluminures, garanti de la

pluie par un petit auvent, et des voleurs
par un grillage qui permet toutefois de le
feuilleter. A côté de ce bréviaire est une
étroite lucarne ogive, fermée de deux barreaux de fer en croix, donnant sur la place;
seule ouverture qui laisse arriver un peu d'air
et de jour à une petite cellule sans porte pratiquée au rez-de-chaussée dans l'épaisseur du
mur de la vieille maison, et pleine d'une paix
d'autant plus profonde, d'un silence d'autant
plus morne qu'une place publique, la plus
populeuse et la plus bruyante de Paris, four-
mille et glapit à l'entour.•

Cette cellule était célèbre dans Paris depuis
près de trois siècles que madame Rolande de
la Tour-Roland, en deuil de son père mort à
la croisade, l'avait fait creuser dans la muraille
de sa propre maison pour s'y enfermer à jamais, ne gardant de son palais que ce logis
dont la porte était murée et la lucarne ouverte, hiver comme été, donnant tout le
reste aux pauvres et à Dieu. La désolée demoiselle avait en effet attendu vingt ans la
mort dans cette tombe anticipée, priant nuit
et jour pour l'âme de son père, dormant dans
la cendre, sans même avoir une pierre pour
oreiller, vêtue d'un sac noir, et ne vivant que

de ce que la pitié des passans déposait de pain
et d'eau sur le rebord de sa lucarne, recevant
ainsi la charité après l'avoir faite. A sa mort,
au moment de passer dans l'autre sépulcre,
elle avait légué à perpétuité celui-ci aux
femmes affligées, mères, veuves ou filles,
qui auraient beaucoup à prier pour autrui ou
pour elles, et qui voudraient s'enterrer vives
dans une grande douleur ou dans une grande
pénitence. Les pauvres de son temps lui
avaient fait de belles funérailles de larmes et
de bénédictions ; mais, à leur grand regret,
la pieuse fille n'avait pu être canonisée sainte,
faute de protections. Ceux d'entre eux qui
étaient un peu impies avaient espéré que la
chose se ferait en paradis plus aisément qu'à
Rome, et avaient tout bonnement prié Dieu
pour la défunte à défaut du pape. La plupart
s'étaient contentés de tenir la mémoire de
Rolande pour sacrée et de faire reliques de ses
haillons. La ville, de son côté, avait fondé, à
l'intention de la damoiselle, un bréviaire public qu'on avait scellé près de la lucarne de la
cellule, afin que les passans s'y arrêtassent de
temps à autre, ne fût-ce que pour prier, que
la prière fît songer à l'aumône, et que les
pauvres recluses, héritières du caveau de ma-

dame Rolande, n'y mourussent pas tout-à-fait
de faim et d'oubli.

Ce n'était pas du reste chose très-rare dans
les villes du moyen âge que cette espèce de
tombeaux. On rencontrait souvent, dans la
rue la plus fréquentée, dans le marché le plus
bariolé et le plus assourdissant, tout au beau
milieu, sous les pieds des chevaux, sous la
roue des charrettes en quelque sorte, une
cave, un puits, un cabanon muré et grillé au
fond duquel priait jour et nuit un être humain, volontairement dévoué à quelque la-
mentation éternelle, à quelque grande expia-
tion. Et toutes les réflexions qu'éveillerait
en nous aujourd'hui cet étrange spectacle;
cette horrible cellule, sorte d'anneau intermédiaire de la maison et de la tombe, du
cimetière et de la cité; ce vivant retranché de
la communauté humaine et compté désormais
chez les morts; cette lampe consumant sa
dernière goutte d'huile dans l'ombre; ce reste
de vie vacillant dans une fosse; ce souffle, cette
voix, cette prière éternelle dans un boîte de
pierre; cette face à jamais tournée vers l'autre
monde, cet œil déjà illuminé d'un autre soleil;
cette oreille collée aux parois de la tombe;
cette âme prisonnière dans ce corps, ce corps

prisonnier dans ce cachot, et sous cette double
enveloppe de chair et de granit le bourdonnement de cette âme en peine; rien de tout cela
n'était perçu par la foule. La piété peu raison-
neuse et peu subtile de ce temps-là ne voyait
pas tant de facettes à un acte de religion. Elle
prenait la chose en bloc; et honorait, véné-
rait, sanctifiait au besoin le sacrifice, mais
n'en analysait pas les souffrances et s'en apitoyait médiocrement. Elle apportait de temps
en temps quelque pitance au misérable pé-
nitent, regardait par le trou s'il vivait encore,
ignorait son nom, savait à peine depuis combien d'années il avait commencé à mourir, et à
l'étranger qui les questionnait sur le squelette
vivant qui pourissait dans cette cave, les
voisins répondaient simplement, si c'était un
homme : — « C'est le reclus; » si c'était une
femme : — « C'est la recluse. »

On voyait tout ainsi alors, sans métaphysi-
que, sans exagération, sans verre grossissant,
à l'œil nu. Le microscope n'avait pas encore
été inventé, ni pour les choses de la matière,
ni pour les choses de l'esprit.

D'ailleurs, bien qu'on s'en émerveillât peu,
les exemples de cette espèce de claustration
au sein des villes étaient, en vérité, fréquens,

comme nous le disions tout à l'heure. Il y
avait dans Paris assez bon nombre de ces
cellules à prier Dieu et à faire pénitence ;
elles étaient presque toutes occupées. Il est
vrai que le clergé ne se souciait pas de les
laisser vides, ce qui impliquait tiédeur dans
les croyans, et qu'on y mettait des lépreux
quand on n'avait pas de pénitens. Outre la
logette de la Grève, il y en avait une à Montfaucon, une au Charnier des Innocens ; une
autre je ne sais plus où, au logis Clichon, je
crois ; d'autres encore à beaucoup d'endroits
où l'on en retrouve la trace dans les traditions,
à défaut des monumens. L'Université avait
aussi les siennes. Sur la montagne Sainte-Geneviève une espèce de Job du moyen âge chanta
pendant trente ans les sept psaumes de la pénitence sur un fumier au fond d'une citerne,
recommençant quand il avait fini, psalmo-
diant plus haut la nuit, *magna voce per
umbras*, et aujourd'hui l'antiquaire croit entendre encore sa voix en entrant dans la rue
du *Puits-qui-parle*.

Pour nous en tenir à la loge de la Tour-Roland, nous devons dire qu'elle n'avait jamais
chômé de recluses. Depuis la mort de madame Rolande, elle avait été rarement une au-

née ou deux vacante. Maintes femmes étaient
venues y pleurer jusqu'à la mort des parens,
des amans, des fautes. La malice parisienne
qui se mêle de tout, même des choses qui la
regardent le moins, prétendait qu'on y avait
vu peu de veuves.

Selon la mode de l'époque, une légende la-
tine, inscrite sur le mur, indiquait au passant
lettré la destination pieuse de cette cellule.
L'usage s'est conservé jusqu'au milieu du seizième siècle d'expliquer un édifice par une
brève devise écrite au dessus de la porte. Ainsi
on lit encore en France, au dessus du guichet
de la prison de la maison seigneuriale de Tour-
ville : *Sileto et spera*; en Irlande, sous l'écusson
qui surmonte la grande porte du château de
Fortescue : *Forte scutum, salus ducum*; en
Angleterre, sur l'entrée principale du manoir
hospitalier des comtes Cowper : *Tuum est.*
C'est qu'alors tout édifice était une pensée.

Comme il n'y avait pas de porte à la cellule
murée de la Tour-Roland, on avait gravé en
grosses lettres romanes, au dessus de la fenêtre, ces deux mots :

TU , ORA.

Ce qui fait que le peuple, dont le bon sens ne
voit pas tant de finesses dans les choses, et

traduit volontiers *Ludovico Magno* par *Porte Saint-Denis*, avait donné à cette cavité noire, sombre et humide, le nom de *Trou-aux-Rats*. Explication moins sublime peut-être que l'autre, mais en revanche plus pittoresque.

III.

Histoire d'une galette au levain de maïs.

A l'époque où se passe cette histoire, la cellule de la Tour-Roland était occupée. Si le lecteur désire savoir par qui, il n'a qu'à écouter la conversation de trois braves commères qui, au moment où nous avons arrêté son attention sur le Trou-aux-Rats, se dirigeaient précisément du même côté, en remontant du Châtelet vers la Grève, le long de l'eau.

Deux de ces femmes étaient vêtues en bonnes bourgeoises de Paris. Leur fine gorgerette
blanche; leur jupe de tirétaine rayée, rouge
et bleue; leurs chausses de tricot blanc, à
coins brodés en couleur, bien tirées sur la
jambe; leurs souliers carrés de cuir fauve à semelles noires, et surtout leur coiffure, cette
espèce de corne de clinquant surchargée de
rubans et de dentelles que les Champenoises
portent encore, concurremment avec les grena-
diers de la garde impériale russe, annonçaient
qu'elles appartenaient à cette classe de riches
marchandes qui tient le milieu entre ce que les
laquais appellent *une femme* et ce qu'ils appellent *une dame.* Elles ne portaient ni bagues, ni
croix d'or, et il était aisé de voir que ce n'était
pas chez elles pauvreté, mais tout ingénument
peur de l'amende. Leur compagne était at-
tifée à peu près de la même manière, mais
il y avait dans sa mise et dans sa tournure ce
je ne sais quoi qui sent la femme de notaire
de province. On voyait, à la manière dont sa
ceinture lui remontait au dessus des hanches,
qu'elle n'était pas depuis long-temps à Paris.
Ajoutez à cela une gorgerette plissée, des
nœuds de rubans sur les souliers, que les
raies de la jupe étaient dans la largeur et non

dans la longueur, et mille autres énormités dont s'indignait le bon goût.

Les deux premières marchaient de ce pas particulier aux Parisiennes qui font voir Paris à des provinciales. La provinciale tenait à sa main un gros garçon qui tenait à la sienne une grosse galette.

Nous sommes fâchés d'avoir à ajouter que, vu la rigueur de la saison, il faisait de sa langue son mouchoir.

L'enfant se faisait traîner, *non passibus æquis*, comme dit Virgile, et trébuchait à chaque moment, au grand récri de sa mère. Il est vrai qu'il regardait plus la galette que le pavé. Sans doute quelque grave motif l'empêchait d'y mordre (à la galette), car il se contentait de la considérer tendrement. Mais la mère eût dû se charger de la galette. Il y avait cruauté à faire un Tantale du gros joufflu.

Cependant les trois damoiselles (car le nom de *dames* était réservé alors aux femmes nobles) parlaient à la fois.

— Dépêchons-nous, damoiselle Mahiette, disait la plus jeune des trois, qui était aussi la plus grosse, à la provinciale. J'ai grand'peur que nous n'arrivions trop tard; on nous di-

sait, au Châtelet, qu'on allait le mener tout
de suite au pilori.

—Ah, bah! que dites-vous donc là, damoiselle Oudarde Musnier? reprenait l'autre parisienne. Il restera deux heures au pilori. Nous
avons le temps. — Avez-vous jamais vu pilorier,
ma chère Mahiette?

— Oui, dit la provinciale, à Reims.

— Ah, bah! qu'est-ce que c'est que ça, votre pilori de Reims? Une méchante cage où l'on
ne tourne que des paysans. Voilà grand'-
chose!

— Que des paysans! dit Mahiette, au Mar-
ché-aux-Draps! à Reims! Nous y avons vu de
fort beaux criminels, et qui avaient tué père
et mère! Des paysans! pour qui nous prenez-
vous, Gervaise?

Il est certain que la provinciale était sur le
point de se fâcher, pour l'honneur de son pilori. Heureusement la discrète damoiselle Oudarde Musnier détourna à temps la conversation.

— A propos, damoiselle Mahiette, que dites-
vous de nos ambassadeurs flamands? en avez-
vous d'aussi beaux à Reims?

— J'avoue, répondit Mahiette, qu'il n'y a

que Paris pour voir des flamands comme ceux-là.

— Avez-vous vu dans l'ambassade ce grand ambassadeur qui est chaussetier? demanda Oudarde.

— Oui, dit Mahiette. Il a l'air d'un Saturne.

— Et ce gros dont la figure ressemble à un ventre nu? reprit Gervaise. Et ce petit qui a de petits yeux bordés d'une paupière rouge, ébarbillonnée et déchiquetée comme une tête de chardon?

— Ce sont leurs chevaux qui sont beaux à voir, dit Oudarde, vêtus comme ils sont à la mode de leur pays!

— Ah! ma chère, interrompit la provinciale Mahiette, prenant à son tour un air de supériorité, qu'est-ce vous diriez donc si vous aviez vu, en 61, au sacre de Reims, il y a dix-huit ans, les chevaux des princes et de la compagnie du roi? Des houssures et caparaçons de toutes sortes; les uns de drap de Damas, de fin drap d'or, fourrés de martres zibelines; les autres, de velours, fourrés de pennes d'hermine, les autres, tout chargés d'orfévrerie et de grosses campanes d'or et d'argent! Et la finance que cela avait coûté! Et les beaux enfans pages qui étaient dessus!

—Cela n'empêche pas, répliqua sèchement damoiselle Oudarde, que les flamands ont de fort beaux chevaux, et qu'ils ont fait hier un souper superbe chez monsieur le prevôt des marchands, à l'Hôtel-de-Ville, où on leur a servi des dragées, de l'hypocras, des épices et autres singularités.

—Que dites-vous là, ma voisine! s'écria Gervaise. C'est chez monsieur le cardinal, au Petit-Bourbon, que les Flamands ont soupé.

— Non pas. A l'Hôtel-de-Ville!

—Si fait. Au Petit-Bourbon!

—C'est si bien à l'Hôtel-de-Ville, reprit Oudarde avec aigreur, que le docteur Scourable leur a fait une harangue en latin, dont ils sont demeurés fort satisfaits. C'est mon mari, qui est libraire-juré, qui me l'a dit.

—C'est si bien au Petit-Bourbon, répondit Gervaise non moins vivement, que voici ce que leur a présenté le procureur de monsieur le cardinal : Douze doubles quarts d'hypocras blanc, clairet et vermeil; vingt-quatre layettes de massepain double de Lyon doré ; autant de torches de deux livres pièce ; et six demi-queues de vin de Beaune, blanc et clai-

ret, le meilleur qu'on ait pu trouver. J'espère
que cela est positif. Je le tiens de mon mari,
qui est cinquantenier au Parloir-aux-Bourgeois, et qui faisait ce matin la comparaison
des ambassadeurs flamands avec ceux du Prete-
Jan et de l'empereur de Trébisonde, qui sont
venus de Mésopotamie à Paris, sous le dernier
roi, et qui avaient des anneaux aux oreilles.

—Il est si vrai qu'ils ont soupé à l'Hôtel-de-
Ville, répliqua Oudarde peu émue de cet éta-
lage, qu'on n'a jamais vu un tel triomphe de
viandes et de dragées.

—Je vous dis, moi, qu'ils ont été servis par
le Sec, sergent de la ville, à l'Hôtel du Petit-
Bourbon, et que c'est là ce qui vous trompe.

— A l'Hôtel-de-Ville, vous dis-je!

— Au Petit-Bourbon, ma chère! si bien
qu'on avait illuminé en verres magiques le mot
Espérance qui est écrit sur le grand portail.

— A l'Hôtel-de-Ville! à l'Hôtel-de-Ville!
Même que Husson-le-Voir jouait de la flûte!

—Je vous dis que non.

— Je vous dis que si.

— Je vous dis que non.

La bonne grosse Oudarde se préparait à
répliquer, et la querelle en fût peut-être venue aux coiffes, si Mahiette ne se fût écriée

tout à coup : Voyez donc ces gens qui sont attroupés là-bas au bout du pont! Il y a au milieu d'eux quelque chose qu'ils regardent.

— En vérité, dit Gervaise, j'entends tambouriner. Je crois que c'est la petite Smeralda qui fait ses momeries avec sa chèvre. Eh vite, Mahiette! doublez le pas, et traînez votre garçon. Vous êtes venue ici pour visiter les curiosités de Paris. Vous avez vu hier les flamands; il faut voir aujourd'hui l'égyptienne.

— L'égyptienne! dit Mahiette en rebroussant brusquement chemin, et en serrant avec force le bras de son fils. Dieu m'en garde! elle me volerait mon enfant! — Viens, Eustache!

Et elle se mit à courir sur le quai vers la Grève, jusqu'à ce qu'elle eût laissé le pont bien loin derrière elle. Cependant l'enfant, qu'elle traînait, tomba sur les genoux; elle s'arrêta essoufflée. Oudarde et Gervaise la rejoignirent.

— Cette égyptienne vous voler votre enfant! dit Gervaise. Vous avez là une singulière fantaisie.

Mahiette hochait la tête d'un air pensif.

— Ce qui est singulier, observa Oudarde,

c'est que la sachette a la même idée des égyptiennes.

— Qu'est-ce que c'est que la sachette ? dit Mahiette.

— Hé! dit Oudarde, sœur Gudule.

— Qu'est-ce que c'est, reprit Mahiette, que sœur Gudule?

— Vous êtes bien de votre Reims, de ne pas savoir cela! répondit Oudarde. C'est la recluse du Trou-aux-Rats.

— Comment! demanda Mahiette, cette pauvre femme à qui nous portons cette galette!

Oudarde fit un signe de tête affirmatif.

— Précisément. Vous allez la voir tout à l'heure à sa lucarne sur la Grève. Elle a le même regard que vous sur ces vagabonds d'Égypte qui tambourinent et disent la bonne aventure au public. On ne sait pas d'où lui vient cette horreur des zingari et des égyptiens. Mais vous, Mahiette, pourquoi donc vous sauvez-vous ainsi, rien qu'à les voir?

— Oh! dit Mahiette en saisissant entre ses deux mains la tête ronde de son enfant, je ne veux pas qu'il m'arrive ce qui est arrivé à Paquette-la-Chantefleurie.

— Ah! voilà une histoire que vous allez

nous conter, ma bonne Mahiette, dit Gervaise
en lui prenant le bras.

— Je veux bien, répondit Mahiette; mais il
faut que vous soyez bien de votre Paris, pour
ne pas savoir cela! Je vous dirai donc, — mais
il n'est pas besoin de nous arrêter pour conter
la chose, — que Paquette-la-Chantefleurie
était une jolie fille de dix-huit ans, quand j'en
étais une aussi, c'est-à-dire, il y a dix-huit ans,
et que c'est sa faute si elle n'est pas aujour-
d'hui comme moi, une bonne grosse fraîche
mère de trente-six ans, avec un homme et un
garçon. Au reste, dès l'âge de quatorze ans, il
n'était plus temps! — C'était donc la fille de
Guybertaut, menestrel de bateaux à Reims, le
même qui avait joué devant le roi Charles VII,
à son sacre, quand il descendit notre rivière
de Vesle depuis Sillery jusqu'à Muison, que
même madame la Pucelle était dans le bateau.
Le vieux père mourut, que Paquette était encore tout enfant; elle n'avait donc plus que sa
mère, sœur de monsieur Matthieu Pradon,
maître dinandinier et chaudronnier, à Paris,
rue Parin-Garlin, lequel est mort l'an passé. Vous
voyez qu'elle était de famille. La mère était
une bonne femme, par malheur, et n'apprit
rien à Paquette qu'un peu de doreloterie et

dé bimbeloterie qui n'empêchait pas la petite
de devenir fort grande et de rester fort pauvre.
Elles demeuraient toutes deux à Reims, le
long de la rivière, rue de Folle-Peine. Notez
ceci ; je crois que c'est là ce qui porta malheur à Paquette. En 61, l'année du sacre de
notre roi Louis onzième que Dieu garde, Paquette était si gaie et si jolie qu'on ne l'appelait partout que la Chantefleurie. — Pauvre
fille ! — Elle avait de jolies dents, elle aimait à
rire pour les faire voir. Or fille qui aime à rire
s'achemine à pleurer ; les belles dents perdent
les beaux yeux. C'était donc la Chantefleurie.
Elle et sa mère gagnaient durement leur vie ;
elles étaient bien déchues depuis la mort du
ménétrier ; leur doreloterie ne leur rapportait
guère plus de six deniers par semaine, ce qui
ne fait pas tout-à-fait deux liards-à-l'aigle. Où
était le temps que le père Guybertaut gagnait
douze sols parisis dans un seul sacre avec une
chanson ? Un hiver, — c'était en cette même année 61, — que les deux femmes n'avaient ni
bûches ni fagots, et qu'il faisait très-froid,
cela donna de si belles couleurs à la Chantefleurie, que les hommes l'appelaient : Paquette !
que plusieurs l'appelèrent : Paquerette ! et
qu'elle se perdit. — Eustache ! que je te voie

mordre dans la galette! — Nous vîmes tout de
suite qu'elle était perdue, un dimanche qu'elle
vint à l'église avec une croix d'or au cou. — A
quatorze ans! Voyez-vous cela? — Ce fut d'a-
bord le jeune vicomte de Cormontreuil, qui
a son clocher à trois quarts de lieues de Reims;
puis, messire Henri de Triancourt, chevaucheur du roi; puis, moins que cela, Chiart de
Beaulion, sergent d'armes; puis, en descendant
toujours, Guery Aubergeon, valet tranchant
du roi; puis, Macé de Frépus, barbier de monsieur le dauphin; puis, Thévenin-le-Moine,
queux-le-roi; puis, toujours ainsi de moins
jeune en moins noble, elle tomba à Guillaume
Racine, menestrel de vielle; et à Thierry-de-
Mer, lanternier. Alors, pauvre Chantefleurie,
elle fut toute à tous; elle était arrivée au dernier sou de sa pièce d'or. Que vous dirai-je,
mesdamoiselles? Au sacre, dans la même année 61, c'est elle qui fit le lit du roi des ribauds! — Dans la même année!

Mahiette soupira, et essuya une larme qui
roulait dans ses yeux.

— Voilà uneh istoire qui n'est pas très extraordinaire, dit Gervaise, et je ne vois pas en
tout cela d'égyptiens ni d'enfans.

— Patience! reprit Mahiette; d'enfant,

vous allez en voir un. — En 66, il y aura seize
ans ce mois-ci à la Sainte-Paule, Paquette ac-
coucha d'une petite fille. La malheureuse !
elle eut une grande joie; elle, désirait un enfant depuis long-temps. Sa mère, bonne femme
qui n'avait jamais su que fermer les yeux, sa
mère était morte. Paquette n'avait plus rien à
aimer au monde, plus rien qui l'aimât. Depuis cinq ans qu'elle avait failli, c'était une
pauvre créature que la Chantefleurie. Elle
était seule, seule dans cette vie, montrée au
doigt, criée par les rues, battue des sergens,
moquée des petits garçons en guenilles. Et
puis, les vingt ans étaient venus; et vingt ans,
c'est la vieillesse pour les femmes amoureuses.
La folie commençait à ne pas lui rapporter plus
que la doreloterie autrefois : pour une ride qui
venait, un écu s'en allait; l'hiver lui redeve-
nait dur, le bois se faisait derechef rare dans
son cendrier et le pain dans sa huche. Elle ne
pouvait plus travailler, parce qu'en devenant
voluptueuse elle était devenue paresseuse, et
elle souffrait beaucoup plus, parce qu'en devenant paresseuse elle était devenue voluptueuse. — C'est du moins comme cela que
monsieur le curé de Saint-Remy explique pourquoi ces femmes-là ont plus froid et plus faim

que d'autres pauvresses, quand elles sont vieilles.

— Oui, observa Gervaise ; mais les égyptiens ?

— Un moment donc, Gervaise ! dit Oudarde dont l'attention était moins impatiente. Qu'est-ce qu'il y aurait à la fin si tout était au commencement ? Continuez, Mahiette, je vous prie. Cette pauvre Chantefleurie !

Mahiette poursuivit.

— Elle était donc bien triste, bien misérable, et creusait ses joues avec ses larmes. Mais dans sa honte, dans sa folie et dans son abandon, il lui semblait qu'elle serait moins honteuse, moins folle et moins abandonnée, s'il y avait quelque chose au monde ou quelqu'un qu'elle pût aimer et qui pût l'aimer. Il fallait que ce fût un enfant, parce qu'un enfant seul pouvait être assez innocent pour cela.

— Elle avait reconnu ceci après avoir essayé d'aimer un voleur, le seul homme qui pût vouloir d'elle ; mais au bout de peu de temps elle s'était aperçue que le voleur la méprisait. — A ces femmes d'amour il faut un amant ou un enfant pour leur remplir le cœur. Autrement elles sont bien malheureuses. — Ne pouvant avoir d'amant, elle se tourna toute au désir

d'un enfant, et, comme elle n'avait pas cessé
d'être pieuse, elle en fit son éternelle prière
au bon Dieu. Le bon Dieu eut donc pitié d'elle,
et lui donna une petite fille. Sa joie, je ne
vous en parle pas ; ce fut une furie de larmes,
de caresses et de baisers. Elle allaita elle-même
son enfant, lui fit des langes avec sa couverture, la seule qu'elle eût sur son lit, et ne sentit plus ni le froid ni la faim. Elle en redevint
belle. Vieille fille fait jeune mère. La galante-
rie reprit ; on revint voir la Chantefleurie, elle
retrouva chalands pour sa marchandise, et de
toutes ces horreurs elle fit des layettes, béguins
et baverolles, des brassières de dentelles et des
petits bonnets de satin, sans même songer à
se racheter une couverture. — Monsieur Eustache, je vous ai déjà dit de ne pas manger la
galette. — Il est sûr que la petite Agnès, —
c'était le nom de l'enfant : nom de baptême ;
car de nom de famille, il y a long-temps que la
Chantefleurie n'en avait plus. — il est certain
que cette petite était plus emmaillottée de
rubans et de broderies qu'une dauphine du
Dauphiné ! — Elle avait entre autres une paire
de petits souliers ! que le roi Louis XI n'en a
certainement pas eu de pareils ! Sa mère les
lui avait cousus et brodés elle-même, elle y

avait mis toutes ses finesses de dorelotière et
toutes les passequilles d'une robe de bonne
Vierge. — C'était bien les deux plus mignons
souliers roses qu'on pût voir. Ils étaient longs
tout au plus comme mon pouce, et il fallait
en voir sortir les petits pieds de l'enfant pour
croire qu'ils avaient pu y entrer. Il est vrai
que ces petits pieds étaient si petits, si jolis,
si roses! plus roses que le satin des souliers!
— Quand vous aurez des enfans, Oudarde,
vous saurez que rien n'est plus joli que ces
petits pieds et ces petites mains-là.

— Je ne demande pas mieux, dit Oudarde
en soupirant, mais j'attends que ce soit le bon
plaisir de monsieur Andry Musnier.

— Au reste, reprit Mahiette, l'enfant de
Paquette n'avait pas que les pieds de joli. Je
l'ai vue quand elle n'avait que quatre mois; c'é-
tait un amour! Elle avait les yeux plus grands
que la bouche, et les plus charmans fins cheveux noirs, qui frisaient déjà. Cela aurait fait
une fière brune, à seize ans! Sa mère en devenait de plus en plus folle tous les jours. Elle
la caressait, la baisait, la chatouillait, la lavait,
l'attifait, la mangeait! Elle en perdait la tête,
elle en remerciait Dieu. Ses jolis pieds roses
surtout, c'était un ébahissement sans fin, c'é-

tait un délire de joie! elle y avait toujours les
lèvres collées, et ne pouvait revenir de leur
petitesse. Elle les mettait dans les petits souliers, les retirait, les admirait, s'en émerveil-
lait, regardait le jour au travers, s'apitoyait
de les essayer à la marche sur son lit, et eût
volontiers passé sa vie à genoux, à chausser
et à déchausser ces pieds-là comme ceux d'un
Enfant-Jésus.

— Le conte est bel et bon, dit à demi-voix
la Gervaise; mais où est l'Égypte dans tout cela?

— Voici, répliqua Mahiette. Il arriva un
jour à Reims des espèces de cavaliers fort
singuliers. C'étaient des gueux et des truands
qui cheminaient dans le pays, conduits par
leur duc et par leurs comtes. Ils étaient ba-
sanés, avaient les cheveux tout frisés, et des
anneaux d'argent aux oreilles. Les femmes
étaient encore plus laides que les hommes.
Elles avaient le visage plus noir et toujours découvert, un méchant roquet sur le corps, un
vieux drap tissu de cordes lié sur l'épaule, et
la chevelure en queue de cheval. Les enfans
qui se vautraient dans leurs jambes auraient
fait peur à des singes. Une bande d'excommu-
niés. Tout cela venait en droite ligne de la Basse-
Égypte à Reims par la Pologne. Le pape les avait

confessés, à ce qu'on disait, et leur avait donné
pour pénitence d'aller sept ans de suite dans le
monde, sans coucher dans des lits; aussi ils s'appelaient penanciers et puaient. Il paraît qu'ils
avaient été autrefois Sarrazins, ce qui fait qu'ils
croyaient à Jupiter, et qu'ils réclamaient dix
livres tournois de tous archevêques, évêques
et abbés crossés et mitrés. C'est une bulle du
pape qui leur valait cela. Ils venaient à Reims
dire la bonne aventure au nom du roi d'Alger
et de l'empereur d'Allemagne. Vous pensez
bien qu'il n'en fallut pas davantage pour qu'on
leur interdît l'entrée de la ville. Alors toute la
bande campa de bonne grâce près la porte
de Braine, sur cette butte où il y a un moulin, à côté des trous des anciennes crayères.
Et ce fut dans Reims à qui les irait voir.
Ils vous regardaient dans la main et vous disaient des prophéties merveilleuses; ils étaient
de force à prédire à Judas qu'il serait pape. Il
courait cependant sur eux de méchans bruits
d'enfans volés, de bourses coupées et de chair
humaine mangée. Les gens sages disaient aux
fous : N'y allez pas, et y allaient de leur côté
en cachette. C'était donc un emportement. Le
fait est qu'ils disaient des choses à étonner un
cardinal. Les mères faisaient grand triomphe

de leurs enfans, depuis que les égyptiennes
leur avaient lu dans la main toutes sortes de
miracles écrits en païen et en turc. L'une avait
un empereur, l'autre un pape, l'autre un capitaine. La pauvre Chantefleurie fut prise de
curiosité ; elle voulut savoir ce qu'elle avait, et
si sa jolie petite Agnès ne serait pas un jour
impératrice d'Arménie ou d'autre chose. Elle
la porta donc aux égyptiens ; et les égyptiennes
d'admirer l'enfant, de la caresser, de la baiser
avec leurs bouches noires, et de s'émerveiller
sur sa petite main, hélas ! à la grande joie de
la mère. Elles firent fête surtout aux jolis pieds
et aux jolis souliers. L'enfant n'avait pas encore un an. Elle bégayait déjà, riait à sa mère
comme une petite folle, était grasse et toute
ronde, et avait mille charmans petits gestes
des anges du paradis. Elle fut très-effarouchée
des égyptiennes, et pleura. Mais la mère la
baisa plus fort et s'en alla ravie de la bonne
aventure que les devineresses avaient dite à
son Agnès. Ce devait être une beauté, une
vertu, une reine. Elle retourna donc dans son
galetas de la rue Folle-Peine, toute fière d'y
rapporter une reine. Le lendemain, elle pro-
fita d'un moment où l'enfant dormait sur son
lit (car elle la couchait toujours avec elle), laissa

tout doucement la porte entr'ouverte, et courut raconter à une voisine de la rue de la Sé-
chesserie qu'il viendrait un jour où sa fille
Agnès serait servie à table par le roi d'Angleterre et l'archiduc d'Ethiopie, et cent autres
surprises. A son retour, n'entendant pas de
cris en montant son escalier, elle se dit : Bon!
l'enfant dort toujours. Elle trouva sa porte
plus grande ouverte qu'elle ne l'avait laissée, elle
entra pourtant, la pauvre mère, et courut au
lit... — L'enfant n'y était plus, la place était
vide. Il n'y avait plus rien de l'enfant, sinon
un de ses jolis petits souliers. Elle s'élança hors
de la chambre, se jeta au bas de l'escalier, et
se mit à battre les murailles avec sa tête, en
criant : — Mon enfant! qui a mon enfant? qui
m'a pris mon enfant? — La rue était déserte,
la maison isolée; personne ne put lui rien dire.
Elle alla par la ville, elle fureta toutes les rues,
courut çà et là la journée entière, folle, égarée,
terrible, flairant aux portes et aux fenêtres
comme une bête farouche qui a perdu ses
petits. Elle était haletante, échevelée, ef-
frayante à voir, et elle avait dans les yeux un
feu qui séchait ses larmes. Elle arrêtait les
passans et criait : Ma fille! ma fille! ma jolie
petite fille! celui qui me rendra ma fille, je

serai sa servante, la servante de son chien, et
il me mangera le cœur, s'il veut. — Elle rencon-
tra monsieur le curé de Saint-Remy, et lui dit :
Monsieur le curé, je labourerai la terre avec
mes ongles, mais rendez-moi mon enfant ! —
C'était déchirant, Oudarde; et j'ai vu un homme
bien dur, maître Ponce Lacabre, le procureur,
qui pleurait. — Ah! la pauvre mère! — Le
soir, elle rentra chez elle. Pendant son absence, une voisine avait vu deux égyptiennes
y monter en cachette avec un paquet dans
leurs bras, puis redescendre après avoir re-
fermé la porte, et s'enfuir en hâte. Depuis leur
départ, on entendait chez Paquette des espèces
de cris d'enfant. La mère rit aux éclats, monta
l'escalier comme avec des ailes, enfonça sa
porte comme avec un canon d'artillerie, et
entra... — Une chose affreuse, Oudarde! Au
lieu de sa gentille petite Agnès, si vermeille
et si fraîche, qui était un don du bon Dieu,
une façon de petit monstre, hideux, boiteux,
borgne, contrefait, se traînait en piaillant
sur le carreau. Elle cacha ses yeux avec horreur. — Oh! dit-elle, est-ce que les sorcières
auraient métamorphosé ma fille en cet animal effroyable? — On se hâta d'emporter le
petit pied-bot; il l'aurait rendue folle. C'était

un monstrueux enfant de quelque égyptienne
donnée au diable. Il paraissait avoir quatre
ans environ, et parlait une langue qui n'était
point une langue humaine ; c'était des mots
qui ne sont pas possibles. — La Chantefleurie
s'était jetée sur le petit soulier, tout ce qui lui
restait de tout ce qu'elle avait aimé. Elle y de-
meura si long-temps immobile, muette, sans
souffle, qu'on crut qu'elle y était morte. Tout
à coup elle trembla de tout son corps, couvrit sa relique de baisers furieux, et se dégor-
gea en sanglots comme si son cœur venait de
crever. Je vous assure que nous pleurions
toutes aussi. Elle disait : Oh ! ma petite fille !
ma jolie petite fille ! où es-tu ? et cela vous tordait les entrailles. Je pleure encore d'y songer.
Nos enfans, voyez-vous ? c'est là moelle de nos
os. — Mon pauvre Eustache ! tu es si beau,
toi ! Si vous saviez comme il est gentil ! Hier
il me disait : Je veux être gendarme, moi. O
mon Eustache ! si je te perdais ! — La Chantefleurie se leva tout à coup, et se mit à courir dans Reims, en criant : — Au camp des
égyptiens ! au camp des égyptiens ! Des sergens pour brûler les sorcières ! — Les égyptiens étaient partis. — Il faisait nuit noire. On
ne put les poursuivre. Le lendemain, à deux

lieues de Reims, dans une bruyère entre Gueux
et Tilloy, on trouva les restes d'un grand feu,
quelques rubans qui avaient appartenu à l'enfant de Paquette, des gouttes de sang et des
crotins de bouc. La nuit qui venait de s'écouler était précisément celle d'un samedi. On ne
douta plus que les égyptiens n'eussent fait le
sabbat dans cette bruyère, et qu'ils n'eussent
dévoré l'enfant en compagnie de Belzébuth,
comme cela se pratique chez les mahométans.
Quand la Chantefleurie apprit ces choses horribles, elle ne pleura pas, elle remua les lèvres comme pour parler, mais ne put. Le lendemain, ses cheveux étaient gris. Le surlen-
demain, elle avait disparu.

— Voilà en effet une effroyable histoire,
dit Oudarde, et qui ferait pleurer un Bour-
guignon !

— Je ne m'étonne plus, ajouta Gervaise,
que la peur des égyptiens vous talonne si
fort !

— Et vous avez d'autant mieux fait, reprit
Oudarde, de vous sauver tout à l'heure avec
votre Eustache, que ceux-ci aussi sont des
égyptiens de Pologne.

— Non pas, dit Gervaise. On dit qu'ils
viennent d'Espagne et de Catalogne.

— Catalogne ? c'est possible, répondit Oudarde. Pologne, Catalogne, Valogne, je con-
fonds toujours ces trois provinces-là. Ce qui
est sûr, c'est que ce sont des égyptiens.

— Et qui ont certainement, ajouta Gervaise, les dents assez longues pour manger
des petits enfans. Et je ne serais pas surprise
que la Sméralda en mangeât aussi un peu,
tout en faisant la petite bouche. Sa chèvre
blanche a des tours trop malicieux pour qu'il
n'y ait pas quelque libertinage là-dessous.

Mahiette marchait silencieusement. Elle
était absorbée dans cette rêverie qui est en
quelque sorte le prolongement d'un récit douloureux, et qui ne s'arrête qu'après en avoir
propagé l'ébranlement, de vibration en vibration, jusqu'aux dernières fibres du cœur. Cependant Gervaise lui adressa la parole : — Et
l'on n'a pu savoir ce qu'est devenue la Chantefleurie ? Mahiette ne répondit pas. Gervaise
répéta sa question en lui secouant le bras et en
l'appelant par son nom. Mahiette parut se réveiller de ses pensées.

— Ce qu'est devenue la Chantefleurie? dit-
elle en répétant machinalement les paroles
dont l'impression était toute fraîche dans son
oreille; puis faisant effort pour ramener son

attention au sens de ces paroles : Ah ! reprit-
elle vivement, on ne l'a jamais su.

Elle ajouta après une pause :

— Les uns ont dit l'avoir vue sortir de
Reims à la brune par la Porte-Fléchembault;
les autres, au point du jour, par la vieille
Porte-Basée. Un pauvre a trouvé sa croix d'or
accrochée à la croix de pierre dans la culture
où se fait la foire. C'est ce joyau qui l'avait
perdue, en 61. C'était un don du beau vicomte
de Cormontreuil, son premier amant. Paquette
n'avait jamais voulu s'en défaire, si misérable
qu'elle eût été. Elle y tenait comme à la vie.
Aussi, quand nous vîmes l'abandon de cette
croix, nous pensâmes toutes qu'elle était
morte. Cependant il y a des gens du Cabaret-
les-Vautes qui dirent l'avoir vue passer sur le
chemin de Paris, marchant pieds nus sur les
cailloux. Mais il faudrait alors qu'elle fût sortie par la Porte de Vesle, et tout cela n'est pas
d'accord. Ou, pour mieux dire, je crois bien
qu'elle est sortie en effet par la Porte de Vesle,
mais sortie de ce monde.

— Je ne vous comprends pas, dit Gervaise.

— La Vesle, répondit Mahiette avec un
sourire mélancolique, c'est la rivière.

— Pauvre Chantefleurie! dit Oudarde en frissonnant, noyée!

— Noyée! reprit Mahiette, et qui eût dit au bon père Guybertaut quand il passait sous le pont de Tinqueux au fil de l'eau, en chantant dans sa barque, qu'un jour sa chère petite Paquette passerait aussi sous ce pont-là, mais sans chanson et sans bateau?

— Et le petit soulier? demanda Gervaise.

— Disparu avec la mère, répondit Mahiette.

— Pauvre petit soulier! dit Oudarde.

Oudarde, grosse et sensible femme, se serait fort bien satisfaite à soupirer de compagnie avec Mahiette. Mais Gervaise, plus curieuse, n'était pas au bout de ses questions.

— Et le monstre? dit-elle tout à coup à Mahiette.

— Quel monstre? demanda celle-ci.

— Le petit monstre égyptien laissé par les sorcières chez la Chantefleurie en échange de sa fille. Qu'en avez-vous fait? J'espère bien que vous l'avez noyé aussi.

— Non pas, répondit Mahiette.

— Comment! brûlé alors? Au fait, c'est plus juste. Un enfant sorcier!

— Ni l'un ni l'autre, Gervaise. Monsieur

I. 24

l'archevêque s'est intéressé à l'enfant d'É-
gypte, l'a exorcisé, l'a béni, lui a ôté bien
soigneusement le diable du corps, et l'a envoyé à Paris pour être exposé sur le lit de bois,
à Notre-Dame, comme enfant trouvé.

— Ces évêques ! dit Gervaise en gromme-
lant, parce qu'ils sont savans ils ne font rien
comme les autres. Je vous demande un peu,
Oudarde, mettre le diable aux enfans-trouvés !
car c'était bien sûr le diable que ce petit monstre. — Hé bien, Mahiette, qu'est-ce qu'on en
a fait à Paris ? Je compte bien que pas une personne charitable n'en a voulu.

— Je ne sais pas, répondit la Rémoise ;
c'est justement dans ce temps-là que mon
mari a acheté le tabellionage de Beru, à deux
lieues de la ville, et nous ne nous sommes
plus occupés de cette histoire ; avec cela que
devant Beru il y a les deux buttes de Cernay,
qui vous font perdre de vue les clochers de la
cathédrale de Reims.

Tout en parlant ainsi, les trois dignes bourgeoises étaient arrivées à la place de Grève.
Dans leur préoccupation, elles avaient passé
sans s'y arrêter, devant le bréviaire public de
la Tour-Roland, et se dirigeaient machinalement vers le pilori autour duquel la foule

grossissait à chaque instant. Il est probable que le spectacle qui y attirait en ce moment tous les regards, leur eût fait complètement oublier le Trou-aux-rats, et la station qu'elles s'étaient proposé d'y faire, si le gros Eustache de six ans, que Mahiette traînait à sa main, ne leur en eût rappelé brusquement l'objet : — Mère, dit-il, comme si quelque instinct l'avertissait que le Trou-aux-rats était derrière lui, à présent puis-je manger le gâteau?

Si Eustache eût été plus adroit, c'est-à-dire moins gourmand, il aurait encore attendu, et ce n'est qu'au retour, dans l'Université, au logis, chez maître Andry Musnier, rue Madame-la-Valence, lorsqu'il y aurait eu les deux bras de la Seine et les cinq ponts de la Cité entre le Trou-aux-rats et la galette, qu'il eût hasardé cette question timide : — Mère, à présent, puis-je manger le gâteau?

Cette même question, imprudente au moment où Eustache la fit, réveilla l'attention de Mahiette.

— A propos, s'écria-t-elle, nous oublions la recluse! Montrez-moi donc votre Trou-aux-rats, que je lui porte son gâteau.

— Tout de suite, dit Oudarde, c'est une charité.

Ce n'était pas là le compte d'Eustache.

— Tiens, ma galette! dit-il en heurtant alternativement ses deux épaules de ses deux oreilles, ce qui est en pareil cas le signe suprême du mécontentement.

Les trois femmes revinrent sur leurs pas, et arrivées près de la maison de la Tour-Rôland, Oudarde dit aux deux autres : — Il ne faut pas regarder toutes trois à la fois dans le trou, de peur d'effaroucher la sachette. Faites semblant vous deux de lire *dominus* dans le bréviaire pendant que je mettrai le nez à la lucarne; la sachette me connaît un peu. Je vous avertirai quand vous pourrez venir.

Elle alla seule à la lucarne. Au moment où sa vue y pénétra, une profonde pitié se peignit sur tous ses traits, et sa gaie et franche physionomie changea aussi brusquement d'expression et de couleur, que si elle eût passé d'un rayon de soleil à un rayon de lune; son œil devint humide, sa bouche se contracta comme lorsqu'on va pleurer. Un moment après, elle mit un doigt sur ses lèvres et fit signe à Mahiette de venir voir.

Mahiette vint, émue, en silence et sur la pointe des pieds, comme lorsqu'on approche du lit d'un mourant.

C'était en effet un triste spectacle, que celui qui s'offrait aux yeux des deux femmes, pendant qu'elles regardaient sans bouger ni souffler à la lucarne grillée du Trou-aux-rats.

La cellule était étroite, plus large que profonde, voûtée en ogive, et vue à l'intérieur ressemblait assez à l'alvéole d'une grande mître d'évêque. Sur la dalle nue qui en formait le sol, dans un angle, une femme était assise ou plutôt accroupie. Son menton était appuyé sur ses genoux, que ses deux bras croisés serraient fortement contre sa poitrine. Ainsi ramassée sur elle-même, vêtue d'un sac brun, qui l'enveloppait tout entière à larges plis, ses longs cheveux gris rabattus par devant, tombant sur son visage, le long de ses jambes jusqu'à ses pieds, elle ne présentait au premier aspect qu'une forme étrange, découpée sur le fond ténébreux de la cellule, une espèce de triangle noirâtre, que le rayon de jour venant de la lucarne tranchait crûment en deux nuances, l'une sombre, l'autre éclairée. C'était un de ces spectres mi-partis d'ombre et de lumière, comme on en voit dans les rêves et dans l'œuvre extraordinaire de Goya, pâles, immobiles, sinistres, accroupis sur une tombe ou adossés à la grille d'un cachot. Ce n'était

ni une femme, ni un homme, ni un être vivant, ni une forme définie : c'était une figure ;
une sorte de vision sur laquelle s'entrecou-
paient le réel et le fantastique, comme l'ombre et le jour. A peine sous ses cheveux ré-
pandus jusqu'à terre distinguait-on un profil
amaigri et sévère; à peine sa robe laissait-elle
passer l'extrémité d'un pied nu, qui se crispait
sur le pavé rigide et gelé. Le peu de forme humaine qu'on entrevoyait sous cette enveloppe
de deuil faisait frissonner.

Cette figure qu'on eût crue scellée dans la
dalle, paraissait n'avoir ni mouvement, ni
pensée, ni haleine. Sous ce mince sac de toile,
en janvier, gisante à nu sur un pavé de granit,
sans feu, dans l'ombre d'un cachot dont le
soupirail oblique ne laissait arriver du dehors
que la bise et jamais le soleil, elle ne semblait
pas souffrir, pas même sentir. On eût dit
qu'elle s'était faite pierre avec le cachot, glace
avec la saison. Ses mains étaient jointes, ses
yeux étaient fixes. A la première vue on la prenait pour un spectre, à la seconde pour une
statue.

Cependant par intervalles ses lèvres bleues
s'entr'ouvraient à un souffle, et tremblaient;

mais aussi mortes et aussi machinales que des feuilles qui s'écartent au vent.

Cependant de ses yeux mornes s'échappait un regard, un regard ineffable, un regard profond, lugubre, imperturbable, incessamment fixé à un angle de la cellule qu'on ne pouvait voir du dehors; un regard qui semblait rattacher toutes les sombres pensées de cette âme en détresse à je ne sais quel objet mystérieux.

Telle était la créature qui recevait de son habitacle le nom de *recluse* et de son vêtement le nom de *sachette*.

Les trois femmes, car Gervaise s'était réunie à Mahiette et à Oudarde, regardaient par la lucarne. Leur tête interceptait le faible jour du cachot, sans que la misérable qu'elles en privaient ainsi parût faire attention à elles. —Ne la troublons pas, dit Oudarde à voix basse, elle est dans son extase : elle prie.

Cependant Mahiette considérait avec une anxiété toujours croissante cette tête hâve, flétrie, échevelée, et ses yeux se remplissaient de larmes. —Voilà qui serait bien singulier, murmurait-elle.

Elle passa sa tête à travers les barreaux du soupirail, et parvint à faire arriver son regard jusque dans l'angle où le regard de la malheureuse était invariablement attaché.

Quand elle retira sa tête de la lucarne, son visage était inondé de larmes.

— Comment appelez-vous cette femme? demanda-t-elle à Oudarde.

Oudarde répondit : — Nous la nommons sœur Gudule.

— Et moi, reprit Mahiette, je l'appelle Paquette-la-Chantefleurie.

Alors, mettant un doigt sur sa bouche, elle fit signe à Oudarde stupéfaite de passer sa tête par la lucarne et de regarder.

Oudarde regarda, et vit dans l'angle où l'œil de la recluse était fixé avec cette sombre extase, un petit soulier de satin rose, brodé de mille passequilles d'or et d'argent.

Gervaise regarda après Oudarde, et alors les trois femmes, considérant la malheureuse mère, se mirent à pleurer.

Ni leurs regards cependant, ni leurs larmes n'avaient distrait la recluse. Ses mains restaient jointes, ses lèvres muettes, ses yeux fixes, et pour qui savait son histoire, ce petit soulier regardé ainsi fendait le cœur.

Les trois femmes n'avaient pas encore proféré une parole ; elles n'osaient parler, même à voix basse. Ce grand silence, cette grande douleur, ce grand oubli où tout avait disparu hors une chose, leur faisait l'effet d'un maître-autel de Pâques ou de Noël. Elles se taisaient, elles se recueillaient, elles étaient prêtes à s'a-genouiller. Il leur semblait qu'elles venaient d'entrer dans une église le jour de Ténèbres.

Enfin Gervaise, la plus curieuse des trois, et par conséquent la moins sensible, essaya de faire parler la recluse : — Sœur ! sœur Gudule !

Elle répéta cet appel jusqu'à trois fois, en haussant la voix à chaque fois. La recluse ne bougea pas; pas un mot, pas un regard, pas un soupir, pas un signe de vie.

Oudarde à son tour, d'une voix plus douce et plus caressante : — Sœur ! dit-elle ! sœur Sainte-Gudule !

Même silence, même immobilité.

— Une singulière femme ! s'écria Gervaise, et qui ne serait pas émue d'une bombarde !

— Elle est peut-être sourde, dit Oudarde en soupirant.

— Peut-être aveugle, ajouta Gervaise.

— Peut-être morte, reprit Mahiette.

Il est certain que si l'âme n'avait pas encore quitté ce corps inerte, endormi, léthargique, du moins s'y était-elle retirée et cachée à des profondeurs où les perceptions des organes extérieurs n'arrivaient plus.

—Il faudra donc, dit Oudarde, laisser le gâteau sur la lucarne; quelque fils le prendra. Comment faire pour la réveiller?

Eustache, qui jusqu'à ce moment avait été distrait par une petite voiture traînée par un gros chien, laquelle venait de passer, s'aperçut tout à coup que ses trois conductrices regardaient quelque chose à la lucarne, et la curiosité le prenant à son tour, il monta sur une borne, se dressa sur la pointe des pieds, et appliqua son gros visage vermeil à l'ouverture, en criant : —Mère, voyons donc que je voie !

A cette voix d'enfant, claire, fraîche, sonore, la recluse tressaillit. Elle tourna la tête avec le mouvement sec et brusque d'un ressort d'acier, ses deux longues mains décharnées vinrent écarter ses cheveux sur son front, et elle fixa sur l'enfant des yeux étonnés, amers, désespérés. Ce regard ne fut qu'un éclair. —O mon Dieu! cria-t-elle tout à coup en cachant sa tête dans ses genoux, et il semblait que sa voix rauque déchirait sa poitrine en passant, au moins ne me montrez pas ceux des autres!

— Bonjour, madame, dit l'enfant avec gravité.

Cependant cette secousse avait, pour ainsi dire, réveillé la recluse. Un long frisson parcourut tout son corps, de la tête aux pieds; ses dents claquèrent, elle releva à demi sa tête et dit en serrant ses coudes contre ses hanches et en prenant ses pieds dans ses mains comme pour les réchauffer : — Oh ! le grand froid !

— Pauvre femme, dit Oudarde en grande pitié, voulez-vous un peu de feu?

Elle secoua la tête en signe de refus.

— Eh bien, reprit Oudarde en lui présentant un flacon, voici de l'hypocras qui vous réchauffera; buvez.

Elle secoua de nouveau la tête, regarda Oudarde fixement et répondit : — De l'eau.

Oudarde insista. — Non, sœur, ce n'est pas là une boisson de janvier. Il faut boire un peu d'hypocras et manger cette galette au levain de maïs, que nous avons cuite pour vous.

Elle repoussa le gâteau que Mahiette lui présentait et dit : — Du pain noir.

— Allons, dit Gervaise prise à son tour de charité, et défaisant son roquet de laine, voici

un surtout un peu plus chaud que le vôtre.
Mettez ceci sur vos épaules.

Elle refusa le surtout comme le flacon et le
gâteau, et répondit : — Un sac.

— Mais il faut bien, reprit la bonne Oudarde, que vous vous aperceviez un peu que
c'était hier fête.

— Je m'en aperçois, dit la recluse. Voilà
deux jours que je n'ai plus d'eau dans ma
cruche.

Elle ajouta après un silence : — C'est fête ;
on m'oublie. On fait bien. Pourquoi le monde
songerait-il à moi, qui ne songe pas à lui ? à
charbon éteint, cendre froide.

Et comme fatiguée d'en avoir tant dit, elle
laissa retomber sa tête sur ses genoux. La simple et charitable Oudarde qui crut comprendre
à ses dernières paroles qu'elle se plaignait encore du froid, lui répondit naïvement : — Alors,
voulez-vous un peu de feu ?

— Du feu ! dit la sachette avec un accent
étrange ; et en ferez-vous aussi un peu à la
pauvre petite qui est sous terre depuis quinze
ans ?

Tous ses membres tremblèrent, sa parole
vibrait, ses yeux brillaient, elle s'était levée
sur les genoux ; elle étendit tout à coup sa

main blanche et maigre vers l'enfant qui la
regardait avec un regard étonné : — Empor-
tez cet enfant ! cria-t-elle. L'égyptienne va
passer !

Alors elle tomba la face contre terre, et son
front frappa la dalle avec le bruit d'une pierre
sur une pierre. Les trois femmes la crurent
morte. Un moment après pourtant, elle remua,
et elles la virent se traîner sur les genoux et
sur les coudes jusqu'à l'angle où était le petit
soulier. Alors elles n'osèrent regarder; elles ne
la virent plus; mais elles entendirent mille
baisers et mille soupirs, mêlés à des cris dé-
chirans et à des coups sourds comme ceux
d'une tête qui heurte une muraille; puis, après
un de ces coups, tellement violent qu'elles en
chancelèrent toutes les trois, elles n'entendirent plus rien.

— Se serait-elle tuée? dit Gervaise en se
risquant à passer sa tête au soupirail. — Sœur !
sœur Gudule !

— Sœur Gudule, répéta Oudarde.

— Ah mon Dieu ! elle ne bouge plus ! reprit
Gervaise, est-ce qu'elle est morte ? Gudule !
Gudule !

Mahiette suffoquée jusque-là à ne pouvoir
parler, fit un effort. — Attendez, dit-elle; puis

se penchant vers la lucarne : — Paquette! dit-
elle, Paquette-la-Chantefleurie!

Un enfant qui souffle ingénument sur la
mèche mal allumée d'un pétard et se le fait
éclater dans les yeux, n'est pas plus épouvanté
que ne le fut Mahiette, à l'effet de ce nom brusquement lancé dans la cellule de sœur Gudule.

La recluse tressaillit de tout son corps, se
leva debout sur ses pieds nus, et sauta à la
lucarne avec des yeux si flamboyans, que Mahiette et Oudarde, et l'autre femme et l'enfant,
reculèrent jusqu'au parapet du quai.

Cependant la sinistre figure de la recluse
apparut collée à la grille du soupirail. — Oh!
oh! criait-elle avec un rire effrayant, c'est l'é-
gyptienne qui m'appelle!

En ce moment une scène qui se passait au
pilori arrêta son œil hagard. Son front se
plissa d'horreur, elle étendit hors de sa loge
ses deux bras de squelette, et s'écria avec une
voix qui ressemblait à un râle : — C'est donc
encore toi, fille d'Egypte! c'est toi qui m'ap-
pelles, voleuse d'enfans ! Eh bien! Maudite
sois-tu! maudite! maudite! maudite!

IV.

Une larme pour une goutte d'eau.

CES paroles étaient, pour ainsi dire, le
point de jonction de deux scènes qui s'étaient
jusque là développées parallèlement dans le
même moment, chacune sur son théâtre particulier : l'une, celle qu'on vient de lire, dans
le Trou-aux-Rats, l'autre, qu'on va lire, sur
l'échelle du pilori. La première n'avait eu

pour témoins que les trois femmes avec lesquelles le lecteur vient de faire connaissance;
la seconde avait eu pour spectateurs tout le
public que nous avons vu plus haut s'amasser
sur la place de Grève, autour du pilori et du
gibet.

Cette foule, à laquelle les quatre sergens
qui s'étaient postés dès neuf heures du matin
aux quatre coins du pilori avaient fait espérer
une exécution telle quelle, non pas sans doute
une pendaison, mais un fouet, un essorille-
ment, quelque chose enfin, cette foule s'était
si rapidement accrue que les quatre sergens,
investis de trop près, avaient eu plus d'une
fois besoin de la *serrer*, comme on disait alors,
à grands coups de boullaye et de croupe de
cheval.

Cette populace, disciplinée à l'attente des
exécutions publiques, ne manifestait pas trop
d'impatience. Elle se divertissait à regarder le
pilori, espèce de monument fort simple, com-
posé d'un cube de maçonnerie de quelque dix
pieds de haut, creux à l'intérieur. Un degré
fort roide en pierre brute, qu'on appelait par
excellence *l'échelle*, conduisait à la plate-forme
supérieure, sur laquelle on apercevait une
roue horizontale en bois de chêne plein. On

liait le patient sur cette roue, à genoux et les bras derrière le dos, Une tige en charpente, que mettait en mouvement un cabestan caché dans l'intérieur du petit édifice, imprimait une rotation à la roue toujours maintenue dans le plan horizontal, et présentait de cette façon la face du condamné successivement à tous les points de la place. C'est ce qu'on appelait tourner un criminel.

Comme on voit, le pilori de la Grève était loin d'offrir toutes les récréations du pilori des Halles. Rien d'architectural. Rien de monumental. Pas de toit à croix de fer, pas de lanterne octogone, pas de frêles colonnettes allant s'épanouir au bord du toit en chapiteaux d'acanthes et de fleurs, pas de gouttières chimériques et monstrueuses, pas de charpente ciselée, pas de fine sculpture profondément fouillée dans la pierre.

Il fallait se contenter de ces quatre pans de moellon avec deux contre-cœurs de grès, et d'un méchant gibet de pierre, maigre et nu, à côté.

Le régal eût été mesquin pour des amateurs d'architecture gothique. Il est vrai que rien n'était moins curieux de monumens que les braves badauds du moyen âge et qu'ils se

souciaient médiocrement de la beauté d'un
pilori.

Le patient arriva enfin lié au cul d'une
charrette, et quand il eut été hissé sur la plate-
forme, quand on put le voir de tous les points
de la place ficelé à cordes et à courroies sur la
roue du pilori, une huée prodigieuse, mêlée
de rires et d'acclamations, éclata dans la place.
On avait reconnu Quasimodo.

C'était lui en effet. Le retour était étrange.
Pilorié sur cette même place où la veille il
avait été salué, acclamé et conclamé pape et
prince des fous, en cortége du duc d'Egypte,
du roi de Thunes et de l'empereur de Galilée.
Ce qu'il y a de certain, c'est qu'il n'y avait pas
un esprit dans la foule, pas même lui, tour à
tour le triomphant et le patient, qui dégageât
nettement ce rapprochement dans sa pensée.
Gringoire et sa philosophie manquaient à ce
spectacle.

Bientôt Michel Noiret, trompette-juré du
roi notre sire, fit faire silence aux manans, et
cria l'arrêt, suivant l'ordonnance et comman-
dement de monsieur le prevôt. Puis il se replia
derrière la charrette avec ses gens en hoquetons de livrée.

Quasimodo, impassible, ne sourcillait pas.

Toute résistance lui était rendue impossible par ce qu'on appelait alors, en style de chancellerie criminelle, *la véhémence et la fermeté des attaches*, ce qui veut dire que les lanières et les chaînettes lui entraient probablement dans la chair. C'est au reste une tradition de geôle et de chiourme qui ne s'est pas perdue, et que les menottes conservent encore précieusement parmi nous, peuple civilisé, doux, humain (le bagne et la guillotine entre parenthèses).

Il s'était laissé mener et pousser, porter, jucher, lier et relier. On ne pouvait rien deviner sur sa physionomie qu'un étonnement de sauvage ou d'idiot. On le savait sourd, on l'eût dit aveugle.

On le mit à genoux sur la planche circulaire: il s'y laissa mettre. On le dépouilla de chemise et de pourpoint jusqu'à la ceinture: il se laissa faire. On l'enchevêtra sous un nouveau système de courroies et d'ardillons: il se laissa boucler et ficeler. Seulement de temps à autre il soufflait bruyamment, comme un veau dont la tête pend et balotte au rebord de la charrette du boucher.

— Le butor, dit Jehan Frollo du Moulin à son ami Robin Poussepain (car les deux éco-

liers avaient suivi le patient, comme de raison),
il ne comprend pas plus qu'un hanneton enfermé dans une boîte !

Ce fut un fou rire dans la foule quand on
vit à nu la bosse de Quasimodo, sa poitrine de
chameau, ses épaules calleuses et velues. Pendant toute cette gaîté, un homme à la livrée
de la ville, de courte taille et de robuste mine,
monta sur la plate-forme et vint se placer près
du patient. Son nom circula bien vite dans
l'assistance. C'était maître Pierrat Torterue,
tourmenteur-juré du Châtelet.

Il commença par déposer sur un angle du
pilori un sablier noir dont la capsule supérieure était pleine de sable rouge qu'elle laissait fuir dans le récipient inférieur; puis il
ôta son surtout mi-parti, et l'on vit pendre à
sa main droite un fouet mince et effilé de longues lanières blanches, luisantes, noueuses,
tressées, armées d'ongles de métal. De la
main gauche il repliait négligemment sa chemise autour de son bras droit, jusqu'à l'ais-
selle.

Cependant Jehan Frollo criait, en élevant
sa tête blonde et frisée au dessus de la foule (il
était monté pour cela sur les épaules de Robin
Poussepain): — Venez voir, Messieurs, Mes-

dames! voici qu'on va flageller péremptoire-
ment maître Quasimodo, le sonneur de mon
frère monsieur l'archidiacre de Josas, un
drôle d'architecture orientale, qui a le dos
en dôme et les jambes en colonnes torses!

Et la foule de rire, surtout les enfans et les
jeunes filles.

Enfin le tourmenteur frappa du pied. La
roue se mit à tourner. Quasimodo chancela sous ses liens. La stupeur qui se peignit
brusquement sur son visage difforme fit redoubler à l'entour les éclats de rire.

Tout à coup, au moment où la roue dans
sa révolution présenta à maître Pierrat le dos
montueux de Quasimodo, maître Pierrat
leva le bras, les fines lanières sifflèrent aigrement dans l'air comme une poignée de cou-
leuvres, et retombèrent avec furie sur les
épaules du misérable.

Quasimodo sauta sur lui-même, comme réveillé en sursaut. Il commençait à comprèn-
dre. Il se tordit dans ses liens; une violente
contraction de surprise et de douleur décom-
posa les muscles de sa face; mais il ne jeta pas
un soupir. Seulement il tourna la tête en
arrière, à droite, puis à gauche, en la balan-

çant comme fait un taureau piqué au flanc
par un taon.

Un second coup suivit le premier, puis un
troisième, et un autre, et un autre, et toujours.
La roue ne cessait pas de tourner ni les coups
de pleuvoir. Bientôt le sang jaillit; on le vit
ruisseler par mille filets sur les noires épaules
du bossu; et les grêles lanières, dans leur rotation qui déchirait l'air, l'éparpillaient en
gouttes dans la foule.

Quasimodo avait repris, en apparence du
moins, son impassibilité première. Il avait
essayé, d'abord sourdement et sans grande
secousse extérieure, de rompre ses liens. On
avait vu son œil s'allumer, ses muscles se
roidir, ses membres se ramasser, et les courroies et les chaînettes se tendre. L'effort était
puissant, prodigieux, désespéré; mais les
vieilles gênes de la prevoté résistèrent. Elles
craquèrent, et voilà tout. Quasimodo retomba
épuisé. La stupeur fit place, sur ses traits, à un
sentiment d'amer et profond découragement.
Il ferma son œil unique, laissa tomber sa tête
sur sa poitrine, et fit le mort.

Dès lors il ne bougea plus. Rien ne put lui
arracher un mouvement. Ni son sang, qui ne
cessait de couler, ni les coups qui redoublaient

de furie, ni la colère du tourmenteur qui
s'excitait lui-même et s'enivrait de l'exécution,
ni le bruit des horribles lanières plus acérées et plus sifflantes que des pattes de bi-
gailles.

Enfin un huissier du Châtelet vêtu de noir,
monté sur un cheval noir, en station à côté
de l'échelle depuis le commencement de l'exécution, étendit sa baguette d'ébène vers le
sablier. Le tourmenteur s'arrêta. La roue
s'arrêta. L'œil de Quasimodo se rouvrit lentement.

La flagellation était finie. Deux valets du
tourmenteur-juré lavèrent les épaules saignantes du patient, les frottèrent de je ne sais
quel onguent qui ferma sur-le-champ toutes
les plaies, et lui jetèrent sur le dos une sorte
de pagne jaune taillée en chasuble. Cependant
Pierrat Torterue faisait dégoutter sur le pavé
les lanières rouges et gorgées de sang.

Tout n'était pas fini pour Quasimodo. Il
lui restait encore à subir cette heure de pilori
que maître Florian Barbedienne avait si judicieusement ajoutée à la sentence de messire
Robert d'Estouteville; le tout à la plus grande
gloire du vieux jeu de mots physiologique et

psychologique de Jean de Cumène : *Surdus absurdus.*

On retourna donc le sablier et on laissa le bossu attaché sur la planche pour que justice fût faite jusqu'au bout.

Le peuple, au moyen âge surtout, est dans la société ce qu'est l'enfant dans la famille. Tant qu'il reste dans cet état d'ignorance première, de minorité morale et intellectuelle, on peut dire de lui comme de l'enfant :

Cet âge est sans pitié.

Nous avons déjà fait voir que Quasimodo était généralement haï, pour plus d'une bonne raison, il est vrai. Il y avait à peine un spectateur dans cette foule qui n'eût ou ne crût avoir sujet de se plaindre du mauvais bossu de Notre-Dame. La joie avait été universelle de le voir paraître au pilori ; et la rude exécution qu'il venait de subir et la piteuse posture où elle l'avait laissé, loin d'attendrir la populace, avaient rendu sa haine plus méchante en l'armant d'une pointe de gaîté.

Aussi, une fois la *vindicte publique* satisfaite, comme jargonnent encore aujourd'hui les bonnets carrés, ce fut le tour des mille vengeances particulières. Ici comme dans la grand'salle, les femmes surtout éclataient.

Toutes lui gardaient quelque rancune, les unes de sa malice, les autres de sa laideur. Les dernières étaient les plus furieuses.

— Oh ! masque de l'Antechrist ! disait l'une.

— Chevaucheur de manche à balai ! criait l'autre.

— La belle grimace tragique, hurlait une troisième, et qui le ferait pape des fous, si c'était aujourd'hui hier !

— C'est bon, reprenait une vieille. Voilà la grimace du pilori. A quand celle du gibet ?

— Quand seras-tu coiffé de ta grosse cloche à cent pieds sous terre, maudit sonneur ?

— C'est pourtant ce diable qui sonne l'angelus !

— Oh ! le sourd ! le borgne ! le bossu ! le monstre !

— Figure à faire avorter une grossesse mieux que toutes médecines et pharmaques !

Et les deux écoliers, Jehan du Moulin, Robin Poussepain, chantaient à tue-tête le vieux refrain populaire :

Une hart
Pour le pendard,
Un fagot
Pour le magot !

Mille autres injures pleuvaient, et les huées, et les imprécations, et les rires, et les pierres çà et là.

Quasimodo était sourd, mais il voyait clair, et la fureur publique n'était pas moins énergiquement peinte sur les visages que dans les paroles. D'ailleurs les coups de pierre expliquaient les éclats de rire.

Il tint bon d'abord. Mais peu à peu cette patience, qui s'était roidie sous le fouet du tourmenteur, fléchit et lâcha pied à toutes ces piqûres d'insectes. Le bœuf des Asturies, qui s'est peu ému des attaques du picador, s'irrite des chiens et des vanderilles.

Il promena d'abord lentement un regard de menace sur la foule. Mais garrotté comme il l'était, son regard fut impuissant à chasser ces mouches qui mordaient sa plaie. Alors il s'agita dans ses entraves, et ses soubresauts furieux firent crier sur ses ais la vieille roue du pilori. De tout cela, les dérisions et les huées s'accrurent.

Alors le misérable, ne pouvant briser son collier de bête fauve enchaînée, redevint tranquille; seulement par intervalles un soupir de rage soulevait toutes les cavités de sa poitrine. Il n'y avait sur son visage ni honte ni rougeur. Il était trop loin de l'état de société et trop près de l'état de nature pour 'savoir ce que c'est que la honte. D'ailleurs à ce point de difformité, l'infamie est-elle chose sensible? Mais la colère, la haine, le désespoir abaissaient lentement sur ce visage hideux un nuage de plus en plus sombre, de plus en plus chargé d'une électricité qui éclatait en mille éclairs dans l'œil du cyclope.

Cependant ce nuage s'éclaircit un moment au passage d'une mule qui traversait la foule et qui portait un prêtre. Du plus loin qu'il aperçut cette mule et ce prêtre, le visage du pauvre patient s'adoucit. A la fureur qui le contractait succéda un sourire étrange, plein d'une douceur, d'une mansuétude, d'une tendresse ineffables. A mesure que le prêtre approchait, ce sourire devenait plus net, plus distinct, plus radieux. C'était comme la venue d'un sauveur que le malheureux saluait. Toutefois, au moment où la mule fut assez près du pilori pour que son cavalier pût reconnaître le patient, le prêtre baissa les yeux, rebroussa brusquement chemin, piqua des deux, comme s'il avait eu hâte de se débarrasser de réclamations humiliantes, et fort peu de souci d'être salué et reconnu d'un pauvre diable en pareille posture.

Ce prêtre était l'archidiacre dom Claude Frollo.

Le nuage retomba plus sombre sur le front de Quasimodo. Le sourire s'y mêla encore quelque temps, mais amer, découragé, profondément triste.

Le temps s'écoulait. Il était là depuis une heure et demie au moins, déchiré, maltraité, moqué sans relâche et presque lapidé.

Tout à coup il s'agita de nouveau dans ses chaînes avec un redoublement de désespoir dont trembla toute la charpente qui le portait, et rompant le silence qu'il avait obstinément gardé jusqu'alors, il cria avec une voix rauque et furieuse qui ressemblait plutôt à un aboiement qu'à un cri humain et qui couvrit le bruit des huées : — A boire !

Cette exclamation de détresse, loin d'émouvoir les compassions, fut un surcroît d'amusement au bon populaire parisien qui entourait l'échelle, et qui, il faut le dire, pris en masse et comme multitude, n'était alors guère moins cruel et moins abruti que cette horrible tribu des truands chez laquelle nous avons déjà mené le lecteur, et qui était tout simplement la couche la plus inférieure du peuple. Pas une voix ne s'éleva autour du malheureux

patient, si ce n'est pour lui faire raillerie de
sa soif. Il est certain qu'en ce moment il était
grotesque et repoussant plus encore que pitoyable, avec sa face empourprée et ruisse-
lante, son œil égaré, sa bouche écumante
de colère et de souffrance, et sa langue à demi
tirée. Il faut dire encore que, se fût-il trouvé
dans la cohue quelque bonne âme charitable
de bourgeois ou de bourgeoise qui eût été
tentée d'apporter un verre d'eau à cette misérable créature en peine, il régnait autour
des marches infâmes du pilori un tel préjugé
de honte et d'ignominie qu'il eût suffi pour
repousser le bon Samaritain.

Au bout de quelques minutes, Quasimodo
promena sur la foule un regard désespéré, et
répéta d'une voix plus déchirante encore : —
A boire !

Et tous de rire.

— Bois ceci ! criait Robin Poussepain en
lui jetant par la face une éponge traînée dans
le ruisseau. Tiens, vilain sourd ! je suis ton
débiteur.

Une femme lui lançait une pierre à la tête :
— Voilà qui t'apprendra à nous réveiller la
nuit avec ton carillon de damné.

— Hé bien ! fils, hurlait un perclus en fai-

sant effort pour l'atteindre de sa béquille; nous
jetteras-tu encore des sorts du haut des tours
de Notre-Dame?

— Voici une écuelle pour boire! reprenait
un homme en lui décochant dans la poitrine
une cruche cassée. C'est toi qui, rien qu'en
passant devant elle, as fait accoucher ma
femme d'un enfant à deux têtes!

— Et ma chatte d'un chat à six pattes! glapissait une vieille en lui lançant une tuile.

— A boire! répéta pour la troisième fois
Quasimodo pantelant.

En ce moment il vit s'écarter la populace.
Une jeune fille bizarrement vêtue sortit de la
foule. Elle était accompagnée d'une petite chèvre blanche, à cornes dorées, et portait un
tambour de basque à la main.

L'œil de Quasimodo étincela. C'était la bohémienne qu'il avait essayé d'enlever la nuit
précédente, algarade pour laquelle il sentait
confusément qu'on le châtiait en cet instant
même; ce qui du reste n'était pas le moins du
monde, puisqu'il n'était puni que du malheur
d'être sourd et d'avoir été jugé par un sourd.
Il ne douta pas qu'elle ne vînt se venger aussi,
et lui donner son coup comme tous les autres.

Il la vit en effet monter rapidement l'échelle. La colère et le dépit le suffoquaient. Il eût voulu pouvoir faire crouler le pilori, et si l'éclair de son œil eût pu foudroyer, l'égyptienne eût été mise en poudre avant d'arriver sur la plate-forme.

Elle s'approcha, sans dire une parole, du patient qui se tordait vainement pour lui échapper, et, détachant une gourde de sa ceinture, elle la porta doucement aux lèvres arides du misérable.

Alors dans cet œil jusque là si sec et si brûlé, on vit rouler une grosse larme qui tomba lentement le long de ce visage difforme et long-temps contracté par le désespoir. C'était la première peut-être que l'infortuné eût jamais versée.

Cependant il oubliait de boire. L'égyptienne fit sa petite moue avec impatience, et appuya, en souriant, le gouleau à la bouche dentue de Quasimodo. Il but à longs traits. Sa soif était ardente.

Quand il eut fini, le misérable allongea ses lèvres noires, sans doute pour baiser la belle main qui venait de l'assister. Mais la jeune fille, qui n'était pas sans défiance peut-être, et se souvenait de la violente tentative de la nuit, retira sa main avec le geste effrayé d'un enfant qui craint d'être mordu par une bête.

Alors le pauvre sourd fixa sur elle un regard plein de reproche et d'une tristesse inexprimable.

Ç'eût été partout un spectacle touchant que cette belle fille, fraîche, pure, charmante, et si faible en même temps, ainsi pieusement accourue au secours de tant de misère, de difformité et de méchanceté. Sur un pilori, ce spectacle était sublime.

Ce peuple lui-même en fut saisi, et se mit à battre des mains en criant : Noël! Noël!

C'est dans ce moment que la recluse aperçut, de la lucarne de son trou, l'égyptienne sur le pilori et lui jeta son imprécation sinistre : — Maudite sois-tu, fille d'Égypte! maudite! maudite!

V.

Fin de l'Histoire de la galette.

———

La Esmeralda pâlit, et descendit du pilori en chancelant. La voix de la recluse la pour-suivit encore : — Descends ! descends ! larron-nesse d'Égypte, tu y remonteras !

— La sachette est dans ses lubies, dit le peuple en murmurant ; et il n'en fut rien de plus. Car ces sortes de femmes étaient redoutées ; ce qui

les faisait sacrées. On ne s'attaquait pas volontiers alors à qui priait jour et nuit.

L'heure était venue de remmener Quasimodo. On le détacha, et la foule se dispersa.

Près du Grand-Pont, Mahiette, qui s'en revenait avec ses deux compagnes, s'arrêta brusquement : — A propos, Eustache! qu'as-tu
fait de la galette?

—Mère, dit l'enfant, pendant que vous par-
liez avec cette dame qui était dans le trou, il
y avait un gros chien qui a mordu dans ma
galette. Alors j'en ai mangé aussi.

— Comment, monsieur, reprit-elle, vous
avez tout mangé?

— Mère, c'est le chien. Je le lui ai dit, il ne
m'a pas écouté. Alors j'ai mordu aussi, tiens!

— C'est un enfant terrible, dit la mère
souriant et grondant à la fois. — Voyez-vous!
Oudarde? il mange déjà à lui seul tout le ceri-
sier de notre clos de Charlerange. Aussi son
grand-père dit que ce sera un capitaine. —
Que je vous y reprenne, monsieur Eustache.
— Va, gros lion!

FIN DU PREMIER VOLUME.

TABLE DU PREMIER VOLUME.

LIVRE PREMIER.

I. La Grand'salle.   Page   3
II. Pierre Gringoire.   31
III. Monsieur le cardinal.   49
IV. Maître Jacques Coppenole.   62
V. Quasimodo.   79
VI. La Esmeralda.   93

LIVRE DEUXIÈME.

I. De Charybde en Scylla.   101
II. La place de Grève.   107
III. Besos para golpes.   112
IV. Les inconvéniens de suivre une jolie femme le
       soir dans les rues.   131

V. Suite des inconvéniens.   Page 140

VI. La cruche cassée.   145

VII. Une nuit de noces.   180

LIVRE TROISIÈME.

I. Notre-Dame.   201

II. Paris à vol d'oiseau.   214

III. Les bonnes âmes.   263

IV. Claude Frollo.   271

V. Immanis pecoris custos, immanior ipse.   281

VI. Le chien et son maître.   296

VII. Suite de Claude Frollo.   299

LIVRE QUATRIÈME.

I. Coup d'œil impartial sur l'ancienne magistrature. 315

II. Le Trou-aux-Rats.   335

III. Histoire d'une galette au levain de maïs.   344

IV. Une larme pour une goutte d'eau.   383

V. Fin de l'Histoire de la galette.   401

FIN DE LA TABLE.

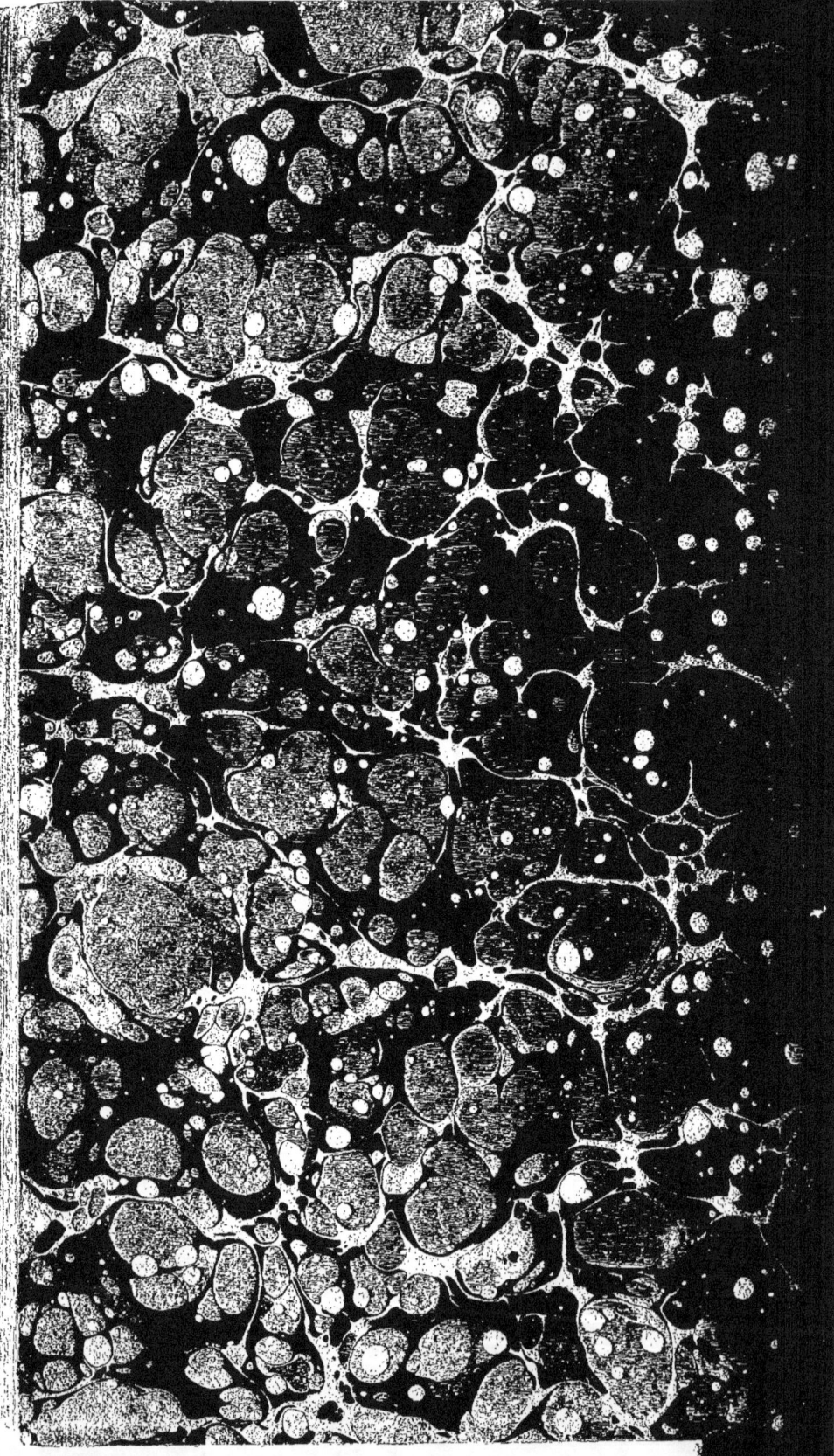

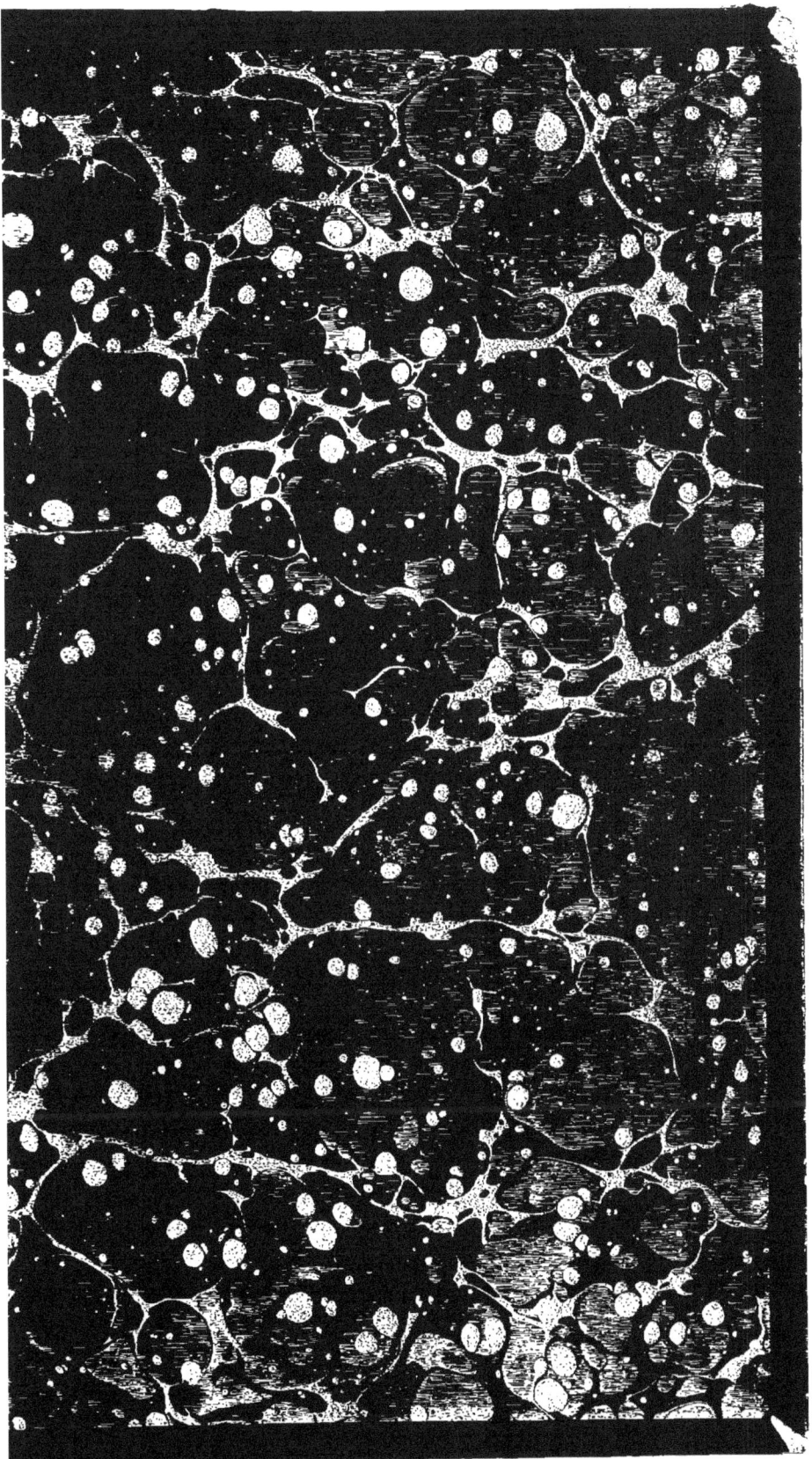